Short Stories by Poe
포우 단편선

E. A. 포우 지음 / 이환범 옮김

惠園出版社

이 고양이의 영리함이 화제에 오를 때면
적잖이 미신을 믿는 아내는
검은 고양이는 모두 마녀의 화신이라고
예부터 전해 오는 말을 곧잘 입에 올리곤 했다.

《검은 고양이》 中에서

차 례

검은 고양이 —— 5
모르그 거리의 살인 —— 18
범인은 너다 —— 65
도둑맞은 편지 —— 83
적사병 가면 —— 107
황금 풍뎅이 —— 116
어셔 집안의 몰락 —— 161
절름발이 개구리 —— 186
아몬틸라도 술통 —— 200
일러바치기 심장 —— 210

《포우 단편선 Short Stories by Poe》 바로 읽기 —— 220
포 연보 —— 236

일러두기

'Edgar Allan Poe'는 외래어 표기 규정상 '에드거 앨런 포'이므로 본문에서는 '에드거 앨런 포'라고 표기하였다.

그러나 독자들이 일반적으로 'E.A.포'보다는 'E.A.포우'라고 알고 있기 때문에 책 제목을 《포우 단편선》이라 명명하였다.

검은 고양이

지금부터 내가 써 나가려는, 전혀 거짓이라고는 없는 이 기괴한 이야기를 나는 누군가가 믿어 주기를 바라지도, 또한 바라고 싶지도 않다. 사실 나 자신의 오관으로도 믿지 못하고 있는 일을 믿어달라고 한다면 그것은 이 글을 읽는 이들에겐 미치광이의 잠꼬대로나 여겨질 것이다.

지금 나는 미친 것도, 꿈을 꾸고 있는 것도 아니다. 그러나 내일이면 나는 죽음을 맞이하게 된다. 그래서 오늘이 가기 전에 마음의 무거운 짐을 내려놓고 싶다. 아무튼 나는 지금부터 내 가정 안에서 일어난 일련의 사건을 있는 그대로 아무 설명도 덧붙이지 않고 세상 사람들에게 이야기하려 한다.

그 사건의 결과는 나를 공포에 빠뜨리고, 번민을 안겨다 주었으며 끝내는 나를 파멸로 몰아넣었다. 그러나 나는 그것에 대해 시시콜콜 설명하지는 않겠다. 내게는 오직 공포감만 주었을 뿐인 사건이었지만, 세상의 다른 많은 사람들에게는 그저 터무니없는 괴담으로만 여겨질지도 모를 일이다.

그리하여 마침내는 내 악몽조차도 흔히 있는 시시한 일로 넘겨 버리는 지성의 소유자가 나타날 것이 틀림없다. 그리하여 나 같은 사람보다는 냉정하고 논리적이고 훨씬 침착한 그 지성의 소유자는 내가 지금 두려움에 떨며 얽혀 있는 이 사건 속에서도 아주 당연하게 여겨지는 하나의 연속된 인과 관계를 찾아낼 수 있을 것이다.

어릴 때부터 나는 온순하고 동정심 많은 아이로 알려져 있었다. 마음이 너무도 여려서 친구들의 놀림을 받을 정도였다. 특히 동물을 좋아했던 내게 부모님은 여러 애완동물을 내가 바라는 대로 사 주셨다. 나는 날마다 그 동물들과 함께 지냈고, 그들에게 먹이를 주고 쓰다듬어 줄 때 가장 큰 즐거움을 느꼈다.

이 독특한 성격은 나이를 먹어 가며 한층 더해져 어른이 되었을 때에는 오로지 동물을 사랑하는 것만이 유일한 즐거움이 되었다. 충실하고 영리한 개에게 애정을 품어 본 적이 있는 사람들에게는 이렇게 하여 얻어지는 기쁨이 얼마나 큰 것인지 구구하게 설명할 필요가 없을 것이다. 인간들의 천박한 우정과 경박한 신의를 여러 번 겪어 본 사람이라면 동물의 이기심 없는 헌신적인 애정 속에서 가슴 뭉클한 무언가를 느낄 것이다.

나는 일찍 아내를 맞았는데, 다행히 그녀의 성품도 나와 비슷했다. 내가 동물을 좋아하는 것을 보고 아내는 여러 귀여운 애완동물을 구해 왔다. 그리하여 우리 집에는 작은 새, 금붕어, 영리한 개, 토끼, 조그만 원숭이, 그리고 한 마리의 고양이와 함께 살게 되었다.

그 중 고양이는 몸집이 무척 큰 멋진 녀석으로 온몸이 새까맣고 놀랄 만큼 영리했다. 이 고양이의 영리함이 화제에 오를 때면 적잖이 미신을 믿는 아내는 검은 고양이는 모두 마녀의 화신이라고 예부터 전해 오는 말을 곧잘 입에 올리곤 했다. 그러나 아내가 '정말로' 그렇게 생각하고 있었던 건 아니며— 나 또한 지금 그 말이 우연히 떠올라서 쓰고 있는데 지나지 않는다.

플루토(지옥의 왕)—이것이 고양이 이름이었다—는 내가 귀여워하는 놀이동무였다. 늘 내가 먹이를 주었으며, 집 안 어디에든지 내 뒤를 졸졸 따라다녔다. 외출할 때도 쫓아 나오려고 해서 그것을 막는 것은 여간 힘든 일이 아니었다.

우리의 우정은 여러 해 동안 이어졌는데, 그 동안 내 기질과 성격은 폭음 때문에—털어놓기 부끄러운 일이지만—전날의 자취는 찾아볼 수도 없을 만큼 달라져 가고 있었다. 나는 나날이 변덕이 심해져 화를 잘 내고 다른 사람의 기분 같은 것은 염두에도 두지 않게 되었다. 아내에게도 욕설을 퍼붓고 마침내는 폭력을 휘두르기에 이르렀다.

물론 귀여워하던 동물들도 내 성품의 변화를 느끼게 되었다. 나는 동물들을 돌보는 일을 게을리했을 뿐 아니라 그들을 학대하기 시작했다. 그러나 플루토에게만은 아직 그 손길을 뻗치지 않고 있었다. 토끼, 원숭이, 개들이 우연히 또는 반가워하며 내 곁에 다가오면 사정없이 그들을 못살게 굴었다. 그러나 내 병은—아, 음주보다 더한 병벽이 또 어디 있으랴!—점점 악화되어 마침내 플루토까지, 이제는 늙어서 얼마쯤 까다로워진 플루토까지 나의 병벽을 빠짐없이 맛보게 되었다.

어느 날 밤, 늘 다니던 선술집에서 만취가 되어 집에 돌아온 나는 플루토가 나를 피하는 기색을 느꼈다. 나는 고양이를 붙잡았다. 그러자 그놈은 나의 난폭한 태도에 놀란 듯 내 손목에 달려들어 가벼운 상처를 내고 말았다. 순간 나는 악귀와도 같은 분노의 포로가 되어 나 자신을 잊어버렸다. 나의 순수한 영혼은 단숨에 내 몸으로부터 사라지고 술에 절어 구겨진 사악한 증오가 온몸을 떨게 했다. 나는 조끼 주머니에서 조그만 칼을 꺼내 고양이의 목을 움켜잡고 한쪽 눈을 태연히 도려냈다. 이 무섭고 잔인한 행위를 써내려 가노라니 얼굴이 붉어지고 화끈해지며 몸이 떨려온다.

그 다음 날 아침 어느 정도 취기가 진정되어 이성을 되찾은 나는 내가 저지른 죄에 대해 공포와 회한이 뒤섞인 기분을 느꼈다. 그러나 그것도 결국은 미약하고 일시적인 것에 지나지 않았으며 내 마음의 뿌리를 뒤흔들 만한 것은 못되었다. 나는 여전히 폭음으로 세월을 보내며 그 행동에 대한 모든 기억을 완전히 술 속에 파묻어 버렸다.

한편 고양이는 조금씩 상처가 나아졌다. 도려내어진 눈의 뻥 뚫린 구멍은 분명 무서운 형상이었지만 더 이상 아픔을 느끼지 않게 된 듯했다. 전과 다름없이 집 안을 이리저리 돌아다니고 있었지만 내가 가까이 가면 몹시 두려워하며 달아나 숨었다. 고양이의 달라진 태도가 처음에는 조금 슬프게 느껴지기도 했다.

그러나 이런 감정도 곧 분노로 바뀌어, 마침내 끝내 구원받을 수 없는 파멸의 구렁텅이에까지 나를 몰아넣으려는 듯 짓궂은 감정이 복받쳐올라왔다. 이러한 인간의 근성에 대해서 철학은 아직까지 아무 설명도 없다. 그러나 이런 근성이야말로 인간 마음에 내재해 있는 원초적 충동의 하나이며, 인간 성격을 형성하는 근원적 기능 또는 감정의 하나이다. 나는 그것을 내 영혼이 실제로 존재하듯 믿어 의심치 않는다. 해서는 안 된다는 것을 알면서도 이 때문에 오히려 몇 번이고 되풀이되는 어리석은 행위를 저지르는 사람이 세상에는 얼마나 많은가? 뛰어난 분별력을 지니고도 법률이기 때문에 그것을 어기고 싶은 욕구가 늘 우리에게 있는 것은 아닐까?

다시 말해 이 짓궂은 감정이 나를 파멸로 끌어들였다. 죄도 없는 동물을 계속 학대해서 결국은 파멸로까지 이르게 한 것은, 자신을 나무라며 자신의 본성을 학대하고 악업 때문에 악업을 낳는 헤아리기 어려운 영혼의 욕구였다.

어느 날 아침 나는 태연히 고양이의 목에 밧줄을 걸어 나뭇가지에 매달았다. 볼에 눈물이 흐르고, 비통한 회한에 가슴아파하며 나는 고양이의 목을 매단 것이다.

내가 가슴 아팠던 것은 그 고양이가 나를 사랑하고 있으며 나에게 분노를 일으키게 할 만한 일을 저지르지 않았으므로 이렇게 하는 것이 죄를 짓는 것임을 알기 때문이었으며, 결국 내 불멸의 영혼을—— 만일 그런 게 있다면—— 신의 무한한 자비심으로도 구해 낼 수 없는 깊은 구렁텅이 속에 빠뜨리게 되리라는 것도 알고 있기 때문이었다.

이 참혹한 짓을 한 날 밤, 잠들어 있던 나는 '불이야!' 하는 소리에 눈을 떴다. 침대와 커튼이 불길에 휩싸이고 집안은 온통 불바다였다. 아내와 하녀와 나는 가까스로 빠져나왔지만 집은 몽땅 타 버렸다. 내 재산은 모조리 재가 되었으며 그 뒤로 나는 절망 속에서 헤어나지 못했다.

나는 이 재해와 나의 잔인한 행위 사이에 어떤 관계가 있다고 생각지는 않지만 일련의 사실을 있는 그대로 이야기하는 이 마당에 어느 한 가지 일이라도 소홀히 넘기고 싶지는 않다.

다음 날 나는 불탄 자리로 가 보았다. 담은 한쪽만 남은 채 모두 허물어져 있었다. 그런데 내 침대 머리판이 놓여 있던 칸막이 벽은 타지 않고 남아 있었다. 나는 그것이 얼마 전에 석회를 발라 새로 칠한 것이기 때문일 거라고 생각했다. 이 벽 언저리에 많은 사람이 모여들어 벽의 어느 한 부분을 아주 세밀하게 열심히 바라보고 있었다.

"신기한데!"

"이상한 일도 다 있군!"

이런 소리에 이끌려 벽 가까이 가 보니 흰벽에 얕게 새긴 듯한 거대한 고양이의 모습이 나타나 있었다. 그것은 실로 놀라울 만큼 정확했으며, 고양이 목에는 밧줄이 감겨져 있었다.

이 요괴── 라고밖에 여길 수 없었다── 를 흘끗 본 나의 놀라움과 공포는 끔찍했다. 그러나 가까스로 냉정을 되찾았다. 그 고양이를 목매단 곳은 뜰이었음이 생각난 것이다. '불이야!' 하는 소리에 사람들이 순식간에 뜰로 잔뜩 모여들었다는데── 그 가운데 한 사람이 잠든 나를 깨울 작정으로 고양이 시체를 열린 창문으로 내 방 안에 던져넣은 게 틀림없다. 그런데 다른 쪽 벽들이 무너지는 바람에 고양이 시체는 새로 바른 벽으로 밀어붙여져 벽의 석회가 화염과 시체에서 뿜어져 나온 암모니아의 작용에 의해 이 같은 화상을 만들어 내었을 것이다.

여기에까지 생각이 미치자 양심이야 어떻든 나의 이성에는 납득할 만한 설명이 되었으나, 아무튼 그 사실은 내게 강한 인상을 남겼다. 여러 달 동안 나는 고양이의 환영에서 벗어날 수가 없었다. 그러는 동안 내 마음에는── 회한과는 달랐지만── 회한 비슷한 모호한 기분이 싹트기 시작했다. 그 고양이를 잃어버린 것이 섭섭하게 여겨져, 뻔질나게 드나들던 싸구려 술집 같은 데를 기웃거리며 대신 기를 만한 털빛이 비슷한 고양이는 없나 하고 찾아보게 되었다.

어느 날 밤, 술집에서 머리 꼭대기까지 술이 취하여 멍하게 앉아 있던 나는 문득 그 방 안의 유일한 가구라고 할 만한 진이며 럼 술통 위에 무언가 검은 게 웅크리고 있는 것을 깨달았다. 그 술통 위라면 아까부터 줄곧 바라보고 있었는데, 이제야 비로소 검은 그것을 깨달은 게 참으로 이상했다.

나는 가까이 다가가 손을 대어 보았다. 검은 고양이였다. 바로 플루토와 비슷한 몸집을 한 녀석으로 한 군데만 빼놓고는 플루토와 똑같은 모습이었다. 플루토는 온몸이 새까맸으나 이 고양이는 가슴 언저리 부분 전체가 윤곽이 흐릿한 커다란 흰 얼룩점으로 덮여 있었다.

내가 손을 대자 고양이는 얼른 일어나 목을 쭉 빼고 내 손에 몸을 비비면서 아양을 떨었다.

이 녀석이야말로 내가 찾던 고양이였다. 나는 곧 가게 주인에게 그 고양이를 내게 달라고 말해 보았다. 그러나 가게 주인은 자기 것이 아니며 어디서 왔는지도 모르고 전혀 본 적도 없는 고양이라고 대답했다.

나는 잠시 고양이를 쓰다듬어 주다가 이윽고 집으로 돌아가려고 일어섰다. 그러자 고양이도 함께 따라가고 싶은 눈치를 보였다. 나는 따라오도록 내버려두었다. 걸어가며 나는 이따금 허리를 굽혀 가볍게 고양이의 등을 토닥거려 주었다. 집에 오자 고양이는 곧 길들여졌고 아내도 마음에 들어했다.

그런데 어느 날 이 고양이에 대한 혐오가 마음 깊은 곳에서부터 싹터 오는 것을 느꼈다. 고양이가 분명 나를 따른다고 여기자 그것만으로도 성가시고 마음이 초조하여 견딜 수 없었다. 그리하여 혐오와 곤혹스러움이 점점 더해져서 마침내는 극도의 증오로 바뀌게 되었다.

나는 고양이를 피했다. 일종의 치욕감과 전에 저지른 잔혹한 행위의 기억 때문인지 고양이를 못살게 굴지는 않았다. 여러 주일 동안은 때리거나 거친 행동은 하지 않았다. 그러나 서서히—아주 서서히 나는 고양이에 대해 이루 말할 수 없는 증오를 느끼게 되었고 마치 전염병 환자의 숨결을 피하듯 그 불길한 모습을 슬슬 피하게 되었다.

게다가 집으로 데려온 다음 날 아침 그 고양이도 플루토처럼 한 눈이 멀어 있음을 알게 된 것도 내 증오를 부추겼다. 그러나 한 눈이 없다는 것 때문에 아내는 한층 더 측은히 여기는 것 같았다.

앞서도 이야기했듯이 이전에는 나의 뛰어난 성품이었으며 온갖 단순 소박한 기쁨의 근원이었던 이러한 인정스러움을 아내는 많이 지니고 있었다.

그러나 내가 미워하면 할수록 고양이는 나를 더욱 사랑하는 것 같았다. 어떤 집요함을 가지고 내가 가는 곳마다 따라다녔는데, 내가 어디에 가든지 으레 쫓아와 의자 아래 웅크리고 앉거나 무릎 위로 뛰어올라 핥거나 또는 그 불길한 몸을 비벼대는 것이었다. 또, 일어나 걸어가려고 하면 두 다리 사이로 기어들어와 하마터면 곤두박질할 뻔하게 하고, 길고 뾰족한 발톱으로 옷에 매달려 가슴 언저리까지 기어오르곤 했다.

그럴 때면 단번에 내리쳐 죽이고 싶은 충동이 들지만, 무한한 인내력을 발휘하여 참곤 했다. 전에 저지른 흉포한 행위의 기억이 아직 생생한 것도 한 까닭이었으나, 실은 그보다도 —— 뚜렷이 말해 두지만 —— 고양이가 무서워 견딜 수 없었기 때문이었다. 이 공포감은 꼭 육체적 위해에 대한 것은 아니었다.—— 그러나 달리 부를 수도 없다. 고백하기도 부끄러운 일이지만—— 그렇다, 이 중죄수 감방에 있는 지금도 여전히 고백하기 부끄러운 기분이지만—— 그 고양이가 나에게 안겨 준 공포와 전율은 실로 어리석기 그지없는 망상에 의해 부채질된 것이었다.

전에 내가 죽인 고양이와 지금의 이 얄미운 고양이 사이에 단 하나 다른 점인 흰 얼룩점에 대해 아내는 여러 번 내 주의를 환기시켰다. 이 얼룩점은 크지만 아주 희미한 것이었다. 그런데 서서히, 거의 눈에 띄지 않을 만큼 서서히 —— 내 이성은 오랫동안 그것을 부정해 왔지만 —— 윤곽이 뚜렷해졌다.

그것은 입에 올리기에도 몸서리쳐지는 형태를 나타내고 있었다. 그

때문에 무엇보다도 그 고양이가 미웠고 무서웠으며 할 수만 있다면 그 괴물을 죽여 버리고 싶었다. 지금 그 얼룩점은 보기에도 소름끼치는, 등골이 오싹해지는 교수대—— 무섭고도 불길한 공포와 죄과의 고민과 죽음의 형구(刑具)인 교수대 모양을 나타내고 있었던 것이다.

이제 나의 비참함은 이 세상에 존재할 수 있는 비참함을 훨씬 넘어선 것이었다. 더욱이 겨우 한 마리의 짐승이—— 내가 그 동류(同類)를 진심으로 경멸하여 죽여 버린 짐승이—— 하느님의 모습과 똑같이 창조된 인간인 나에게 이렇게도 헤어날 길 없는 괴로움을 주다니! 아! 이미 나는 밤에도 낮에도 안식의 기쁨을 찾지 못했다. 낮 동안에는 잠시도 그 고양이가 내 곁을 떠나지 않았으며 밤은 밤대로 이루 말할 수 없이 무서운 꿈에 시달려 거의 한 시간마다 잠에서 깨어나야만 했다. 깨어 보면 그 불길한 짐승의 뜨거운 입김이 내 얼굴에 덮쳐왔으며, 묵직한 무게가 —— 나로서는 뿌리칠 힘 없는 악마의 화신이 —— 내 가슴 위에 떡하니 얹혀 있는 것을 느꼈다.

이러한 고통에 짓눌려 내 마음 속에 남아 있던 아주 작은 선심조차 무너져 버렸다. 사악한 생각—— 몹시 시꺼멓고 흉악한 생각—— 이 내 유일한 마음의 반려가 되었다. 여느 때의 까다로운 성격은 점점 심해져 모든 것, 모든 사람들을 향한 증오로 바뀌었다. 그리하여 이제는 맹목적으로 몸을 내맡기게 된 듯한 나의 돌발적이고 잦은, 억누를 수 없는 격노의 발작에 누구보다도 괴로워하고 누구보다도 참을성 있게 견디어 준 피해자는—— 아, 불평 한 마디 하지 않는 나의 아내였다.

어느 날, 가난으로 어쩔 수 없이 살고 있던 낡은 집의 지하실까지 볼 일이 있어 아내는 나를 따라 내려왔다. 고양이도 나를 따라 가파른 층계를 내려왔는데 그 때문에 하마터면 거꾸로 나뒹굴 뻔했던 나는 갑자기 몹시 흥분하게 되었다. 저도 모르게 손도끼를 집어든 나는 너무나 격분한 나머지 그때까지 나를 억누르고 있던 어린애 같은 공포도 잊고 고양이를 향해 대번에 찍어내리려 했다. 만일 생각대로 내려쳤다면 고양이는 물론 그 자리에서 숨이 끊어져 버렸을 것이다. 그러나 그 일격(一擊)은 아내의 말리는 손길에 멈춰졌다.

이 간섭으로 말미암아 악마도 당하지 못할 만큼 격노에 휩싸인 나는 아내의 손을 뿌리치고 대신 아내의 머리 한복판에 도끼를 박아 넣었다. 아내는 비명 소리도 지르지 못하고 그 자리에 푹 쓰러졌다.

이 무서운 살인이 끝나자 나는 곧 신중하게 이 시체를 감출 방법에 골몰했다. 하지만 낮이건 밤이건 이웃 사람 눈에 띄지 않게 시체를 집에서 밖으로 내가는 일은 도저히 불가능했다.

여러 가지 방법이 머리에 떠올랐다. 시체를 잘게 썰어 불에 태워 버리려고도 생각했다. 또한 지하실 바닥을 파고 그곳에 파묻어 버릴까도 생각했다. 아니면 뜰의 우물에 던져 버릴까—— 상품처럼 보이도록 상자에 담아 그럴 듯하게 포장하여 인부를 시켜 집에서 지고 나가게 하는 일도 궁리해 보았다.

그리하여 결국 그 어느 것보다도 훨씬 훌륭한 방법이 머리에 떠올랐다. 시체를 지하실 벽 속에 넣어 발라 버리기로 결심한 것이다—— 중세의 사제들이 희생자를 벽 속에 넣고 발라 버렸다는 기록이 있듯이.

이러한 목적에는 안성맞춤인 지하실이었다. 벽을 아무렇게나 쌓아 올린 채 최근에 회칠을 슬쩍 한 번 했을 뿐인데 그것이 습기찬 공기 때문에 아직 굳지 않고 있었다. 더욱이 벽 한쪽은 장식용 연통과 난로였던 곳을 메워 다른 부분과 똑같이 보이게 한 돌출부가 있었다. 그곳의 벽돌을 들어내고 시체를 집어넣은 다음 누가 보아도 의심스럽지 않도록 벽을 완전히 바르는 것은 쉬운 일임이 틀림없었다.

과연 내 예상대로였다. 쇠지렛대로 아주 쉽게 벽돌을 떼어내고 시체를 조심스럽게 안쪽 벽에 세워 그대로 버티어 놓은 다음, 그리 힘들이지 않고 본래대로 벽돌을 쌓아올렸다. 그리고 모르타르와 모래와 머리칼을 되도록 조심스레 손에 넣어 전과 조금도 다름없는 회를 반죽한 다음 새로 쌓아올린 벽돌 위에 골고루 발랐다. 일이 다 끝났을 때 나는 이제 다 되었다는 만족감을 느꼈다. 벽은 조금도 손댄 것처럼 보이지 않았다. 바닥에 떨어진 티끌 하나도 낱낱이 주웠다. 나는 의기양양하게 주위를 둘러보며 혼잣말을 했다.

"자, 적어도 헛수고는 아니었어."

다음에 할 일은 이 참극의 원인이 된 고양이를 찾는 것이었다. 그 고양이를 죽여 버리기로 굳게 결심했기 때문이다. 만일 그때 내 눈에 띄기만 했다면 고양이의 운명은 끝나 버렸을 것이다. 그러나 이 교활한 동물은 지난번의 내 격렬한 분노에 겁을 먹었는지 이러한 기분으로 있는 내 앞에 얼씬도 하지 않았다.

그 불길한 고양이가 없어져 얼마나 홀가분하고 통쾌한 안도감을 느꼈는지는 도저히 글로 표현하거나 상상도 할 수 없다. 고양이는 그 날 밤새도록 모습을 나타내지 않았고—— 덕분에 고양이를 집으로 데리고 온 뒤 처음으로 하룻밤 내내 편안히 잠들 수 있었다. 그렇다, 분명 살인을 했다는 중압감이 마음을 억누르고 있는데도 편안히 잠을 잘 수 있었다.

이틀이 지나고 사흘이 지나도 나를 괴롭히던 고양이는 여전히 나타나지 않았다. 나는 다시금 자유로운 몸이 되어 숨쉴 수 있었다. 두려움을 주던 괴물은 영원히 이 집에서 달아난 것이다. 이제 두 번 다시 그 고양이를 보게 될 리 없다고 생각하자 더할 나위 없는 행복이 느껴졌다.

내가 저지른 죄의 두려움에 양심이 아픈 것도 그리 없었다. 두세 차례 심문을 받았지만 문제없이 대답할 수 있었다. 집도 수색되었지만 아무것도 발견될 리 없었다. 이로써 앞날의 행복은 확보된 것이라고 나는 생각했다.

아내를 죽인 지 나흘째 되는 날, 뜻밖에도 한 무리의 경관이 몰려와 다시 엄중히 가택 수색을 시작했다. 그러나 시체를 감춘 곳을 제아무리 찾아본다 해도 찾을 리 없다고 확신한 나는 조금도 당황하지 않았다.

경관의 명령으로 나도 함께 수색하게 되었다. 집 안 구석구석까지 샅샅이 조사했다. 그리하여 드디어 세 번인가 네 번째로 지하실에 내려갔다. 나는 얼굴빛 하나 달라지지 않았다. 내 심장은 마치 천진난만하게 잠든 아이처럼 조용히 뛰고 있었다. 가슴 위로 팔짱을 끼고 유유히 돌아다녔다.

경관들은 완전히 의심이 풀려 집을 떠나려 했다. 나는 기쁨을 억누를 수 없었다. 나는 승리의 표적으로 한 마디라도 하여 내 무죄를 그들에게 한층 더 확신시켜 주고 싶어 견딜 수 없었다.

참다 못한 나는 층계를 올라가는 경관들에게 마침내 말을 건넸다.

"여러분, 의심이 풀려 무엇보다도 기쁩니다. 여러분의 건강을 빌며 그와 더불어 앞으로는 좀 예의있게 행동해 주기를 바랍니다. 그런데 여러분 어떻습니까—— 이 집은 그 구조가 썩 잘 되어 있답니다."

아무 이야기나 마구 지껄여대고 싶은 격렬한 욕망에 싸여 나는 뭘 말하고 있는지조차 몰랐다.

"참으로 잘 지어진 집이라고 할 수 있지요. 무엇보다도 벽 말인데—— 아니, 여러분들 그만 돌아가시렵니까?——어떻습니까, 이 벽의 견고함은……"

이렇게 말한 나는 완전히 흥분하여 미치광이처럼 들고 있던 막대기로 아내의 시체가 들어 있는 바로 그 부분을 힘껏 내리쳤다.

그러자 아, 하느님, 악마의 독니로부터 나를 구해 주소서! 내리친 소리의 메아리가 채 가시기도 전에 무덤 속에서 대답하는 듯한 소리가 들려 왔다!── 처음에는 어린아이의 울음 소리처럼 짓눌린 채 간간이 끊어지는 소리였는데, 곧이어 사람 소리라고는 도저히 여길 수 없는 길고 높으며 끊어짐이 없는 아주 괴상한 비명으로 바뀌었다. 그것은 지옥에 떨어진 죽은 이와 그 파멸에 기뻐 날뛰는 악마의 목구멍에서 동시에 흘러나오는, 지옥에서만 들을 수 있는 공포와 승리가 반반씩 섞인 울부짖음이었다. 순간 나는 정신이 아득해지며 반대쪽 벽으로 쓰러질 듯 비틀거렸다.

한동안은 층계 위의 경관들도 공포와 놀라움으로 우두커니 서 있었다. 다음 순간, 대여섯 명의 억센 팔이 달려들어 벽을 무너뜨리기 시작했다. 벽은 와르르 무너져내렸다.

이미 거의 썩고 핏덩어리가 말라붙은 시체가 사람들의 눈앞에 우뚝 나타났다. 그리고 그 머리 위에는 시뻘건 입을 크게 벌리고 불 같은 외눈을 커다랗게 뜬 그 무서운 고양이가── 나로 하여금 살인을 하도록 감쪽같이 꾀어들이고, 지금은 그 비명 소리로 나를 교수대로 이끈 고양이가 앉아 있었다. 나는 이 괴물을 무덤 구멍 속에 시체와 함께 넣고는 그대로 발라 버렸던 것이다!

모르그 거리의 살인

 사이런(시칠리아 섬 가까운 작은 섬에 살았던 반은 사람이고 반은 말인 바다 요정. 아름다운 목소리로 부르는 노래 소리에 홀려 그곳을 지나가던 나그네들이 바닷물에 몸을 던져 죽었다고 함)들이 어떤 노래를 불렀는지, 아킬레스(트로이 전쟁 때 그리스의 영웅. 펠레우스와 여신 테티스 사이에 태어남)가 여자들 틈에 몸을 숨겼을 때 어떤 가명을 썼는지 —— 어려운 문제지만 전혀 추측할 수 없는 것은 아니다.

 분석적인 것으로 알려진 정신 기능 그 자체는 실제로는 거의 분석이 불가능하다. 그것이 얻어내는 효과를 통해 그 정체를 짐작할 수밖에 없다. 특히 뚜렷한 그 징조 가운데 하나는 그러한 자질의 혜택을 충분히 부여받은 뛰어난 정신기능의 소유자에게는 그것이 언제나 생생한 기쁨의 원천이라는 점이다. 몸이 튼튼한 자가 육체적 능력을 자랑하며 근육을 움직이는 일에서 만족을 얻듯 분석가는 '해명'하는 정신활동을 통해 그의 기쁨을 발견한다.
 분석가는 그러한 능력을 발휘할 수 있는 것이라면 아무리 하찮은 일에서도 기쁨을 찾아낸다. 그는 수수께끼와 어려운 문제와 암호를 좋아하며, 그것들을 풀어낼 때는 여느 사람의 이해력으로는 초인적이라 여겨질 수밖에 없는 날카로움을 나타낸다. 따라서 그가 내리는 결론은 진실로 질서정연한 순서를 거쳐 얻어지는 것인데도 얼른 보기에는 직감적인 해답처럼 생각되기 쉽다.

해명하는 능력이 수학 연구—— 특히 그 최고 분야인 '분석학'에 의해 크게 높아질 수 있는 것은 사실이다. 그러나 그것이 역행 조작을 활용한다는 것만으로 거기에다 당연한 듯 분석학이라는 명칭을 붙이는 건 잘못이다. 계산이 곧 분석은 아니기 때문이다. 체스를 두는 사람은 계산은 하지만 분석하려고는 하지 않는다. 그러므로 체스를 두는 일이 지능 발달에 좋다는 견해는 다소 의심스럽다.

물론 나는 한 편의 논문을 쓰려는 것은 아니다. 다만 얼마쯤 기괴한 이야기를 시작하기에 앞서 생각나는 대로 하찮은 의견을 좀 늘어놓으려는 것뿐이다.

이 기회를 빌어 주장하고 싶은 것은, 더욱 고도의 분석 능력은 교묘하고 번거로운 체스보다는 한결 단순한 체커에서 더 결정적이고 쓸모 있게 발휘될 수 있다는 점이다. 체스에서는 말이 저마다 다르게 제멋대로 옮겨지고 말의 의미도 갖가지로 바뀌게 되는데, 그것은 다만 복잡한 형식에 지나지 않는데도 흔히 심오한 것으로 착각하기 쉽다.

하긴 체스에서는 주의력이 가장 중요하다. 한순간이라도 주의력이 흐트러지면 상대를 제대로 보지 못해 막대한 손해를 입거나 커다란 실패를 맛보게 된다. 말을 옮겨가는 방법이 복잡하므로 제대로 보지 못할 가능성이 배로 커지게 된다. 그러므로 체스의 승자는 대개가 주의력 있는 사람이지 명석한 사람 쪽은 아니다.

그와 반대로 체커에서는 말의 움직임이 일정해 변칙적인 움직임이 거의 없으므로 실수할 가능성이 적어서 단순한 주의력은 비교적 문제가 되지 않는다. 그러므로 명석한 사람 쪽이 유리하다.

좀더 구체적으로 이야기해 보자. 체커 게임 중에 말이 킹 네 개만 있다고 하자. 이렇게 되면 우선 실수할 가능성은 거의 없다. 이때 승패는 어떻게 하면 무언가 허점을 찌르는 움직임으로 나갈 수 있는가, 즉 지력(智力)을 강력히 작용시키느냐 어떠냐로 결정될 게 분명하다.

평범한 수를 다 쓰고 나면 분석가는 상대의 마음 속에 뛰어들어 자신을 상대에게 일치시켜 봄으로써 상대가 실수를 저지를 수 있거나 또는 성급한 오산에 빠질 수 있는 유일한 묘수 —— 때로는 어처구니 없이 단순한 수 —— 를 발견하는 경우가 적지 않다.

휘스트는 오래 전부터 이른바 계산 능력을 기르는 데 좋은 영향을 주는 것으로 알려져 왔으며, 최고 지성의 소유자 가운데에는 체스는 시시하다고 경멸하면서도 휘스트에는 열중하는 사람들을 흔히 볼 수 있다. 사실 휘스트만큼 고도로 분석 능력이 요구되는 놀이는 없다.

세계에서 으뜸가는 체스 명수는 다만 체스의 명수에 지나지 않는다. 그러나 휘스트에 능란하다는 것은 머리와 지혜로 우열을 겨루어야 하는 좀더 중요한 다른 인간 활동의 여러 분야에서도 성공할 능력을 갖추고 있음을 뜻한다.

여기서 능란하다는 것은 게임에 있어서의 완벽성을 뜻하며, 그 완벽성에는 정당한 이점을 얻는 급소를 모조리 알고 있는 자질도 포함된다. 이러한 급소는 그 수와 형태가 갖가지인지라 평범한 사색 능력으로는 도저히 이를 수 없는 사고의 내면 깊숙이에 숨겨져 있다.

빈틈없는 관찰이란 똑바로 기억한다는 것이다. 이 점에서는 주의력 있는 체스의 명수라면 휘스트도 꽤 잘할 것이며, 호일(휘스트를 비롯한 여러 게임의 저작가)의 법칙 —— 본디 게임의 단순한 방법에 바탕을 둔 법칙이므로 —— 도 누구에게나 충분히 이해될 수 있는 종류의 것이라고 할 수 있다.

 분석가의 솜씨가 발휘되는 것은 단순한 법칙의 한계를 넘은 차원에서다. 그는 말없이 관찰하고 추리한다. 그리고 상대방도 할 것이다. 그러므로 얻어놓은 정보의 폭에 틈이 생기는 것은 추리의 옳고 그름에 의한다기보다 관찰의 깊이에 의한다는 이론이 성립된다.

 필요한 것은 무엇을 관찰해야 하느냐를 알고 있는 일이다. 분석가는 자기를 한정하는 짓을 결코 하지 않는다. 게임이 목적이라고 해서 게임 이외에서의 연역을 거부하는 일도 하지 않는다.

 그는 자기 편의 얼굴 표정을 음미하여 그것을 상대편 두 사람의 표정과 상세히 비교 검토한다. 그는 저마다의 카드 분류법 —— 흔히 으뜸패는 으뜸패끼리, 같은 패는 같은 패끼리 분류하는 방법을 그들이 손에 든 카드에 던지는 눈길을 통해 알아낸다.

 게임이 진행되는 동안 다른 상대의 표정 변화를 하나하나 관찰해 자신있는 표정, 놀란 표정, 의기양양한 표정, 아까운 듯한 표정 등의 차이에서 사색의 재료를 수집한다. 트릭을 집어드는 태도에서 그것을 잡은 자가 또 하나의 짝을 맞출 수 있을지 어떨지를 판단한다.

 카드를 테이블 위에 던지는 동작으로 상대방의 가장된 태도 속에 무엇이 숨이 있는지를 꿰뚫어본다. 슬쩍 또는 무심히 내뱉는 한 마디, 우연히 카드 한 장이 떨어지거나 뒤집어졌을 때 당황하느냐, 아니면 태평한 얼굴을 유지하느냐, 카드를 세고 배열하는 순서, 당황, 망설임, 서두름, 몸의 경련 등 그러한 것 모두가 한편으로는 직관적인 그의 지각력에 사태의 진상을 꿰뚫는 단서를 제공해 주는 것이다.

 게임을 한두 차례 또는 세 차례 가량 하고 나면 그는 저마다가 갖고 있는 패를 완전히 알아차리고 그 다음부터 마치 상대방 모두가 카드의 겉을 보이고 있는 것처럼 아주 정확하게 차례로 패를 끊어간다.

분석적 능력을 단순한 재간과 혼동해서는 안 된다. 분석가는 반드시 재간이 있지만, 재간 있는 자가 전혀 분석적이지 못한 경우도 흔히 있기 때문이다.

흔히 재간이 잘 발휘되는 구성 능력 또는 결합 능력을 골상학자들은—내 생각으로는 잘못이라고 여겨지지만—원시적 기능으로 여겨 머리 이외의 다른 기관에서 비롯되는 것으로 규정하고 있는데, 과연 그러한 능력이 때로는 백치에 가까운 지능의 소유자에게서 아주 빈번히 나타나 정신 분석가들의 많은 관심을 끌어왔다.

재간과 분석 능력의 차이는 공상과 상상력의 차이보다 훨씬 크지만, 그 차이의 성격은 아주 엇비슷하다. 사실상 재간 있는 사람은 언제나 공상적이며, 정말로 상상력 있는 인간은 늘 분석적임을 알 수 있을 것이다.

이제부터의 이야기는 지금까지 앞에서 서술한 명제에 대한 일종의 설명처럼 비쳐질지도 모른다.

18××년 봄에서 초여름에 걸쳐 파리에 머무는 동안 나는 거기서 C. 오거스트 뒤팽이라는 인물을 사귀게 되었다.

뒤팽은 좋은 집안—아니, 이름난 집안 출신이었으나 잇따른 불운으로 활력을 잃은 나머지 세상에서 활약한다든가 집안을 다시 일으키겠다는 생각을 단념하고 있었다. 채권자들의 호의로 유산이 아직 얼마쯤 그의 명의로 되어 있었으므로 거기에서 나오는 수입으로 되도록 검소하게 살며 그럭저럭 나날의 양식을 확보하고 있었다—책이 그의 오직 하나뿐인 사치품이었다. 파리에서는 책을 쉽게 손에 넣을 수 있었기 때문이다.

몽마르트르 거리의 이름도 없는 도서관에서 나는 그와 처음 만났다. 우리 두 사람은 우연히 같은 진귀한 책을 갖고 있어 그것을 인연으로 가까이 사귀게 되었다. 우리는 자주 만났다.
 프랑스 인들은 자기 일을 화제거리로 삼을 때는 아주 솔직한 법이다. 그가 그러한 솔직함으로 이야기해 준 그의 집안의 조그만 역사라고 할 만한 것에 나는 깊은 흥미를 느꼈다. 또 그의 독서가 광범위한 데도 감탄했으며 그리고 그의 상상력의 분방한 열기며 발랄한 신선미에 나 자신의 몸 안에서도 불이 붙는 듯한 느낌이었다.
 그즈음 나는 어떤 물건을 찾기 위해 파리에 있었는데, 그러한 나에게는 이런 사람과의 교제가 더할 나위 없이 유익하게 여겨졌다. 그러한 느낌을 나는 솔직히 그에게 털어놓았다.
 그러다가 결국 내가 파리에 있는 동안은 둘이서 함께 살자는 데 의견이 모아졌다.
 주머니 사정은 내가 좀 나은 편이었으므로 집세와 가구 비용을 내가 부담하기로 하고, 파리 교외 생제르맹의 구석지고 황량한 한구석에 붕괴 직전의 모습으로 서 있는 고색창연하고 다소 기괴해 보이는 저택을 빌렸다.
 무슨 까닭에서인지 물어보지는 않았으나, 아무튼 어떤 종류의 미신 때문에 오랫동안 사는 사람이 없었던 이 저택을 우리 두 사람에게 공통된 얼마쯤 환상적이고 우울한 성격에 맞는 스타일로 꾸몄다.
 이 집에서의 일상생활이 세상에 알려졌다면 우리는 틀림없이 미치광이로 여겨졌을 것이다. 하기야 아무 해로움 없는 미치광이이지만……
 우리는 세상과 완전히 인연을 끊고 살았다. 외부 사람은 전혀 드나들게 하지 않았다. 물론 이 은신처의 소재에 대해 내 친구들에게 알려지지 않도록 충분히 신경을 썼고 뒤팽 쪽은 파리와는 소식을 끊은지 이미 오래였다. 우리는 둘만의 세계에 살고 있었다.

밤에 매혹된다는 것이 내 벗의 변덕스러운 공상벽—— 따로 어떻게 부르면 좋을까?—— 이었으나 그 밖의 것과 함께 나는 차츰 이 '변덕' 에 물들어가 마침내 나 자신이 그의 이 분방한 변덕의 완전한 포로가 되었다.

밤의 여신이 늘 함께 있어 주기를 바랄 수는 없었지만 그 존재를 위조할 수는 있었다. 첫새벽 동이 트는 즉시 우리는 이 낡은 건물의 육중한 덧문을 모두 내리고 촛불을 두 개 켰다. 이 촛불은 강한 향기를 띠고 있었으며, 아주 희미하고 무시무시한 태양광선마저도 내몰아 버렸다.

이러한 준비를 갖춘 다음 독서하고 글쓰고 이야기를 나누는 등 바쁘게 꿈속을 헤매다 보면 시계의 종이 진짜 밤이 찾아왔음을 알렸다.

그러면 우리는 성급히 서로의 팔을 끼고 거리로 뛰어나가 낮의 화제를 계속하든가, 한밤중에 아주 멀리까지 걸어다니면서 이 대도시의 요기(妖氣)어린 빛과 그림자가 엇갈리는 곳을 찾아 조용한 관찰이 베풀어 주는 무한한 마음의 교양을 구하는 것이었다.

그럴 때는 으레—— 마땅히 그의 풍부한 상상력에서 예상하고는 있었으나—— 뒤팽의 특이한 분석 능력을 새삼 느끼고는 감탄하지 않을 수 없었다. 물론 그는 이러한 능력을—— 자랑하는 일은 없었지만—— 사용하는 일에 기쁨을 느끼는 것 같았으며 그 기쁨을 망설임없이 이야기했다.

그는 쿡쿡 소리죽여 웃으며 자기가 보는 바로는 사람들이 거의 가슴에 문을 닫고 있는 것과 같다고 장담하고, 곧 나의 마음 속을 완전히 꿰뚫어보고 있음을 나타내는 구체적이고 놀라운 증거를 들어 그 주장을 실증해 보였다.

그럴 때의 그의 태도는 몹시 냉담했으며 또 신들린 듯 보이기도 했다. 눈에서 표정이 사라지고 그 목소리도 여느 때에는 중후한 테너이던 것이 갑자기 고음이 되어 만일 말하는 품이 부드럽지 않고 또 말의 매듭이 뚜렷하지 않다면 히스테리라도 일으키고 있는 것처럼 들렸을 것이다.

이러한 상태의 그를 바라보고 있으면 나는 곧잘 고대 철학의 '이중 영혼설'이 생각나, 창조적인 뒤팽과 분석적인 뒤팽이라는 두 사람의 뒤팽을 상상하며 혼자 묘한 공상에 잠기곤 했다.

여기서 미리 알려 둘 것은 이런 이야기를 한다고 해서 내가 지금 어떤 괴담이나 공상소설을 쓰려는 것은 아니라는 점이다. 내가 이 프랑스인에 대해 서술한 것은 흥분되었거나 또는 병들었다고 할 수 있을 지성의 결과에 지나지 않는 것이다. 그러나 앞서 말한 그런 경우에 그가 어떤 말을 했는가 하는 것은 실제로 예를 들어 설명하는 게 가장 쉬운 방법일 것이다.

어느 날 밤 우리는 팔레 로와이얄 언저리의 길고 곧게 뻗어 있는 지저분한 길을 거닐고 있었다. 둘 다 깊은 생각에 잠겨 적어도 15분 동안은 서로 말 한 마디 꺼내지 않았다.

갑자기 뒤팽이 이런 말을 꺼냈다.

"과연 그는 키가 작아. 만담이나 하면 알맞겠군."

"그건 틀림없어."

나도 모르게 대답했으나—— 너무 생각에 열중에 있었으므로—— 상대가 내 생각에 꼭 파장을 맞춰온 그 방법의 기묘함을 곧바로 눈치채지 못했다. 그러나 문득 제정신으로 돌아온 나는 몹시 놀랐다.

"뒤팽, 이건 뜻밖이로군. 아니, 놀랐다고 해도 좋네. 내 귀를 믿지 못할 지경이야. 어떻게 그것을 알 수 있었나? 내가 지금 생각하고 있던 것을 말야……."

여기서 나는 말을 끊었다. 내가 누구 일을 생각하고 있었는지, 그가 정말로 알고 있었는지 어떤지를 확인하고 싶었다.

그는 말했다.

"샹틸리 일이지. 왜 말을 끊었나? 저렇게 키가 작아서야 비극에는 맞지 않는다고 말하고 있지 않았는가."

그야말로 틀림없이 내 사색의 주제였다. 샹틸리는 생드니 거리의 구두 수선공이었는데, 연극에 아주 열중하여 크레비용(프랑스 극작가)의 비극 《크세르크세스》의 주역을 맡겠다고 스스로 나섰다가 형편없이 망신만 당했다.

"부탁일세, 부디 말해 주게. 내가 무슨 생각을 하고 있었는지 자네는 감쪽같이 알아차렸는데, 그 방법이 있다면."

사실 나는 몹시 놀라 그 일에 대해 정직하게 고백할 마음이 도무지 생기지 않았다.

"그 과일 장수 때문이지. 그 사람 덕택에 자네는 결론에 이르른 거야. 그 구두 수선공이 '크세르크세스'나 그 밖의 같은 종류의 역할에는 키가 모자란다고 말이야."

"과일 장수라고! 뜻밖이군. 과일 장수라곤 하나도 아는 사람이 없는데."

"이 거리로 돌아섰을 때 자네에게 부딪힌 사나이 말일세. 그렇지, 15분쯤 전 일이지."

그러고 보니 커다란 사과 광주리를 머리에 인 과일 장수가 내게 부딪혀 나를 넘어뜨릴 뻔했던 것은 사실이며, 그것은 C거리에서 이 거리로 돌아오려던 때의 일이었다. 그러나 이것이 샹틸리와 어떻게 결부되는지 나로선 전혀 짐작되지 않았다.

뒤팽에게는 사람을 속이는 기색이 털끝만큼도 없어 보였다.

그는 말했다.

"그럼, 설명하지. 이해하기 쉽도록 우선 내가 자네에게 말을 건 시점에서 문제의 과일 장수와 부딪치기까지의 자네 사고를 거꾸로 더듬어 보기로 하세. 대충 말해서 자네 사고의 줄거리는 이렇게 되네—— 샹틸리, 오리온 성좌, 니콜스 박사, 에피쿠로스, 스테레오토미(截石法), 도로의 포석, 과일 장수—— 이런 식으로 말일세."

인생의 어떤 시기에 문득 자신의 생각이 어떻게 거기에 이르게 되었는지를 거꾸로 더듬어 보는 것에 흥미를 느껴보지 않은 사람은 좀처럼 없을 것이다. 그러한 작업에는 이따금 흥미진진한 그 무엇이 있어, 이러한 일을 처음 시도해 보는 사람은 그 출발점과 도달점 사이에 생기는 무한해 보이는 거리와 그 모순에 아연해진다. 그러므로 그 프랑스 인의 그러한 주장을 듣고, 더욱이 그 정확성을 인정하지 않을 수 없는 상황에서 내 놀라움이 어떠했는지는 쉽게 상상할 수 있을 것이다.

"내 기억이 틀림없다면 C거리를 지나기 바로 전 우리는 말(馬)이야기를 하고 있었지. 그것이 우리의 마지막 화제였네. 이 거리로 들어섰을 때 커다란 광주리를 인 과일 장수가 우리 옆을 쓱 스쳐갔네. 그 순간 자네는 포장용 돌더미 위로 쓰러졌지. 보도가 수리 중이고 거리에 돌이 쌓여 있었기 때문이었네.

자네는 그러한 돌 가운데 하나에 발이 걸려 미끄러지자 발목을 좀 삐어 아픈 듯한 불쾌한 얼굴을 짓고 한두 마디 중얼대며 돌더미에 눈길을 보내고는 다시 묵묵히 걷기 시작했지. 나는 자네의 움직임 하나하나에 그리 주의하고 있었던 건 아닐세. 하지만 요즈음 관찰하는 일이 뭐랄까—— 고질이 되어 버려서 말일세. 자네는 눈을 내리깐 채 걸어갔네. 포도의 구멍—— 수레바퀴 자국을 언짢은 듯 흘끗 보고 있었는데, 그것을 보고 자네가 아직 돌에 대해 생각하고 있구나 생각했지.

우리는 마침내 라마르틴이라는 작은 거리로 나섰네. 그 길은 시험적으로 고정시키는 포장 방식을 쓰고 있었어. 거기에 오자 자네 얼굴이 갑자기 밝아졌네. 입술도 움직였어. 그것을 보고 자네가 '스테레오토미'라는 말을 중얼거렸음이 틀림없다고 확신했네. 이러한 포장법에 대해 사람들이 아주 기꺼이 붙이는 이름이니까. 자네가 스테레오토미라고 중얼거리고 나면 그 다음에는 원자와 더 나아가 에피쿠로스의 학설을 연상하지 않을 수 없으리라 믿었지. 바로 얼마 전 자네와 이 문제를 논의할 때 나는 이 위대한 그리스 인의 막연한 추측이 최근의 성운 우주 창조설에 의해 확인되었음에도 사람들의 주의를 거의 끌지 못했다고 말한 적이 있었잖아. 그래서 나는 자네가 오리온 성좌의 그 대성운에 눈길을 돌리지 않을 수 없으리라고 생각했고, 틀림없이 그러리라고 기대하고 있었다네. 아니나다를까 자네는 하늘을 쳐다봤네. 그래서 나는 확신을 얻어, 자네 사고의 궤적을 정확히 더듬어 왔다는 것에 말일세.

어제 「뮈세」에 실렸던 그 샹틸리를 무자비하게 헐뜯은 기사에서 그 풍자가는 비극을 한다고 구두 수선공이 이름을 바꾼 것을 천하게 빈정대며 우리가 곧잘 화제에 올렸던 그 라틴 어 시구를 인용하고 있었지.

'처음 글자는 옛 소리를 잃었도다.'

내가 말한 적이 있었는데 이건 옛 오리온이 오리온으로 된 것에 관련된 문구일세. 그 설명을 했을 때 나는 꽤 기발한 말을 했으므로 자네가 잊지 않았으리라 생각했지. 따라서 자네가 오리온과 샹틸리를 결부시키리라는 건 분명했네. 사실 자네가 그 두 가지를 결부시킨 것은 자네 입술에 문득 떠오른 미소를 보고 알았지.

자네는 그 가엾은 구두 수선공이 낭패한 일을 생각했네. 그때까지 자네는 몸을 움츠리고 걷고 있었는데, 갑자기 허리를 쭉 펴더군. 그래서 자네가 샹틸리의 작은 키에 생각하고 있었던 게 뚜렷해졌네. 내가 자네의 명상에 끼어들어, 과연 그는 키가 작아, 만담이나 하면 알맞겠다고 말한 건 바로 그때였지."

이런 일이 있은 뒤 얼마 안 되어 「가제트 데 트리뷔노」의 저녁 신문을 살피고 있는데, 다음과 같은 기사가 우리 눈을 끌었다.

기괴한 살인사건—— 오늘 새벽 3시쯤 생로스 구 사람들은 무서운 비명 소리에 잠이 깼었다. 비명은 모르그 거리의 레스파네 부인과 딸 카미유 레스파네 양이 사는 건물의 4층에서 새어나온 게 분명했다. 열 사람쯤의 이웃이 경관과 함께 달려와 건물 안으로 들어가려 했으나 문이 열리지 않았으므로 다소 시간이 늦어져 겨우 쇠지레로 비틀어 열고 안으로 들어갔다.

그 무렵에는 비명이 그쳐 있었다. 그러나 그들이 1층에서 2층으로 층계를 뛰어올라가고 있을 때 다투는 듯한 거친 목소리가 두세 번 똑똑히 들렸는데, 그것은 건물의 3, 4층 언저리에서 들리는 듯했다.

2층 층계에 이르렀을 때에는 그 소리도 그쳐 사방이 아주 고요해졌다. 그들은 나뉘어져서 각 방을 조사했다. 4층 뒤쪽의 커다란 방에 들어가보니—— 그 문은 안에서 잠겨 있었으므로 억지로 비틀어 열고 들어갔는데—— 눈뜨고 볼 수 없는 비참한 광경이 펼쳐져 그 자리에 있던 사람들을 몸서리치게 했다.

방 안은 난잡하기 그지없었다—— 가구가 망가지고 사방 가득히 파편이 떨어져 있었다. 침대는 하나밖에 없었지만, 그 침대에서 침구가 떨어져 나가 바닥 한가운데 내동댕이쳐져 있었다. 의자 위에는 피문은 면도칼 하나, 난로 위에는 굵고 긴 잿빛 사람 머리칼 뭉치가 두셋 있었는데, 이것도 피투성이로 뿌리째 뽑힌 것 같았다.

나폴레옹 금화 네 개, 토파즈 귀고리 한 개, 은 스푼 세 개, 작은 양은 스푼 세 개, 금화 4천 프랑쯤이 든 주머니 두 개가 바닥에 흩어져 있었다. 방 한구석의 장농 서랍은 마구 흐트러진 채 열려 있었으나 안의 물건은 아직 많이 남아 있었다.

뚜껑이 열린 소형 철제 금고가 침구—— 침대가 아니다—— 밑에서 열쇠가 꽂힌 채 발견되었는데, 속에 몇 개의 낡은 편지와 그리 중요해 보이지 않는 서류가 들어 있었다.

레스파네 부인의 모습은 보이지 않았다. 그러나 난로에 꽤 많은 양의 검댕이 보여 굴뚝을 살펴본 결과—— 기사로 쓰기에도 꺼림칙한데—— 머리를 밑으로 한 딸의 시체가 끌어내려졌다. 이러한 꼴로 좁은 틈바구니의 꽤 위까지 억지로 밀어 넣어진 모양이다.

몸은 아직 따스했다. 여기저기 찰과상이 보였는데, 아마 밀어올려지고 끌어내려질 때 생긴 것 같았다. 얼굴은 심하게 긁힌 상처투성이이고 목에는 시커먼 타박상과 깊은 손톱자국이 있어 목졸려 죽은 것으로 짐작되었다.

집 안을 샅샅이 뒤졌으나 그 이상은 발견되지 않았고, 그들이 건물 뒤쪽의 돌 깔린 뜰에 나가니 거기에 노부인의 시체가 있었다. 목이 심하게 찢겨져 들어올리려는 순간 머리가 굴러떨어졌다. 몸도 보기에 무참할만큼 마구 찢겨져 있었다. 특히 몸의 상태는 심하게 상하여 거의 본디 모습을 알아볼 수 없었다.

지금까지의 경위로 보건대 이 괴사건을 해결할 단서는 하나도 발견되지 않은 모양이었다.

이튿날 아침 신문은 다음과 같이 자세히 보도했다.

모르그 거리의 참극.

이 괴상한 흉악사건——프랑스 어의 사건을 나타내는 아페르(affaire)라는 말은 영어의 affair와 같은 가벼운 뜻을 아직 갖고 있지 않았다——으로 여러 참고인이 취조를 받았으나 사건 해명의 단서는 아무것도 발견되지 않았다. 다음은 중요 증언들이다.

세탁을 맡아하는 폴린 뒤부르 여인의 증언

증인은 피해자 두 사람과 3년 동안 알고 지내왔다. 두 사람의 세탁물을 도맡고 있었기 때문이다. 노부인과 딸 사이는 좋았으며 서로 위로하고 지냈다. 세탁비 지불은 깨끗했다.

살림살이나 수입에 대해서는 알지 못한다. 생계에 보태기 위해 부인은 점을 치고 있었다고 생각한다. 돈을 모으고 있다는 소문도 있었다. 세탁물이나 빨래한 것을 가져갈 때 집 안에서 다른 사람을 본 일은 없다. 사람을 부리고 있었던 기척도 없다. 4층 말고는 아무 데도 가구류가 없는 것 같았다.

담배가게 피에르 모로의 증언

증인은 4년 동안 적은 양의 담배 및 코담배를 레스파네 부인에게 팔아왔다. 이 부근 태생으로 줄곧 여기에서 살고 있었다. 노부인과 딸은 시체가 발견된 집에 6년 넘게 살고 있었다. 그 전에는 보석상이 살았는데, 그는 위층 방들을 온갖 사람들에게 싼 값으로 빌려 주었다.

이 건물 주인은 레스파네 부인. 그녀는 세든 사람이 자기 건물을 제멋대로 쓰는 게 못마땅하여 자신이 직접 들어온 뒤 아무에게도 방을 빌려 주지 않았다. 노부인은 순진한 데가 있었다.

증인이 딸을 만난 것은 6년 동안 대여섯 번 정도. 두 사람은 세상과 전혀 교섭이 없는 생활을 하고 있었다. 부자라는 소문이 있었다. 이웃 사람들로부터 부인이 점을 친다는 이야기를 들은 적이 있지만, 자기는 그렇게 생각하지 않는다. 노부인과 딸 말고 운송업자가 한두 번, 의사가 여덟 번 내지 열 번 그 집으로 들어가는 것을 보았을 뿐이다.

그 밖에 몇몇 이웃이 비슷한 내용의 증언을 했다. 이 집에 자주 드나들었다는 평판이 있는 자는 없었다. 레스파네 부인과 가까운 친척의 존재 여부는 불확실했다.

길 쪽으로 난 창의 덧문이 열려 있는 일은 좀처럼 없었다. 건물 뒤쪽 창은 그 4층 뒤쪽 방의 창을 빼놓고는 늘 닫혀 있었다. 집은 좋은 건물로 아직 그리 낡지 않았다.

경관 이시드르 뮈제의 증언

증인은 오전 3시쯤 신고를 받고 그 집으로 달려갔는데, 2,30명의 사람이 건물 입구에 떼지어 들어가려 하고 있었다. 결국 문을 총검으로 비틀어 열었다— 쇠지레가 아니다. 문은 겹문 또는 여닫이문이라고 하는 것으로 더욱이 위아래 모두 볼트가 걸려 있지 않았으므로 여는 데 그리 힘들지 않았다.

비명은 문이 열릴 때까지 계속되다가 갑자기 그쳤다. 아주 심한 고통을 받고 있는 어떤 한 사람— 또는 그 이상의 사람— 이 지르는 비명 같았는데, 크고 길게 꼬리를 물었으며 짧고 빠른 성질의 것은 아니었다.

증인은 앞장서서 층계를 올라갔다. 첫 층계참에 이르렀을 때 큰 소리로 화내며 다투는 듯한 두 사람의 목소리가 들렸다. 하나는 굵고 탁한 목소리, 또 하나는 몹시 날카롭고 아주 기괴한 목소리였다. 굵은 목소리에서 나오는 말 가운데 몇 마디는 분간할 수 있는 프랑스 어였다. 여자 목소리가 아니었던 것은 확실하다.

"어이쿠!", "저런!" 하는 말을 알아들을 수 있었다. 날카로운 목소리는 외국말이었는데, 남자 소리인지 여자 소리인지 알 수 없었다. 내용은 알 수 없었으나 스페인 어였다고 생각된다. 방 및 시체의 상황에 대한 본 증인의 진술은 보도된 바와 같다.

이웃의 은세공사 앙리 뒤발의 증언

증인은 처음 건물에 들어간 이들 가운데 한 사람. 뮈제의 증언을 대강 뒷받침하고 있다. 떼지어 들어가자 곧 문을 잠갔다. 한밤중인데도 사람들이 모여들었으므로 들어오지 못하게 하기 위해서였다.

이 증인의 의견으로는 날카로운 소리는 이탈리아 어며 프랑스 어는 아니라고 확신. 남자 소리였다고 잘라 말할 수 없다. 여자 목소리였을지도 모른다. 이탈리아 어는 잘 모른다. 말을 알아들을 수는 없었지만 그 억양으로 미루어 이탈리아 인이라고 믿는다.

부인과 그 딸 모두 아는 사이로 두 사람과 곧잘 이야기를 나눈 일이 있다. 날카로운 소리가 어느 피해자의 목소리도 아니었다는 것은 확실하다.

요릿집 주인 오덴헤이머의 증언

이 증인은 스스로 증언하러 나섰다. 프랑스 어를 몰라 통역을 통해 심문이 이루어졌다. 태생은 암스테르담. 비명이 날 때 그 집 곁을 지나가고 있었다. 비명은 몇 분—— 10분쯤 이어졌다. 크고 길게 꼬리를 끌었다—— 소름끼치는 것 같은 고통스러운 소리.

건물에 들어간 이들 가운데 한 사람. 한 가지 점을 빼놓고 여태까지의 증언과 일치. 날카로운 소리가 남자 목소리이고 더구나 프랑스어였다고 확신하고 있는 점이 그것이다.

말은 알아들을 수 없었다. 큰 소리로 빨리 하는—— 높낮이가 확실하지 않은 소리—— 화내고는 있지만 몹시 겁먹은 듯한 발성법. 소리는 날카롭다기보다 귀에 거슬리는 거친 소리였다는 편이 더 정확하다. 굵은 목소리는 "어이쿠!"라는 말과 "저런!"이라는 말을 여러 번 하고 "지독한 놈"이라고 한 번 말했다.

드롤렌 거리의 미뇨 부자 은행(父子銀行) 총재 쥘레 미뇨의 증언

마담 레스파네에게는 재산이 좀 있었다. 이 은행과 8년 전 봄부터 거래했고 그 이후 틈틈이 예금을 했다.

예금 인출이 전혀 없다가 죽기 사흘 전 처음으로 그녀가 직접 와서 4천 프랑을 찾아갔다. 모두 금화로 지불, 한 은행원에게 그 돈을 집까지 가져다 주도록 했다.

미뇨 부자 은행의 행원 아돌프 르 봉의 증언

이 날 정오쯤 증인은 4천 프랑이 든 두 개의 주머니를 들고 레스파네 부인을 따라 그녀 집까지 갔다. 문이 열리고 마드모아젤 레스파네가 모습을 나타내어 그의 손에서 주머니 하나를 받고 노부인은 다른 한 주머니를 받았다. 인사를 하고 그 집을 나왔다. 그때 길에는 사람 그림자가 없었다. 골목이라서 한적했다.

양복점 주인 윌리엄 버드의 증언

집 안으로 들어간 이들 가운데 한 사람으로 영국인. 파리에 산 지 2

년. 앞서서 층계를 올라간 한 사람.

 방 안에서 나는 소리를 들었다. 굵은 목소리는 프랑스 인, 몇 가지 말을 알아들을 수 있었으나 모두 기억나지 않는다. "어이쿠!"와 "지독한 놈"은 똑똑히 들었다. 몇 사람이 한데 얽혀 다투는 듯한 소리가 났다. 서로 뜯고 할퀴고 격투하는 것 같은 소리, 날카로운 소리는 아주 컸다. 굵은 목소리보다 훨씬 컸다. 영어가 아닌 것만은 확실. 독일어 비슷했다. 여자 소리였는지도 모른다. 독일어는 모른다.

 이 증인 가운데 네 사람이 다시 불려와 증언한 바에 따르면, 그들이 닿았을 때 레스파네 양의 시체가 발견된 방의 문은 안으로 잠겨져 있었다. 신음 소리는 물론 아무 소리도 나지 않았다.
 떼지어 들어갔을 때 인기척은 없었다. 창은 뒤쪽과 앞쪽이 모두 닫혀 안으로 꼭 잠겨 있었다. 두 개의 방을 잇는 문 하나는 잠겼으나 자물쇠는 걸려 있지 않았다. 앞쪽 방에서 복도로 통하는 문에는 자물쇠가 걸려 있었으나 열쇠가 안에 꽂혀 있는 채였다.
 건물 앞쪽 4층 복도의 막다른 작은 방의 문은 활짝 열려 있었다. 이 방에는 낡은 침대, 상자 등이 쌓여 있었다. 이 물건들도 하나하나 들어내어 수사했다. 신중하게 조사되지 않은 곳은 집 안에 한 곳도 없었다.
 굴뚝은 '스위프'를 통해 살펴보았다. 이 집은 4층 건물로 다락방이 붙어 있었다. 지붕으로 통하는 뚜껑문은 꽤 단단하게 못 박혀 있었다—몇 년 동안 열렸던 흔적이 없었다.
 다투는 소리를 듣고 방문을 비틀어 열기까지의 시간에 대한 증인들의 진술은 저마다 다르다. 어떤 사람은 3분, 어떤 사람은 5분이라고 했다. 문은 좀처럼 열리지 않았다.

장의사 주인 알폰소 가르시오의 증언

스페인 태생, 집 안으로 들어간 이들 가운데 한 사람. 그러나 2층에는 올라가지 않았다. 신경질적인 성격이라 흥분하면 건강에 좋지 않으리라 생각했기 때문이다.

다투는 소리는 들었다. 굵은 목소리는 프랑스 인의 소리 같았지만 무슨 말인지는 알아듣지 못했다. 날카로운 소리는 영국인의 목소리였다── 이것만은 확신한다. 영어는 모르지만 억양으로 그렇게 판단했다.

과자점 주인 알베르토 몬타니의 증언

앞장서서 층계를 올라간 사람 가운데 하나. 문제의 소리를 들었다. 굵은 목소리는 프랑스 인의 소리. 몇 마디 말도 알아들을 수 있었다. 달래고 있는 듯한 느낌이 들었다.

날카로운 소리 쪽은 말뜻이 불분명. 빠른 말투로 높낮이가 심했다. 러시아 어같이 느껴졌다. 대개의 줄거리는 다른 증언과 같다. 증인은 이탈리아 인이나 러시아 인과 이야기한 일이 없다.

몇 명의 증인이 다시 호출되어 증언한 바에 따르면 4층 어느 방의 굴뚝도 사람은 전혀 지나다닐 수 없을 만큼 좁다고 한다. 위에 적은 '스위프'란 굴뚝 청소부가 쓰는 원통 모양의 굴뚝 청소용 솔을 말하며, 이것으로 집 안의 모든 굴뚝을 쑤셔 보았다.

그들이 층계를 올라가는 동안 층계 밑으로 내려갈 만한 뒷길은 없다. 레스파네 양의 시체는 굴뚝에 쑥 빠져 있어 그들 가운데 서너 명이 힘을 합하여 끌어내어야 했다.

의사 폴 뒤마의 증언

새벽녘에 검시하러 불려갔다. 두 시체는 레스파네 양의 시체가 발견된 방 침대 매트리스 위에 안치되어 있었다.

딸의 시체에는 심한 타박상과 찰과상이 있었다. 굴뚝에 쑤셔 넣어졌다는 사실을 충분히 뒷받침해 준다. 목은 몹시 벗겨져 있었다. 턱 바로 밑에 깊게 긁힌 상처가 몇 군데 있고 또 납빛 얼룩도 여러 개 있었다. 분명 손가락에 눌려서 생긴 것으로 여겨진다. 얼굴의 변색이 뚜렷하고 눈알이 튀어나와 있었다. 혀의 일부가 물려 잘려져 있었다. 명치의 커다란 타박상은 무릎의 압박으로 생긴 것으로 여겨진다. 뒤마 씨의 견해로는 레스파네 양은 한 사람 또는 여러 사람에 의해 목 졸려 죽었을 것이라고 한다.

어머니 시체는 무참히 칼질되어 있었다. 오른쪽 다리와 오른팔 뼈가 여러 군데 많은 손상을 입고 있었다. 왼쪽 늑골 모두와 왼쪽 정강이뼈는 금이 가 바스라져 있었다. 전신 타박 상태로 변색되어 있었다.

가해 방법은 자세히 알 수 없다. 무거운 곤봉, 폭넓은 철봉 아니면 의자 종류 등 무게 있는 큰 둔기가 매우 힘센 사나이에 의해 휘둘러졌을 때 이런 결과가 생길 가능성이 있다. 여성의 경우 어떠한 흉기로든 이러한 타격을 가하는 것은 불가능하다.

피해자의 머리 부분은 증인이 검시했을 때 완전히 몸에서 떨어져나가고 더욱이 몹시 손상되어 있었다. 목은 분명 날카로운 도구로 잘려져 있었다 ── 도구는 아마 면도칼로 추정된다.

외과의 알렉산드르 에티엔이 불려와 뒤마 씨와 함께 검시했는데, 뒤마 씨와 견해가 같았다.

그 밖의 여러 사람에게 심문이 행해졌으나 새로운 사실은 나오지 않았다. 모든 점에서 이만큼 수수께끼에 싸인 살인사건은 파리에서 일어난 예가 없다. 물론 살인이 이루어졌다는 전제 아래 하는 말이지만……

이런 종류의 사건으로서는 진귀한 일이긴 하지만, 경찰도 완전히 손을 든 모양이다. 단서 같은 것마저도 발견되지 않고 있다.

이 저녁신문의 보도에 의하면 생로스 거리는 아직도 떠들썩하고, 문제의 저택이 신중하게 재수사되며 새로운 증인이 불려왔으나 모든 게 헛수고였다고 한다. 그리고 덧붙여 아돌프 르 봉의 체포를 보도하고 있었다. 이미 보도한 사실 말고는 그를 범인으로 단정할 만한 단서가 없는 것 같은데도.

뒤팽은 이 사건의 경위에 큰 관심을 기울이고 있는 것 같았다. 이 사건에 대해 입을 다물고 있었으므로 그의 태도를 보아 판단할 수밖에 없었는데, 르 봉 체포 발표가 있은 다음 이 살인사건에 대해 나에게 의견을 물어 왔다.

이 사건을 불가사의한 수수께끼로 보는 점에서는 나도 모든 파리 시민과 같은 의견이라고 말할 수밖에 없었다. 범인을 가려낼 방법이 내게 있을 리 없었다.

뒤팽은 말했다.

"이런 외면적인 조사만으로 수단이니 뭐니 할 수 있겠나. 파리 경찰은 총명하고 민첩하다는 평판이지만, 잔꾀나 있을 뿐이야. 그들의 수사 절차에는 진정한 방법이라는 게 없어. 임기응변의 방법뿐이지. 그들은 온갖 종류의 수사 방법을 가지고 있지만, 그 방법이란 맞닥뜨린 문제와 너무도 맞지 않는 경우가 적지 않아. 주르댕 선생(몰리에르의 희극 《벼락 신사》의 주인공. 돈이 생겨 벼락부자가 된 사나이가 교양을 몸에 익히려다가 희극적인 행동을 함)이 '실내복을 가져와, 음악을 더 잘 들을 수 있게 말이야.'라고 외쳤다는 이야기가 생각날 정도지.

물론 그들이 훌륭한 성과를 올리는 경우도 드물지 않지만, 그것도 대부분 꾸준히 착실하게 움직여 올리는 성과에 지나지 않네. 꾸준히 움직여도 안 된다면 그들의 기도 자체가 허탕이 되지. 이를테면 비독의 경우, 그는 육감도 끈기도 있네. 그러나 사고 훈련이 되어 있지 않아서 조사가 면밀할수록 도리어 실패만 하고 있지. 그는 대상에 너무 눈을 가까이해서 보려고 하므로 도리어 지나쳐 버리고 마는 거야. 그야 한두 가지 점은 보통보다 더 잘 보이겠지. 당연한 결과지만 그렇게 탐구한다면 말이야.

그런데 진리가 언제나 우물 속 깊이 있다고는 할 수 없거든. 사실 중요한 지식을 보더라도 진리는 뜻밖에 피상적인 데 존재하기도 하며, 심원한 것은 우리가 늘 진리를 찾는 골짜기 밑에 있지. 산꼭대기에는 없지만, 진리를 발견하는 위치는 산꼭대기인 걸세.

이런 오류를 저지르는 원인은 천체 관측의 예를 보면 잘 알 수 있지. 별을 관찰하는 방법으로는—중심보다 약한 빛에 날카로운—망막 가장자리를 별 쪽으로 돌리고 곁눈질로 보는 게 별빛을 포착하는 가장 좋은 방법이야. 빛이란 그것에 눈을 가까이 대는 정도에 비례해 도리어 보이지 않게 되는 법일세. 눈에 들어오는 실제 빛의 양은 눈을 그것에 가까이 대었을 때 가장 많은 셈이지만, 곁눈질할 경우가 지각의 섬세함과 민감함에 있어서는 더 나은 거지.

통찰이 깊은 것도 정도 문제지, 정도가 넘치면 도리어 사고를 어지럽히고 사고력을 약화시키네. 그러므로 너무 오랫동안 집중적으로 똑바로 지켜보고 있으면 마침내 금성마저 하늘에서 자취를 감춰 버리는 경우도 없지 않다네.

그건 그렇고, 이번 살인사건을 우리 둘이서 조사해 보지 않겠나. 견해를 정리하는 것은 그 뒤에도 늦지 않아. 조사한다는 것은 즐거운 일이거든."

즐겁다는 말을 이런 때 쓰는 것은 어쩐지 좀 이상했지만 나는 그냥 가만히 있었다.

"게다가 르 봉에게 신세진 일이며 은혜를 입은 일도 있지. 한 번 나가서 이 눈으로 그 집을 확인하고 오지 않으려나. 경찰국장 G와 아는 사이니 필요한 허가를 쉽게 얻을 수 있을 걸세."

허가를 얻어 우리는 곧 모르그 거리로 갔다. 그것은 리슐리의 거리와 생로스 거리 사이에 있는 보잘것없는 거리였다. 우리가 사는 곳에서 꽤 떨어져 있으므로 이 길목에 이르렀을 때는 오후도 훨씬 지나 있었다.

집은 곧 찾았다. 아직 많은 사람이 길 반대쪽에서 닫혀진 덧문을 바라보고 있었다. 그것은 파리 어디에나 있는 그러한 집으로 현관이 있고, 그 한쪽에 유리창 달린 방이 있으며 창에는 여닫이문이 있어 그것이 문지기방임을 나타내고 있었다.

집 안으로 들어가기 전에 우리는 길을 곧장 걸어가 샛길을 돌고 다시 한 번 돌아 건물 뒤로 나섰다. 그 동안 뒤팽은 그 집뿐만 아니라 언저리에도 열심히 눈길을 돌렸는데, 나로서는 그가 무엇을 보고 있는지 짐작할 수 없었다.

우리는 다시 건물 앞으로 되돌아와 초인종을 누르고 감시하는 형사에게 허가증을 보인 다음 안으로 들어갔다. 층계를 올라가 마드모아젤 레스파네의 시체가 발견된 방으로 들어가자, 두 시체가 아직 그대로 놓여 있었다. 방 안의 어지러운 상태도 당연히 그대로 보존되어 있었다.

「가제트 트리뷰노」지가 보도한 것 이상의 일은 아무것도 내 눈에 비치지 않았다. 뒤팽은 하나하나 자세히 살펴보았다—— 피해자의 시체도 예외가 아니었다.

그리고나서 우리는 다른 방 뜰로 나가 보았다. 그 동안 줄곧 두 경관이 곁을 따라다녔다. 우리는 어두워질 때까지 조사에 열중하고는 그 집에서 나왔다. 돌아오는 길에 뒤팽은 어느 일간 신문사에 잠깐 들렀다.

전에도 말했듯이 내 친구의 변덕이란 도무지 여느 수단으로는 다룰 수 없으며, 그야말로 'Je les ménageais'였다. 이 프랑스 어는 '걷잡을 수 없다'는 뜻이지만, 이에 알맞는 영어는 없다. 이번에는 무슨 바람이 불었는지, 그는 살인사건에 대해 일체 말하고 싶지 않다는 태도로 다음 날 정오까지 입을 다물고 있었다.

그 뒤 갑자기 입을 열어 그는 범행 현장에서 '특이한' 무엇을 발견하지 못했느냐고 내게 물었다. '특이한'이라는 말을 강조할 때의 그의 말투에 무엇인가가 있어 순간 나는 전율을 느꼈다.

나는 말했다.

"아니, 특이한 것이라곤 아무것도 보지 못했네. 적어도 그 신문에 씌어진 것 이상의 일은 말일세."

"「가제트」는 사건이 괴상하게 무시무시하다는 점은 언급하고 있지 않은 것 같아. 하지만 신문의 태평스러운 의견 따위는 아무래도 좋네. 내가 보기에 이 사건을 해결 불가능한 것으로 여기게 하는 바로 그것이 실은 이 사건의 해결을 쉽게 만드는 이유가 될 것 같네. 그 이유란 사건 외관상의 특징을 말하는 거지. 경찰이 갈피를 잡지 못하고 있는 것은 살인 그 자체의 동기가 아니라, 그토록 끔찍하게 죽이지 않으면 안될 동기가 있을 듯하지 않다는 점에 있네.

그들이 어리둥절해 하는 또 한 가지 점은 다투는 소리를 들었다는 것과, 2층 방에는 살해된 레스파네 양 말고는 아무도 없었으며 층계를 올라가는 사람들에게 눈치채이지 않고 달아날 방법이 없다는 것, 이 두 가지 사실이 아무래도 들어맞지 않는 데 있네. 방이 심하게 어지러워져 있고 시체가 머리를 밑으로 하여 굴뚝에 처박혀 있었으며, 노부인의 몸이 마구 칼질되어 있던 점들이 내가 방금 든 점들 및 새삼스레 말할 필요도 없는 그 밖의 점들과 결합되면 명민함을 자랑하는 국가경찰의 힘도 마비되고 그야말로 손을 들 수밖에 없겠지.

그 사람들은 이상야릇함과 난해함을 혼동하는 크고도 흔해빠진 잘못을 저지르고 있는 걸세. 그러나 모름지기 이성이 진리를 찾아 바른 길로 나아가려면 이러한 범상한 차원에서 벗어나야겠지.

이제 우리가 추구해 나가는 조사에 있어서는 '무엇이 일어났느냐'보다 '지금까지 일어난 적 없는 어떤 일이 일어났느냐'를 문제삼아야 하네. 나는 곧 이 사건을 해결해 보이겠네. 아니, 실은 이미 해결한 거나 마찬가지지. 그 간단한 정도는 경찰의 눈에 비친 해결 불가능한 정도에 정비례한다네."

나는 어리둥절하여 말없이 그를 바라보고 있었다.

그는 방문 쪽으로 눈길을 돌렸다.

"지금 나는 누구를 기다리고 있는데, 그 사람은 아마 학살의 장본인은 아니지만 어느 정도 관계있는 사나이라네. 이 범행의 최악의 부분에는 아마 그는 끼어들지 않았을 걸세 ─ 이 가정이 맞는다면 다행이지. 이 가정 아래 수수께끼를 풀려는 게 내 의도니까. 그 사나이는 여기 이 방으로 지금 곧 올 걸세. 하기야 오지 않을 수도 있지. 그러나 틀림없이 올 거야. 만일 그가 오면 잡아 둘 필요가 있어. 자, 여기 피스톨이 있네. 이걸 써야 할 일이 있을 때 어떻게 써야 하는지는 말하지 않아도 알고 있겠지?"

나는 내가 무엇을 하고 또 무슨 말을 들었는지 거의 분간할 수 없는 멍한 태도로 피스톨을 받아들었다. 뒤팽은 그 동안에도 혼잣말처럼 계속했다. 이럴 때 그가 신들린 사람처럼 된다는 것은 이미 말했다. 그의 이야기는 나를 상대로 하는 것이었지만 그리고 그 목소리 또한 결코 크지는 않았지만 마치 멀리 떨어진 사람에게 이야기하는 듯한 억양을 띠었다. 그의 눈은 표정을 잃은 채 오직 벽만 바라보았다.

"층계에서 사람들이 들었다는 그 다투던 소리가 피해자들의 목소리가 아니었다는 것은 증언으로 완전히 입증되었지. 그러면 그 노부인이 딸을 죽이고 나서 자살한 게 아닌가 하는 의혹은 전혀 고려하지 않아도 되네. 이런 말을 하는 것은 다름아니라 사고 방식의 순서를 명백히 해 두고 싶어서일세.

아무튼 레스파네 부인의 힘으로는 딸의 시체를 발견된 것과 같은 모양으로 굴뚝에 쑤셔넣는 일은 도무지 할 수 없었을 테고, 또 그녀 자신의 몸의 상처로 봐도 자살 가능성은 완전히 배제되네. 그렇다면 범행은 제삼자에 의해 저질러진 게 되며, 말다툼하고 있던 소리가 그 제삼자의 소리였다는 결과가 되네.

그럼, 여기서 잠깐 주의를 살펴보세. 그 목소리에 관한 전체 증언으로서가 아니라 그 증언에 나타난 '특이한' 점으로 말일세. 그 증언에서 어떤 특이한 점을 발견하지 못했나?"

굵고 탁한 목소리는 프랑스 인이라는 점에 모든 증인의 의견이 일치되는데, 날카롭고 귀에 거슬리는 거친 소리라고 한 그 목소리에 대해서는 의견이 저마다 달랐다는 점을 나는 지적했다.

"그것은 그 증언 자체지 증언의 특이성은 아닐세. 자네는 아무것도 특별한 것을 발견하지 못한 듯한데 실은 찾아낼 만한 일이 있었다네.

굵은 목소리에 대한 증인들의 의견이 일치된 건 자네가 지적한 대로 일세. 이 점에서는 만장일치였지.

문제는 날카로운 소리에 대해서인데—— 여기서 특이한 점은 견해의 불일치가 아니고 이탈리아 인, 영국인, 스페인 인, 네덜란드 인, 프랑스 인 등 저마다 그 목소리에 대해서 설명하면서 '외국인'의 소리라고 말하고 있는 점이네. 모두들 자기 나라 사람 소리는 아니었다고 잘라 말하고 있어.

누구나가 그것을—— 자기가 잘 아는 나라 사람의 말에 비유하지 않고—— 그 반대의 말에 비유하고 있네. 프랑스 인은 스페인 말이라고 하며, 스페인 어를 알고 있었더라면 몇 마디 알아들을 수 있었을 거라고 했지. 네덜란드 인은 그것을 프랑스 말이라고 주장했는데, 그는 프랑스 어를 몰라 통역을 통해 심문이 행해졌었네.

영국인은 그것이 독일어라고 생각하지만, '독일어를 모른다'고 했어. 스페인 사람은 영국말이었다고 '확신하는' 데, 단지 '억양으로 그렇게 판단했다'는 것뿐이며, 더욱이 '영어를 전혀 모른다'고 했지. 이탈리아 인은 그것이 러시아 말이라고 믿으나, '러시아 인과 대화한 일이 없다'는 거야.

또 한 사람의 프랑스 인은 처음 프랑스 인과 달리 그것을 이탈리아 말이라고 했지만, '이탈리아 어를 모르며' 아까의 스페인 사람과 마찬가지로 '억양에서 확신했다'고 했지.

이토록 가지각색인 증언을 얻을 수 있는 소리라면 실제로는 아주 기묘한 소리였음이 틀림없을 걸세! 유럽 다섯 나라 사람 중 어느 누구도 알아들을 수 없는 익숙한 말이 전혀 없는 목소리이니까!

자네라면 아시아 인이나 아프리카 인의 목소리였을지 모른다고 말하겠지. 그러나 아시아 인도 아프리카 인도 파리에는 많네. 그리고 그 추측을 부정하지도 않겠지만, 다음 세 가지 점에 자네의 주의를 환기하고 싶네.

어떤 증인은 그 목소리를 '날카롭다기보다 귀에 거슬리게 거칠다'고 말했어. 다른 두 사람은 '바르고 높낮이가 일정치 않다'고 표현했지. 그리고 모든 증인이 말—— 아니, 말다운 소리조차 분간할 수 없었다고 했네.

자네의 이해력이 어떻게 작용했는지 나로선 알 수 없지만, 주저없이 말할 수 있는 것은 증언의 이 부분——굵은 목소리와 날카로운 목소리에 관한 부분에서 비롯된 합리적인 추론만 가지고도 앞으로의 이 사건 조사 과정에 어떤 방향을 제시해 줄 수 있는 하나의 의심을 불러일으키기에 충분하다는 걸세.

방금 내가 합리적인 추론이라고 했지만, 아무래도 이것만으로는 내 의도를 충분히 전할 수가 없네. 내가 말하려는 것은 그 추론이 오직 하나의 정당한 추론이며, 그것의 유일한 결과로써 그 의심이 불가피하게 나온다는 것이었네.

그 의심이 무엇이냐는 것은 아직 말하지 않겠네. 다만 명확히 해두고 싶은 것은 그 의심이 나에게 있어서는 그 방의 내 조사 방법에 어떤 확고한 형식—— 어떤 일정한 경향을 주지 않을 수 없을 만큼 강력한 것이었다는 점일세.

자, 이제부터 우리 공상의 날개를 그 방으로 옮겨보세. 우선 우리는 무엇을 찾기로 할까! 범인이 어떻게 탈출했느냐는 것일세. 자네나 나나 초자연적인 현상 따위는 믿지 않는다고 말해도 좋겠지. 레스파네 모녀는 망령에게 살해된 게 아니야. 범행을 저지른 이는 형체가 있는 존재였고, 달아난 것 또한 유형적이었지.

그럼, 그 방법은? 다행히 이 점에 대해서는 오직 하나의 추리법밖에 없으며, 그 추리법은 반드시 우리를 어떤 확고한 결론으로 이끌어 줄 걸세. 먼저 가능한 탈출 방법을 하나하나 검토해 보기로 하세.

사람들이 층계를 오르고 있을 때 범인이 레스파네 양의 시체가 발견된 방이나 적어도 옆방에 있었던 것은 확실하네. 그렇다면 우리가 찾아야 할 출구는 이 두 방 안밖에 없다는 것이 되지. 경찰은 바닥, 천장, 벽의 돌 등 모든 곳을 다 뜯어봤네. 어떤 비밀 출구도 경찰의 눈을 벗어날 수는 없었을 거야. 나 자신의 눈으로도 확인해 봤지만 역시 비밀 출구는 없었네. 두 개의 방에서 복도로 통하는 문은 자물쇠가 꼭 잠겨 있고 더욱이 열쇠가 안쪽에 있었지.

그렇다면 다음에는 굴뚝일세. 벽난로에서 위쪽 10피트쯤까지는 보통 높이지만, 그 위는 고양이도 큰 놈은 지날 수 없을 정도였네. 따라서 이곳으로 달아날 수 없다는 것은 의심할 여지가 없지.

이제 남은 것은 창문뿐일세. 양쪽 방의 창문으로 달아났다면 길에 있던 군중이 알아차리지 못했을 리 없네. 따라서 범인은 뒤쪽 창으로 나간게 틀림없네.

이런 뚜렷한 방법으로 결론에 이른 이상 그것이 있을 수 없는 일이라고 해서 이 결론마저 물리친다는 것은 추리가로 자처하는 우리가 할 일이 못되네. 우리가 할 일은 이렇게 불가능하게 여겨지는 일이 실은 그렇지 않다는 것을 증명하는 일이지.

그 방에는 창문이 두 개 있네. 하나는 가구가 놓여 있지 않으므로 전체가 보이는 것이고 또 하나는 멋없이 큰 침대가 빈틈없이 들어차 침대 머리에 숨겨져 밑의 절반은 보이지 않게 되어 있지.

첫 번째 창문은 안에서 꼭 잠겨져 있었고, 몇 사람이 힘을 다해 들어올리려고 했으나 꼼짝도 하지 않았지. 창틀 왼쪽에 송곳으로 낸 커다란 구멍이 있고 거기에 굉장히 단단한 큰 못이 거의 대가리까지 꽉 박혀 있었거든. 또 한쪽 창문도 조사해 보니 같은 모양의 못이 같은 형태로 박혀 있었네. 물론 이것도 들어올리려 안간힘을 써 보았지만 역시 꼼짝도 하지 않았지. 이로써 경찰은 이곳으로 탈출했을 리 없다고 단정해 버린 거야. 따라서 못을 뽑고 창문을 여는 것은 그들에게 불가능했을 거라고 생각했던 거지.

나 자신의 조사는 좀더 면밀했는데, 그것은 지금까지 말해 온 대로의 이유에서였지. 즉 한편으로 불가능해 보이는 일이 실은 그렇지 않다는 것을 증명해야 되는 것은 바로 그것이 단서임을 알고 있었기 때문이네. 나는 귀납적으로 생각해 나갔네. 범인은 두 창문 가운데 어느 한쪽으로 달아난 게 분명했지. 그러나 범인은 실제로 그렇게 되어 있었던 것처럼 안에서 창틀을 고정시킬 수는 없었을 것일세. 경찰은 이러한 생각에서 잘못을 발견할 수 없었으므로 이 부분의 탐색을 중지했네. 분명 창틀은 고정되어 있었어. 그렇다면 창문에는 자동적으로 고정되는 장치가 있어야 한다는 결론을 내리지 않을 수 없지.

나는 전체가 내다보이는 쪽 창으로 가서 힘들여 못을 뽑아 내고 창틀을 들어올리려고 해 봤네. 예측한 대로 내 힘으로는 꿈쩍도 하지 않았지. 그래서 어딘가에 반드시 용수철이 숨겨져 있으리라는 걸 알았던 걸세. 이렇게 내 생각이 정리되고 보니 못에 관한 사정에는 아직 알 수 없는 데가 있더라도 적어도 내 의견 전체가 맞았다는 확신을 얻었네. 잘 찾아보니 곧 숨겨진 용수철이 눈에 띄었지. 나는 그것을 눌러 보았지만, 그것을 찾아낸 것만으로도 충분했으므로 창틀을 들어 올려 보지는 않았네. 나는 못을 원래대로 꽂고 자세히 바라보았지. 이 창문으로 나간 사람은 창문을 닫을 수 있었을 것이며 용수철도 걸렸을 것이다—그러나 못을 제자리에 다시 꽂아 넣을 수는 도저히 없었을 걸세.

결론은 뚜렷하며 내 조사 범위는 또다시 좁혀졌네. 범인은 다른 쪽 창문으로 달아난 게 틀림없다는 거지. 그리고 양쪽 창틀의 용수철이 같다면—— 아마도 같겠지만—— 그 차이는 못에, 적어도 못이 걸리는 상태에 있음이 틀림없네. 침대 매트리스에 올라가 그 너머로 두 번째 창문을 자세히 살펴보았네. 널빤지 뒤로 손을 넣어 보니 과연 용수철이 있었고 눌러 보니 예상대로 옆의 창문과 꼭 같았네. 그래서 못을 조사해 봤지. 단단한 점에서나 거의 대가리까지 푹 꽂혀 있는 점에서는 앞의 못과 분명 똑같았네.

자네는 내가 당황했으리라고 말하고 싶겠지만, 그렇게 생각한다면 자네는 귀납법의 본질을 오해하고 있는 게 틀림없네. 사냥에서 말하는 '냄새를 잃는' 일은 내게 한 번도 없었어. 한순간이라도 냄새를 잃어 본 적이 없네. 쇠사슬의 고리는 어디에서도 끊어져 있지 않았네. 비밀을 추구하여 궁극의 결과에 이르는 거지. 그리고 그 결과는 '그 못'이었네. 이 못이 모든 점에서 다른 한쪽 창문의 것과 꼭 닮아 있었던 건 사실이야. 그러나 이 사실도—— 결정적이라고 여겨질지 모르나—— 바로 여기서 문제 해결의 단서가 끝났다고 생각했다면 전혀 아무것도 아니었을 걸세.

'이 못에 무언가 잘못이 있는 게 틀림없다'고 나는 생각했네. 그래서 못을 쥐고 잡아당겨 보았지. 그러자 대가리에 4분의 1쯤 다리가 달린 못이 빠져나왔네. 나머지 부분은 송곳으로 낸 구멍에 남아 있으며, 못의 다리 부분이 도중에 부러져 있었던 거야. 부러진 것은 꽤 오래 전 일이며—— 부러진 데가 몹시 녹슬어 있었으니까—— 아마 쇠망치로 박을 때 생긴 일인 듯했네. 못대가리 일부가 창틀 윗부분에 패어 들어가 있었으니 말일세.

나는 이번에는 못대가리 부분을 원래의 구멍에 가만히 꽂아 보았지. 그러자 어떻게 됐겠나. 보기에는 완전한 못과 다름없었어── 부러진 데가 보이지 않으니까. 용수철을 눌러 창틀을 가만히 몇 인치 들어올려 봤지. 못대가리가 구멍에 꼭 자리잡힌 채 창틀과 함께 올라갔네. 그러자 또 완전한 하나의 못으로 보였지. 여기까지의 수수께끼는 풀린 셈이네. 가해자는 침대 머리쪽 창문으로 달아난 것일세. 범인이 나갈 때 창문이 저절로 떨어지면서── 또는 일부러 닫아서── 용수철로 고정되었던 걸세. 그런데 경찰은 창문이 용수철로 고정되는 것을 못으로 고정되는 것인 줄 착각하여 그 이상의 탐색은 필요 없다고 생각한 거지.

다음 문제는 내려가는 방법인데, 그 점에 대해서는 자네와 함께 집 주위를 돌아보는 동안에 만족할 만한 해답을 얻었네. 문제의 창문에서 5피트 반쯤 떨어진 곳에 피뢰침이 하나 걸려 있었네. 이 피뢰침으로는 누구든 창문 안으로 들어가는 것은 고사하고 창 자체에 손이 닿는 일도 불가능했을 걸세. 하지만 나는 4층의 모든 덧문이, 파리의 목수들이 '페라드'라고 부르는 특수한 종류의 것임을 깨달았네. 요즘은 그것이 쓰이는 일이 아주 드물지만, 리용이나 보르도의 유서깊은 저택에서는 흔히 볼 수 있는 종류의 것이지. 모양은 여느 문── 접는 문이 아니라 단 하나로 된 문── 과 같지만, 아래 절반이 격자식으로 되어 있어 손으로 붙잡기 아주 좋은 점이 다르네. 이 덧문들은 폭이 3피트 반은 충분히 되더군. 집 뒤쪽에서 보았을 때 이 덧문은 둘 다 반쯤 열려 있었지. 말하자면 벽으로부터 직각으로 떨어져 있었다는 말일세.

아마 경찰도 나와 마찬가지로 건물 뒤쪽을 조사했겠지. 하지만 이 페라드의 폭을 정면에서 길이로 봄으로써── 사실 그렇게 했을 게 틀림없네만──폭 자체의 크기를 그냥 지나쳤든가, 적어도 폭에 대해 충분히 고려하는 것을 잊었을 거야. 여기로 달아나기는 불가능하다고 단정해 버려 자연히 이 부분의 조사가 소홀해졌던 거지.

그런데 침대 머리 쪽 창의 페라드를 벽면까지 힘껏 열면 피뢰침까지의 거리가 2피트도 못되는 것을 나는 똑똑히 확인했네. 게다가 또 아주 놀라울 정도의 운동 능력과 용기를 발휘하면 피뢰침에서 창문으로 들어가는 일도 이러한 방식으로라면 가능하다고 생각했지. 2피트 반만 손을 뻗치면—— 페라드가 완전히 열려 있다고 치고—— 범인은 격자 세공 부분을 꼭 잡을 수 있었을 것일세. 그리고는 발을 단단히 벽에 대고 피뢰침 쪽 손을 놓고 단숨에 발을 걸치면 그 여세로 페라드는 닫히는 꼴이 되며, 만일 그때 창문이 열려 있다면 몸 전체가 방 안으로 뛰어들 수 있었을 거라는 계산이 되지.

내가 그토록 위험하고 어려운 곡예를 성공적으로 해내기 위한 필수 조건으로 '아주 놀라울 정도의 운동 능력'이라고 한 말을 특히 마음에 새겨 주기 바라네. 내 의도는 우선 이런 일이 불가능하지 않다는 점을 자네에게 보여 주는 것이지만, 둘째는—— 실은 이것이 가장 중요한데—— 그 '아주 엄청난 점' 즉, 그런 짓을 해치운 거의 초자연적인 민첩성을 자네 마음 속에 깊이 새겨 주고 싶어서일세. 틀림없이 자네는 법률 용어를 써서 말하겠지. '자기 주장을 입증하기 위해서는 그 행위에 필요한 운동 능력을 충분히 평가하기보다 차라리 과소평가해야 하지 않겠느냐'고 말일세. 법률 문제라면 그러는 것이 좋을지 모르나, 추리를 하는 데 있어서는 그런 게 있을 수 없네. 진실만이 나의 궁극적 목표니까.

나의 지금 목적은 방금 말한 그 '아주 놀라울 정도의 운동 능력'과 그 국적에 대해 단 두 사람의 의견 일치도 없었고, 그 발성에서 한 마디의 말 같은 소리도 발견할 수 없었던 그 '아주 기괴하게' 날카롭게

—— 또한 귀에 거슬릴 정도로—— '높낮이가 일정치 않은' 목소리, 이 두 가지를 자네로 하여금 결부시켜 생각하게 하려는 것일세."

이 말을 듣자 뒤팽이 무슨 말을 하려는지 막연하게나마 알 것 같은 느낌이 얼핏 들었다. 나는 이해할 수 있는 단계에 이른 듯싶었다. 그러나 이해할 수 없었다. 마치 사람들이 때때로 기억날 듯하면서도 끝내 기억나지 않는 그런 경우처럼…….

내 친구는 이야기를 계속했다.

"내가 문제를 탈출 방법에서 침입 방법으로 바꾼 의도는 자네도 알 걸세. 그것은 둘 다 같은 방법—— 즉 같은 장소를 이용해서 행해졌다는 것을 분명히 하려는 데 있었지. 이제 집 안으로 눈을 돌려보세. 그리고 여기서 그 상황을 살펴보세. 옷장 서랍에는 많은 옷이 그대로 남아 있긴 하나 약탈당했다고 했네. 이 결론은 불합리해. 그것은 단순한 추측, 아주 어리석은 추측에 지나지 않네. 서랍에서 발견된 물건이 원래 거기에 있었던 물건의 모두가 아니라는 보증이 대체 어디에 있단 말인가?

레스파네 모녀는 무척 은둔적인 생활을 하고 있었네. 사귀는 사람도 없고 외출도 좀처럼 하지 않았으니 갈아입을 옷도 그리 필요치 않았을 기야. 그 방에서 발견된 물건들은 최소한 이런 종류의 여인들이 지닐 수 있는 것으로선 가장 좋은 물건들이었을 걸세.

만일 도둑이 물건을 갖고 갔다면 왜 가장 좋은 것을 가져가지 않았을까. 아니, 왜 모두 가져가지 않았을까? 그보다도 귀찮은 옷가지를 한아름이나 갖고 가면서 왜 4천 프랑의 금화는 내버려두고 갔단 말인가? 황금을 내버렸단 말일세. 은행가 미뇨 씨가 말한 금액이 그대로 주머니 속에 든 채 바닥 위에 뒹굴어 있었으니까.

따라서 돈을 집 문 앞에서 직접 전했다는 증언 때문에 경찰의 머리 속에 박히게 된 그 '동기'라는 그릇된 생각은 자네 머리 속에서 깨끗이 내쫓아 주기 바라네. 이러한 우연의 일치── 돈을 내주고 그것을 받은 사람이 사흘도 못되어 살해되는 일── 보다 열 배나 두드러진 우연의 일치가 평생토록 한 시간에 한 번쯤의 빈도로 누구에게나 일어나고 있으니까. 순간적인 관심도 끌지 못하면서 말일세.

일반적으로 우연의 일치란 교육은 받았어도 확률론은 전혀 공부하지 못한 사색가에게 있어선 커다란 좌절이지. 이 확률론 덕분으로 인간의 가장 빛나는 대상이 가장 빛나는 성과를 올리고 있지만 말이네.

이번 경우 만일 금화가 없어졌다면 그 사흘 전에 전달되었다는 게 우연의 일치 이상의 그 무엇이 되었겠지. 즉 살해 동기를 뒷받침하는 게 되었을 걸세. 그러나 실제로 일어난 상황 아래에서 이 흉행의 동기가 돈이었다고 가정하려면, 이 범인은 돈과 동기를 다 함께 포기해 버릴 만큼 우유부단한 천치였다는 상정도 함께 하지 않을 수 없게 되겠지.

내가 자네의 주의를 환기시켰던 여러 가지 점── 그 기괴한 목소리, 그 놀라운 민첩성, 그리고 이토록 흉악한 살인사건치고 기묘할 만큼 용기가 결여되어 있다는 점들을 계속 염두에 두면서 흉행 그 자체를 살펴보도록 하세.

한 여자가 손으로 목졸려 거꾸로 굴뚝에 쑤셔넣어져 있네. 여느 살인범이라면 이런 방법을 쓰지 않지. 적어도 시체를 그렇게 처리하는 일은 없을 걸세. 시체를 굴뚝 속으로 쑤셔넣은 그 방법에는 '너무나 극단적인' 그 무엇이 있어. 인간 행위에 대한 우리 통념과 전혀 맞지 않는 무엇인가가 있다는 것을 자네도 인정할 걸세. 모름지기 우리가 생각할 수 있는 가장 흉악무도한 인간이라 할지라도 말일세. 게다가 또 생각해 보게. 여러 사람이 힘을 모아 겨우겨우 '내렸을' 만큼 좁은 구멍 속으로 시체를 억지로 쑤셔 '올렸다면' 대체 얼마나 엄청난 힘이었겠는가?

이번에는 이 놀라운 힘이 쓰인 다른 증거를 살펴보세. 벽난로 위에 굵은 잿빛 사람 머리칼 뭉치가 있었네. 몹시 굵은 뭉치였지. 이것은 뿌리째 뽑힌 것이었네. 2,30개의 머리털이라도 한꺼번에 뽑으려면 얼마만한 힘이 드는지 자네도 상상할 수 있을 걸세.

문제의 머리털 뭉치를 나도, 자네도 보았지. 그 뿌리 끝에는── 소름이 끼치네만!── 머리의 살점이 더덕더덕 붙어 있었네. 그것은 단번에 몇 십만 개나 되는 머리털을 잡아뜯는 데 발휘된 엄청난 힘을 뚜렷이 밝혀 주는 증거일세. 노부인의 목은 단순히 벤 것이 아니라, 머리가 몸통에서 완전히 떨어져 있었네. 그런데 그 흉기는 여느 면도칼에 지나지 않았지. 이 행위의 '야수적' 잔인성을 다시 한 번 유의해 주기 바라네.

레스파네 부인의 시체에 난 타박상에 대해서는 말하지 않겠네. 뒤마 씨와 그의 유능한 조수 에티엔 씨가 둔기에 의한 타박상으로 단정하고 있는데, 거기까지는 두 사람 다 아주 정확하네. 둔기는 분명 뒤뜰에 깔린 돌이었으며, 희생자는 침대에서 내려다보이는 창문으로 거기에 떨어졌던 걸세. 이러한 추정은 이제 와서는 아무것도 아니게 여겨지지만, 경찰 관계자는 미처 알아차리지 못했네. 그것은 페라드의 넓이에 주의를 돌리지 못했던 것과 같은 이유에서일세. 즉 못으로 고정되어 있으므로 창문이 열린 적이 있을지도 모른다는 가정에 대해 그 사람들은 전혀 생각지도 못할 테니.

이런 모든 점에 덧붙여 방이 묘하게 흐트러진 점을 올바로 고찰했다면 이미 우리는 놀라운 민첩성, 초인적인 힘, 야수적인 잔인성, 동기 없는 살육 행위, 인간적인 것과는 완전히 이질적인 소름끼치는 기괴함, 많은 나라 사람들의 귀에 한결같이 이국적인 억양이며 의미를 알 수 있는 음절이 전혀 없었던 목소리―― 이 모든 것을 결부시킬 수 있는 단계에 이르는 셈일세. 그럼 어떤 결론이 나올지, 이제까지의 내 말에서 자네는 어떤 인상을 받았나?"

나는 등골이 오싹해지는 것을 느꼈다.

"미친 녀석이로군, 그런 짓을 하다니. 가까운 정신병원에서 도망친 흉악한 놈이 틀림없어."

"어떤 점에서는 자네 생각도 전혀 어긋나지는 않네. 그러나 미치광이의 목소리란 심한 발작이 일어났을 때일지라도 그 층계에서 들린 소리와는 전혀 다르네. 미치광이도 반드시 어느 나라 사람이며 비록 말하는 내용은 종잡을 수 없을지라도 음절 쪽은 확실한 법이지. 그리고 아무리 미치광이라 해도 지금 내가 쥐고 있는 이런 머리칼을 가진 사람은 없네. 레스파네 부인의 손에 꼭 쥐어져 있던 것을 조금 빼왔는데, 자넨 이것을 뭘로 보나?"

나는 몹시 놀라며 말했다.

"뒤팽! 묘한 털이로군. 사람 털이 아냐."

"사람 털이라고는 하지 않았네. 하지만 이 점에 대해 결론을 내리기 전에 이 종이에 베껴 둔 스케치를 좀 보게. 증언에서 마드모아젤 레스파네의 목에 난 '검은 타박상과 깊은 손톱 자국'이라는 부분이 있었지. 그리고 뒤마씨와 에티엔 두 사람의 증언에 '분명히 손가락으로 누른 자국으로 여겨지는 납빛 얼룩'이라는 부분이 있었네. 이건 그 부분의 실물 그대로의 스케치일세."

그는 우리 앞 테이블에 종이를 펼치며 계속했다.

"이 스케치를 보면 꽤 꽉 쥔 것을 알 수 있네. 미끄러진 흔적은 없네. 어느 손가락이나, 아마도 피해자가 죽을 때까지―― 처음의 무서운 힘 그대로 있었던 걸 거야. 그러면 시험삼아 자네 손가락을 하나하나 이 손톱 자국 위에 똑바로 대어 보게."

나는 해 보았으나 잘 안 되었다.

"어쩌면 이것은 올바른 방법이 아닐지도 모르지. 종이는 평면상에 펼쳐져 있지만 사람 목은 원통형이니까. 여기 장작이 하나 있네. 굵기도 바로 목만하군. 종이를 그것에 감아 다시 한 번 해 보세."

나는 그대로 해 보았으나 아까보다 더 어려웠다. 나는 말했다.

"이것은 사람 손가락 자국이 아닐세."

"그럼, 읽어보게. 퀴비에(프랑스의 유명한 박물학자, 동물분류학자)가 쓴 책의 이 부분을."

그 책에는 동인도 제도에 사는 거대한 황갈빛 오랑우탄의 해부학적 모습과 생태에 대해 씌어 있었다. 이 포유류의 거대한 몸집, 놀라운 힘과 운동 능력, 잔인성, 모방력은 누구나 잘 알고 있다. 나는 이 살인 사건의 무서움을 대뜸 이해했다.

"손가락 설명이 이 스케치와 정확하게 일치하는군. 알았어, 여기에 적혀 있는 종류에 속하는 오랑우탄 말고는 어떤 동물도 자네가 베껴 온 것과 같은 움푹 파인 구멍을 만들 수 없을 걸세. 이 황갈색 털도 퀴비에의 책에 있는 동물의 그것과 아주 비슷하군. 그러나 이 가공할 사건의 세부는 아직 모르겠네. 더욱이 말다툼하는 두 소리가 났고 그 한쪽은 확실히 프랑스 인의 목소리였다고 하지 않았는가."

"그렇지. 자네도 기억하겠지만, 그 소리의 대화로써 대부분의 증인들이 일치해서 듣고 있는 말—— 그것은 '지독한 놈!'일세. 꾸짖는 듯 달래는 듯한 말투였다고 증인의 한 사람 —— 과자점 주인 몽타니 —— 이 말하고 있네. 이것은 그 경우의 상황을 정확히 포착한 말일세. 따라서 나는 주로 이 '지독한 놈!'이라는 두 마디에 수수께끼를 해결할 희망을 걸어 왔지.

한 사람의 프랑스 인이 이 살인을 알고 있네. 어쩌면 그는 그 참혹한 행위를 전혀 저지르지 않았을지도 몰라. 아니, 거의 틀림없지. 오랑우탄은 그에게서 달아났을 걸세. 사나이는 오랑우탄을 쫓아 그 방까지 갔겠지. 그런데 그 소동이 벌어졌으므로 다시 붙잡을 수 없었을 테지. 오랑우탄은 아직 잡히지 않았네.

이런 추측은 이만해 두기로 하세. 그 바탕이 되어 있는 사고의 그림자는 나 자신의 머리로도 감지하기 어려울 만큼 희미하여 다른 사람에게 이해시킨다는 것은 엄두도 낼 수 없으니, 내가 그것을 추측 이상의 것으로 부를 권리는 없는 거지. 따라서 그것은 단순한 추측으로 우선 접어 두기로 하세. 만일 문제의 프랑스 인이 내가 상상하듯 흉행 그 자체와는 무관하다면, 어젯밤 돌아오던 길에 「르 몽드」지(해운업계 신문으로 뱃사람이 많이 읽음)에 들러 부탁한 이 광고를 보고 찾아올 걸세."

그는 나에게 신문을 넘겨 주었다. 그 광고에는 이렇게 씌어 있었다.

포획물—— 황갈색 보르네오 종 오랑우탄. 이달 ××일 이른 아침(사건이 있었던 날 아침) 볼로뉴 숲에서 포획, 소유주(말타 섬 소속 선박의 선원으로 추정)에게 돌려주겠음.

단 그것이 자기 소유임을 충분히 증명하고 포획 및 보관에 대한 비용을 조금 치를 것. 포브르 생제르맹 ××가 ××번지, 3층으로 찾아오기 바람.

"그 사나이가 선원이며 말타 섬의 배 승무원이라는 걸 어떻게 알았나?"

"알긴 뭘 알아. 확실히 알고 있는 것은 아닐세. 하지만 여기 리본 조각이 있는데 그 모양이나 기름이 스며 있는 점이 아무리 봐도 선원들이 즐겨하는 변발을 묶는 데 쓰는 것 같네. 게다가 선원 말고는 이렇게 매는 방법을 좀처럼 쓰지 않고 더욱이 말타 섬 특유의 것일세. 리본은 피뢰침 밑에서 주웠지. 피해자의 것이 아닌 건 확실해. 그리고 이 리본에서 그 프랑스 인이 말타 섬의 배 승무원이라고 추정한 게 잘못이라고 해도 광고에 그렇게 써두어 안 될 것은 전혀 없네. 비록 추리가 틀렸더라도 상대는 이쪽이 무슨 사정으로 잘못 생각하고 있다고 여길 뿐, 일부러 그러한 사정을 캐내어 보려고는 하지 않을 테니까.

하지만 만일 내 추정이 정확하다면 얻는 바가 크지. 그는 살인의 하수인은 아니더라도 사건을 알고는 있을 테니 마땅히 광고를 보고 오랑우탄을 찾으러 오길 주저할 걸세. 아마 이렇게 생각할 거야.

나는 죄가 없다. 돈도 없다. 오랑우탄은 꽤 값이 나가는 동물이다. 내게는 하나의 재산이다. 위험한 생각만으로 큰 돈을 헛되이 잃을 수는 없다. 곧 손에 넣을 수 있는 판인데. 놈은 볼로뉴 숲에서 잡혔어. 그곳은 살인현장에서 꽤 먼 곳이다. 그런 짐승이 했으리라고 누가 생각할 것이냐. 경찰도 단념하고 있어. 그러나 어떻든 나는 이미 알려져 있는 거야. 광고주는 나를 그 짐승의 소유주라고 지명했다. 광고주가 얼마나 알고 있는지 나로선 알 수 없으나, 내가 소유주로 알려지고 만일 값진 재산을 인수하러 가지 않는다면 적어도 그 짐승에게 혐의를 걸어 달라고 말하고 있는 것이나 같다. 나도, 그 짐승도 의심받는 건 이로운 일이 아니다. 광고에 응하여 오랑우탄을 인수하고 사건의 관심이 식어질 때까지 가만히 숨겨 두자고 말일세."

이때 층계에서 발소리가 났다. 뒤팽이 말했다.

"피스톨을 준비하게. 단 내가 신호할 때까지는 쏘든가 내보이면 안 되네."

현관문이 열려 있었으므로 방문객은 벨을 울리지 않고 들어와 층계를 몇 단 오르기 시작했다. 그러다 문득 망설이는 것 같았다. 이윽고 내려가는 발소리. 뒤팽이 성급히 문간으로 갔으나 다시 올라오는 발소리가 났다. 이번에는 멈춰서지 않고 단호한 걸음걸이로 올라와 우리 방문을 두드렸다.

뒤팽이 쾌활하고 친근감 있게 말했다.

"들어오시오."

한 사나이가 들어왔다. 분명 선원인 듯했다 —— 키가 크고 단단한 근육의 사나이로 무모해 보이는 얼굴이었으나 전혀 애교가 없는 것도 아니었다. 볕에 몹시 그을린 얼굴은 절반 이상 구레나룻과 콧수염으로 덮여 있고 커다란 떡갈나무 막대기를 쥐고 있었으나 그 밖에는 무기를 지니고 있는 것 같지 않았다.

그는 무뚝뚝하게 프랑스 어로 머리를 숙여 인사했다. 뇌샤텔 사투리가 좀 있었으나 파리 태생임을 잘 알 수 있었다.

"앉으시오! 오랑우탄 때문에 오셨겠지요? 정말이지 훌륭한 것을 갖고 계셔서 부러울 정도입니다. 게다가 꽤 값이 나가겠지요? 몇 살쯤 됩니까?"

겨우 무거운 짐을 벗은 투로 선원은 긴 한숨을 쉬고 뚜렷하게 대답했다.

"잘 모르겠지만, 기껏 너덧 살 정도겠지요. 그 놈, 여기 있습니까?"

"아니오, 여기에는 사육할 시설이 없어 뒤브르 거리의 세낸 우리에 넣어 두었소. 바로 이 가까이요. 아침이 되면 인도하겠소. 물론 당신이 소유주라는 증명은 가능하겠지요?"

"네, 되고말고요."

"내놓기 좀 아까운 마음이 드는데."

"수고를 공짜로 받아들이고 싶은 마음은 없습니다. 그럴 수는 없지요. 그 놈을 잡아 주신 보답은 기꺼이 하겠습니다. 부당한 요구만 아니라면."

"그렇지요. 정말 훌륭한 생각입니다. 그렇군요! 뭘 받기로 할까요? 응, 그렇지. 모르그 거리의 살인사건에 대해 당신이 알고 있는 정보를 모두 받기로 할까요?"

뒤팽은 마지막 말을 아주 낮게 천천히 던지며 문 쪽으로 걸어가 자물쇠를 잠그고 열쇠를 주머니에 넣었다. 그리고는 피스톨을 꺼내 태연자약하게 테이블 위에 놓았다.

선원은 마치 숨이 막힌 듯 얼굴이 확 달아올랐다. 그는 일어서서 막대기를 잡았으나, 다음 순간 털썩 의자에 주저앉아 떨기 시작했다. 얼굴이 마치 송장 같았다. 한 마디도 하지 못하는 이 사나이에게 나는 동정의 마음을 누를 수 없었다.

뒤팽이 다정하게 말했다.

"떨 필요는 없소. 정말 해를 끼칠 마음은 털끝만큼도 없으니까. 신사로서, 프랑스 인으로서 맹세하지만 그럴 생각은 전혀 없소. 당신이 모르그 거리의 흉악한 범죄 하수인이 아님은 잘 알고 있으니까. 그러나 그 일에 전혀 관계가 없다고는 말해도 소용이 없소. 이만큼 말했으니 이제 당신도 알았으리라 생각하지만, 이 일에 대해 나는 정보망을 갖고 있소. 당신은 도무지 상상도 못할 만큼.

요컨대 사태는 이렇게 되어 있소. 당신이 좋아서 한 일은 하나도 없을 거요. 즉 죄가 될 만한 일은 아무것도 저지르지 않았소. 도둑질도 하지 않았소. 의심받지 않고 물건을 훔칠 수 있었는데도 말이오.

감출 것은 아무것도 없소. 감출 이유가 없으니까. 당신은 알고 있는 것을 모조리 털어놓을 의무가 있으며 그것은 명예 문제요. 당신이 범인을 지적할 수 있는 처지라는 죄 때문에 지금 한 사람의 죄없는 사나이가 감옥에 갇혀 있소."

뒤팽이 말하는 동안 선원은 꽤 마음의 평온을 되찾고 있었다. 그러나 당초의 대담한 태도는 완전히 어디론가 사라지고 말았다.

잠시 후에 사나이는 말했다.

"제기랄! 말하지요, 이 사건에 대해 내가 알고 있는 것을 모조리! 하지만 내 이야기의 절반도 믿지 못할 겁니다. 믿어 주길 바란다면 내가 어리석겠지요. 하지만 나는 아무 죄도 없습니다. 그러나 그 때문에 죽는다 해도 좋으니 속시원히 털어놓겠습니다."

사나이의 이야기는 대강 이러했다. 그는 최근 인도네시아를 항해하고 돌아왔다. 그곳에서 사람들과 보르네오에 상륙해 오지(奧地)까지 놀이를 겸한 탐험을 나섰다. 그는 한 친구와 둘이서 그 오랑우탄을 잡았다. 그런데 친구가 죽었으므로 자연히 그 짐승은 그 혼자만의 것이 되었다. 돌아오는 도중 이 포획물이 이따금 감당할 수 없을 만큼 흉포성을 발휘해 아주 애먹었으나, 이럭저럭 무사히 파리의 집까지 끌고 올 수 있었다. 이웃 사람들이 이상한 눈으로 보게 되는 게 싫어 그는 애써 오랑우탄을 숨겨두고 그놈이 배 위에서 발에 가시가 박혀 생긴 상처가 나을 때까지 기다리기로 했다. 결국 팔아치울 작정이었다.

살인사건이 있던 날 새벽, 동료 선원들과 한바탕 마시고 집으로 돌아와 보니 그 짐승이 그의 침실에 있었다. 옆의 작은 방에 꼭 가둬 두었는데, 부수고 침실에 들어온 것이다. 면도칼을 손에 쥐고 얼굴 전체가 비누 거품투성이가 되어 거울 앞에 앉아 수염을 깎으려는 모양이었다. 주인이 그렇게 하는 것을 옆방 열쇠구멍으로 엿보았던 모양이다. 이런 위험한 도구가 흉포하고 더욱이 그것을 교묘히 다룰 줄 아는 동물의 손아귀에 있는 것을 보고 사나이는 아주 놀라 얼마 동안은 그저 어쩔 줄 모르고 있었다. 그러나 이 짐승이 아무리 사납게 날뛰어도 평소 회초리를 쓰면 온순해졌으므로 이번에도 그 방법을 쓰려고 했다. 그런데 회초리를 보자 오랑우탄은 방 안에서 달아나 층계를 뛰어 내려가더니 공교롭게도 열려 있던 한 창문으로 달아나고 말았다.

이 프랑스 인은 초조한 마음으로 열심히 뒤쫓았다. 그 짐승은 여전히 면도칼을 손에 쥔 채 이따금 멈춰서서 추적자에게 어서 오라는 듯이 손짓하며 잡힐 듯하면 또 달아났다. 이러한 일이 자꾸만 되풀이되었다. 때는 이미 새벽 3시, 큰길은 고요히 잠들어 있었다. 모르그 거리 뒤쪽 샛길에 접어들었을 때, 이 쫓기고 있던 짐승은 레스파네 부인 집 4층 방의 열려진 창문에서 새어나오는 불빛을 보았다.

건물에 다가가 피뢰침을 발견하자 믿을 수 없을 만큼 재빠른 동작으로 기어올라가더니 벽에 딱 들어붙을 만큼 활짝 열려진 페라드를 붙잡고 그것에 매달려서는 그 반동을 이용하여 단숨에 침대 머리판자가 있는 데로 뛰어들었다. 이 놀라운 곡예에 걸린 시간은 1분도 되지 않았다. 오랑우탄이 방 안으로 사라지자 페라드는 반동으로 다시 열렸다. 선원은 난처했으나 한편 마음이 놓였다. 마음이 놓인 것은 이번에야말로 틀림없이 잡을 수 있다고 생각했기 때문이다. 그놈이 보기 좋게 뛰어든 올가미에서 도망치는 길은 피뢰침 말고는 우선 없었으므로 거기를 내려올 때 잡으면 되리라는 계산이었다.

그런데 이 짐승이 집 안에서 무슨 짓을 저지를지 큰 걱정이 되었다. 그런 생각이 들자 선원은 안절부절 못하고 계속 짐승을 쫓았다. 피뢰침을 오르는 것은 선원에겐 쉬운 일이었다. 창문 안을 엿볼 수 있는 높이까지 올라갔을 때 그의 움직임은 딱 멈추고 말았다. 몸을 앞으로 하여 집 안을 흘끗 살펴보는 게 고작이었다. 흘끗 보기만 하고도 공포에 질린 나머지 손의 힘이 빠져 자칫하면 떨어질 뻔했다.

　모르그 거리에 사는 사람들의 잠을 깨운 그 무서운 비명 소리가 밤의 고요를 깨뜨린 것은 그때였다. 레스파네 부인과 딸은 나이트 가운을 걸치고 앞서 이야기한 철제 금고를 방바닥 복판에 꺼내놓고 서류 정리를 하고 있는 듯했다. 금고문이 열려 있고 그 안의 물건이 바로 곁의 바닥 위에 놓여 있었다. 희생자들은 창을 등지고 앉아 있었던 모양이다. 짐승이 침입한 후 외침 소리가 나기까지 걸린 시간을 보면 즉시 그것을 눈치채지 못했다는 것을 알 수 있다. 페라드가 타닥거리는 소리도 바람 탓으로만 여기고 마음에 두지 않았던 것이다.

　선원이 엿보았을 때 그 거대한 짐승은 레스파네 부인의 머리털 —— 갓 빗은 뒤라 풀어내려져 있었다 —— 을 쥐고 이발사가 하듯 면도칼을 그녀 눈앞에서 휘두르고 있었다. 딸은 쓰러져 꼼짝도 하지 않았다. 정신을 잃었던 것이다. 노부인이 비명을 지르며 몸부림쳤으므로—— 그 동안에 머리털이 뽑혔다 —— 오랑우탄도 처음에는 그리 악의가 없었겠지만 마침내 정말로 화를 내기 시작했다. 그 힘센 팔을 힘껏 한 번 휘두르자 그녀의 머리가 몸통에서 거의 떨어져나갔다. 피를 보고 짐승의 분노는 광기로 변하여 불타올랐다. 이를 갈고 눈에서 불을 내뿜으며 딸의 몸에 덮쳐 그 무서운 발톱을 딸의 목에 깊이 박고 숨이 끊어질 때까지 놓아 주지 않았다.

　이때 그놈의 말똥말똥한 광포한 눈이 침대머리 쪽으로 돌려졌다. 그 위쪽에 공포에 질린 주인의 얼굴이 흘끗 보였다. 짐승은 공포의 회초리 생각을 아직 잊지 못했는지 순간 그 분노는 공포로 바뀌었다. 매를 맞을만한 짓을 한 줄 알아차리고 피비린내나는 행위를 얼버무리려 생각했는지 광란 상태로 방 안을 날뛰고 돌아다니며 가구를 팽개치고 두들겨부수고 침대에서는 침구를 마구 잡아 끌어냈다. 그리고는 딸의 웃몸을 움켜쥐고 발견된 모습 그대로 굴뚝 속에 박아넣고 노부인의 시체를 붙잡아 창문에서 거꾸로 내던졌다. 짐승이 마구 찢어진 시체를 안고 창문에 다가왔을 때 선원은 혼비백산하여 피뢰침 쪽으로 달아나 내려간다기보다는 미끄러지듯 떨어져 뒤도 돌아보지 않고 집으로 달아났다.

이 흉행의 결과를 두려워하며 공포에 질려 있었으므로 오랑우탄의 운명 따위는 전혀 염두에 없었다. 사람들이 층계에서 들었던 말이란 이 짐승의 악귀 같은 고함소리에 뒤섞인 프랑스 인의 공포와 경악의 외침 소리였다. 이 이상 덧붙일 설명이라곤 거의 없다. 오랑우탄은 그 방문이 부서지기 직전 피뢰침을 따라 달아났을 것이고 창문은 그 동물이 빠져나온 뒤 저절로 닫혔을 게 틀림없다.

이 오랑우탄은 그 뒤 소유자 자신의 손으로 포획되어 자르댕 데 플랑테 동물원에 아주 비싼 값으로 팔렸다.

경찰국장실에서 우리가 모든 사정을 ——뒤팽의 설명과 더불어—— 이야기하자 르 봉은 곧 풀려났다. 경찰국장은 내 친구에게 호의를 품고 있었으나 사건이 이렇게 끝난 것이 역시 불쾌했던지 분함을 감출 길 없는 듯 쓸데없는 참견은 금물이라는 싫은 소리를 한두 마디 덧붙였다.

뒤팽은 말했다. 그는 그런 싫은 소리에 대꾸할 필요를 느끼지 않았던 것이다.

"내버려두게. 마음대로 떠들라지, 그래서 속이 풀린다면. 씨름판에서 이겼으니 나는 만족해. 그가 사건 해결에 실패한 것은 그가 생각하고 있는 범위보다는 깊이가 모자랐던 것뿐일세.

그 경찰국장이라는 자는 생각이 지나치게 노련한 점이 오히려 얕은 생각을 낳고 만 거야. 그 작자의 지혜에는 수술〔雄蕊〕이 결여되어 있어. 여신 라베르나(로마 신화에 나오는 도둑의 여신)의 그림같이 머리만 있고 몸은 없든가, 그렇지 않으면 생선 중에서 대구처럼 머리와 어깨뿐이든가.

아무튼 그는 좋은 사나이야. 특히 그가 아무것도 아닌 일을 가지고 뻔뻔스럽게 거드름을 피우며 말해 치우는 품이 좋단 말이야. 그런 솜씨로, 즉 '있는 것을 부정하고 없는 것을 설명하는(장 자크 루소의 《신 엘로이즈》에서 인용)' 솜씨를 갖고 준민(俊敏)하다는 명성을 얻고 있으니 말일세."

범인은 너다

 래틀배러의 수수께끼를 풀기 위해 이제부터 나는 기꺼이 오이디푸스 역을 맡고자 한다. 수수께끼란 바로 래틀배러의 기적—— 오직 하나뿐인 진실로 누구나 인정하고 이의를 내세우지 않는 뚜렷한 기적—— 으로 이 기적을 만든 속임수의 비밀을 나는 이제는 밝히려 한다.
 그것을 할 수 있는 자는 나 한 사람뿐이다. 이 기적 때문에 래틀배러 사람들은 불신앙을 결연히 버리고, 일찍이 감히 회의론을 받들고 있던 현세적인 사람들조차도 모두 할머니들의 정통파 신앙으로 개종했던 것이다.
 이 사건은 사건에 어울리지 않는 경박한 말투로 이야기하는 것은 정말 죄송한 일이라고 생각한다—— 18××년 여름에 일어났다. 래틀배러의 으뜸가는 자산가이며, 가장 존경받는 시민의 한 사람인 버너배스 섀틀워지 씨가 살해 의혹이 있는 상황 아래 며칠 동안 행방불명되었던 것이다.
 어느 일요일 새벽, 그는 15마일쯤 떨어진 ××시로 가기 위해 말을 타고 떠났다. 밤에 돌아올 예정이었지만 그가 떠난 지 2시간 뒤 등에 안장도 없지 않은 채 그가 타고 갔던 말만이 되돌아왔다. 말은 상처와 진흙투성이였다. 이러한 사정은 당연히 그의 친구들을 놀라게 했다. 일요일 아침이 되어도 그의 모습이 나타나지 않은 것을 알았을 때, 온 래틀배러 사람들이 모여서 그의 시체를 찾으러 나섰다.

이 수색에 가장 열심이었던 이는 새틀워지 씨의 친한 벗 찰스 굿펠로라는 사람이었는데 그는 흔히 '찰리 굿펠로' 또는 '올드 찰리 굿펠로'라고 불리는 사나이였다.

그런데 우연의 일치인지, 아니면 사람들의 이름이 성격에도 각각 미묘한 영향을 미치는 것인지 알 수는 없지만── 무릇 찰스라는 이름이 붙은 사람은 모두가 개방적이고 사나이다우며, 성실하고 상냥하고 솔직한 기질의 소유자로 목소리가 낭랑하고 말씨가 뚜렷해 듣는 이의 기분을 유쾌하게 만들어 준다.

게다가 '나는 한 점 흐림 없는 양심을 지녔으므로 아무도 두려워하지 않고, 비열한 행동도 결코 하지 않는다'고 말하듯 상대방 얼굴을 똑바로 바라보는 그런 사람들뿐이다. 원기왕성하고 활달한 '풍채 좋은 배우'들이 모두 찰스라는 이름을 가진 것은 어쩌면 이 때문인지도 모르겠다.

아무튼 이 '올드 찰리 굿펠로'는 래틀배러에 온 지 여섯 달 남짓밖에 되지 않았고 이 곳에 오기 전에는 뭘 했는지 아무도 몰랐지만, 그가 래틀배러의 영향력 있는 많은 사람들과 친해지는 데는 조금도 어려움이 없었다. 남자들은 언제나 그가 하는 한 마디 말을 천 마디 몫으로 받아들였고, 여자들은 그에게서 감사받고 싶은 마음으로 무슨 일이든 하고 싶어했다. 이 모든 게 찰스라는 이름 때문이었고, 또 그 이름의 당연한 결과로서 속담을 빌리자면 '으뜸가는 소개장'이라고 표현할 수 있는 순진한 얼굴을 갖고 있기 때문이었다.

앞서 말했듯 새틀워지 씨는 래틀배러의 으뜸가는 부자였고 가장 신분높은 이 가운데 한 사람이었으며, 올드 찰리 굿펠로와는 형제처럼 친한 사이였다.

두 신사는 이웃에 살았다. 새틀워지 씨가 올드 찰리의 집을 찾아간 일은 좀처럼 없었고 그 이웃집에서 식사를 했다는 이야기도 듣지 못했지만, 그런 일이 지금 내가 말했듯이 두 사람이 친해지는 것을 방해하지는 않았다. 올드 찰리는 날마다 서너 번씩 새틀워지 씨가 어떻게 지내고 있는지 들여다보았고, 그의 집에서 언제까지고 머무는 동안 아침 식사며 오후의 차며 저녁 식사까지도 대접받곤 했기 때문이었다.

두 친구가 한 번 식사하는데 마시는 포도주 양은 이루 헤아릴 수 없을 정도였다. '올드 찰리'가 좋아하는 술은 샤토 마르고였는데, 친구가 그 술을 잇따라 들이키는 모습을 바라보는 것은 새틀워지 씨의 심장에도 좋은 효과를 주는 것 같았다.

어느 날 술이 들어오고 재치있는 이야기가 어느 정도 무르익었을 때, 새틀워지 씨는 친구의 등을 두드리며 말했다.

"여보게, 올드 찰리, 자네는 내가 태어나 지금까지 만난 이들 가운데 가장 유쾌한 사람일세. 자네가 그렇듯 술을 좋아한다면 샤토 마르고를 큰 상자로 하나 보내 주어도 좋아. 성말이고말고……"

새틀워지 씨에게는 군말을 덧붙이는 좋지 않은 버릇이 있었다. 하기야 '정말이고말고'라든가 '틀림없이'라든가 '참말이지'라는 정도를 벗어나는 일은 그리 없었지만 지금도 그는 '정말이고말고'를 덧붙인 것이다.

"오늘 오후 읍에서 들어오는 최고급 술을 한 상자 주문해 두지. 자네에게 주는 선물일세. 주고말고! ……자네는 잠자코 있게나. 보내 줄 테니까. 이로써 이야기는 끝났네. 믿고 기다리게. 머지않아 자네가 잊고 있을 무렵 상자가 도착할 테니까."

여기서 이렇듯 새틀워지 씨의 배짱 좋은 마음씨에 대해 이야기하고 있는 것은 두 친구 사이에 얼마나 친애하는 마음과 깊은 이해가 있었는지를 보여 주려는 것일 뿐 다른 뜻은 없다.

그리고 그 일요일 아침 새틀워지 씨가 불행을 당한 게 확실히 알려졌을 때, '올드 찰리 굿펠로'처럼 심각하게 고민하는 사람을 나는 지금껏 본 적이 없다. 권총에 맞아 피투성이가 된 가엾은 말이 주인을 태우지 않고 안장도 없이 가슴에 깊은 상처를 입은 모습으로 죽지 않고 돌아왔다는 이야기를 처음 들었을 때, 그는 마치 행방불명된 사람이 자기 형이나 아버지라도 되듯 핏기를 잃고 학질 발작을 일으킨 것처럼 온몸을 부들부들 떨었다.

처음에 그는 너무도 슬픈 나머지 아무것도 할 수가 없는 듯 어떤 행동 계획에도 나서지 못하고 있었다. 다만 새틀워지 씨의 다른 친구들에게는 너무 소동을 피우지 말고 잠시 동안—— 1주일이나 2주일, 또는 한 달이나 두 달—— 기다리며 무슨 일이 일어나지 않는지, 혹시나 새틀워지씨가 탈없이 돌아와 말을 먼저 돌려보낸 까닭을 설명해 주게 될는지도 모른다는 기대를 가져보자고 말했을 뿐이었다.

우리들은 때때로 심한 슬픔에 몸부림치는 사람들이 자칫 일을 뒤로 미루며 우물쭈물하기 쉽다는 것을 알고 있다. 이런 사람들은 마음의 힘이 마비되어 버림으로써 행동하는 데 공포감을 품는다. 그리고는 침대에 누워 노부인들이 즐기는 이른바 '슬픔을 달래는 일', 즉 고민거리를 명상하는 것만이 가장 즐거운 일이 되어 버리고 마는 것이다.

래틀배러 사람들은 '올드 찰리'의 지혜와 분별을 매우 높이 평가하고 있었으므로, 대부분 그의 말에 고개 끄덕이며 성실한 노신사가 말한 것처럼, '무슨 일이 일어날 때까지' 사건을 파헤치지 않으려고 생각했다. 그리하여 이 같은 생각이 사람들의 일반적인 결론이 되려는 무렵, 새틀워지 씨의 조카로 돈을 물쓰듯 하고 얼마쯤 불량기 있는 젊은이가 어쩐지 수상한 말을 던짐으로써 사람들을 혼란에 빠뜨렸다.

페니퍼더라는 이름의 조카는 '조용히 있자'는 분별있는 말에 귀기울이지 않고 곧바로 '피해자의 시체'를 찾자고 주장했다. 이것이 그가 쓴 말투였다.

그때 굿펠로 씨는 무서운 표정으로 말했다.

"이상한 말을 하는구먼. 그런 말은 두 번 다시 하지 않도록 하오."

그리고 '올드 찰리'의 이 말은 또다시 군중에게 큰 영향을 주었다. 군중 속의 한 사람이 이렇게 의심하는 목소리로 외친 것이다.

"대체 저 페니퍼더 씨는 큰 부자인 아저씨가 행방불명된 데 대해 어떻게 그토록 자세히 알고 있는 걸까? 아저씨는 '살해되었다'고 저토록 뚜렷이 주장하다니."

여기서 잠시 익살스러운 실랑이며 말다툼이 군중 속의 온갖 사람들 사이에, 특히 '올드 찰리'와 페니퍼더 씨 사이에 있었다. 하지만 이 두 사람 사이에서는 그리 보기드문 일이 아니었다. 지난 서너 달 동안 그들 사이에 호의 같은 건 전혀 존재하지 않았기 때문이다.

함께 살고 있는 아지씨 집에서 친구인 '올드 찰리'가 세멋내로 행동하는 것을 보고 격분한 조카가 때려 쓰러뜨린 데까지 사태가 발전했던 적도 있었다. 그 사건 때 '올드 찰리'는 모범적일 만큼 온건하게 그리스도교적 자애로움에 찬 태도로 행동했다고 알려졌다. 쓰러졌던 자리에서 일어난 그는 옷차림을 바로잡았을 뿐 보복하려 들지 않았다. 다만 한 마디만 중얼거렸을 따름이었다.

"기회가 닿는 대로 한 번에 원수를 갚겠소."

이것은 아주 자연스러운 분노의 표시였고, 의심할 필요 없이 한때의 노여움을 터뜨리고 나면 잊을만한 성질의 것이었다.

이러한 사정이야 어떻든──무엇보다도 그것은 지금의 이 이야기와는 관계없는 일이다.── 주로 페니퍼더 씨의 설득에 의해 래틀배러 사람들은 몇 무리로 나뉘어 마침내 새틀워지 씨를 찾아보기로 결정했다. 페니퍼더 씨는 그 언저리 지역을 철저히 살펴보기 위해서는 흩어지는 게── 즉 몇 무리로 나뉘는 게 당연하다고 판단한 것이다.

그러나 이때 '올드 찰리'가 어떤 교묘한 이유를 들어 결국 이 계획은 무분별하다고 사람들을 설득함으로써(그곳에 모인 사람들로 하여금 어떻게 믿게 했는지 나는 생각해 낼 수가 없다. 아무튼 모두들 그렇게 믿도록 만들었다.) 페니퍼더 씨 한 사람만 빼고 결국 수색은 정성들여 아주 철저하게 온 래틀배러 사람들이 한덩어리가 되어 하기로 하고, '올드 찰리' 자신이 길 안내를 하기로 정해졌다.

사실 산고양이 같은 눈을 하고 있는 '올드 찰리'보다 더 좋은 안내자는 있을 수 없었다.

그러나 그가 가까이에 그런 데가 있는 줄 생각조차 못했던 길을 지나 사람들을 눈에도 띄지 않는 온갖 길로 안내하며 밤낮 쉬지 않고 1주일쯤 수색을 계속했는 데도 새틀워지 씨의 자취는 여전히 발견되지 않았다.

하지만 자취가 전혀 발견되지 않았던 것은 아니다. 얼마쯤의 발자취는 분명 있었다. 그의 말 편자── 특수한 것이었다── 에 의해 래틀배러 동쪽 3마일 지점의 도시로 가는 큰길까지 발자취를 추적할 수 있었던 것이다.

그 발자취는 여기서 숲을 빠져나가 옆길로 들어가 있었다. 이 길은 다시 큰길로 되돌아오는 데 반 마일 남짓 지름길이 되었다.

발자취를 쫓아 이 옆길을 얼마쯤 가니 마침내 길 오른쪽에 가시덤불로 반쯤 가려진 물웅덩이가 보였다. 이 물웅덩이 반대쪽에서 발자취는 완전히 사라졌는데, 어떤 종류의 싸움이 여기서 벌어진 듯했고, 뭔가 무겁고 큰 것—— 사람 몸보다 훨씬 무겁고 큰 것이 옆길에서 물웅덩이까지 끌려온 듯 보였다. 물웅덩이를 두어 번 주의깊게 더듬어 보았으나 아무것도 발견되지 않았다.

사람들은 이렇다 할 수확이 없어서 실망해 되돌아가려 했으나 바로 이때 굿펠로 씨가 물을 완전히 퍼내 보자고 제안했다. 이 계획은 열렬히 받아들여지고, 올드 찰리의 슬기로움과 사려 깊음이 크게 칭찬을 받았다.

사람들 가운데에는 시체를 파내게 되리라 여겨 삽을 가져온 이가 많았으므로 물웅덩이는 쉽고 빠르게 바닥이 드러났다. 바닥이 드러나자 남은 진흙 한가운데에서 검은 비로드 조끼가 발견되었다. 거기 있는 사람들 거의 모두가 페니퍼더 씨 옷임을 알았다. 몹시 찢어지고 피로 더럽혀져 있었지만, 그들 가운데는 새틀워지 씨가 말을 타고 떠나간 그 날 아침 페니퍼더 씨가 그 조끼를 입고 있었던 것을 똑똑히 기억하는 사람이 몇 있었다. 그리고 또한 그 잊을 수 없는 날 아침부터 페니퍼더 씨가 그 조끼를 입고 있지 않았음을 증언하겠다는 사람도 있었다. 그러나 새틀워지 씨가 실종된 뒤 페니퍼더 씨가 그 조끼를 입은 걸 본 적이 있다고 말하는 사람은 아무도 없었다.

사태는 이제 페니퍼더 씨에 대해 심각한 양상을 띠기 시작했고, 그의 두드러지게 핏기 잃은 얼굴과 변명 한 마디 하지 못하는 모습은 분명 이같은 의혹을 굳혀 주는 것이었다. 이렇게 되자 그의 친구들은 재빨리 한 사람도 빠짐없이 그에게서 등을 돌리고 예전의 적이었던 사람들보다도 더욱 시끄럽게 그를 당장 체포하라고 요구했다.

그런 한편 굿펠로 씨의 아량은 좋은 대조를 이루어 찬연히 빛났다.

그는 동정에 찬 말투로 열변을 토하며 페니퍼더 씨를 감쌌는데, 그 속에서 몇 번이나 자기는 이 거친 젊은 신사―― '훌륭한 노신사 새틀워지 씨의 상속자' ―― 가 분명 격정의 결과로 자신에게 모욕을 준 일을 진심으로 용서해 주었다고 내비쳤다. 그는 말했다.

"그 점에 대해 나는 진심으로 그를 용서했습니다. 나로서는 페니퍼더 씨에게 아주 불리한 일이 되어 버린―― 이라고 말하지 않을 수 없는 일이 안타깝지만―― 이 의혹에 찬 상황을 철저하게 파헤치기보다는 오히려 되도록 양심적으로 노력하여 이 귀찮은 사건의 정말 처치 곤란한 양상을, 저……저…… 타파하기 위해 얼마쯤 변설을 늘어놓고 싶은 심정입니다."

이렇듯 굿펠로 씨는 30분쯤 변론을 늘어놓음으로써 그의 슬기로움과 마음 너그러움을 크게 칭찬받았다.

그러나 마음이 따스한 사람은 사물을 냉정하게 관찰하지는 못하는 법이다. 즉 그는 친구를 도우려고 서두른 나머지 모든 종류의 큰 실수와 재난과 곤란한 일에 빠져 버린 것이다. 그리하여 모처럼 친절한 의도를 지녔으면서도 자기 주장을 옳게 전하기보다는 오히려 그 반대의 결과로 빠져 버리는 일이 흔히 있었다.

이 경우 역시 '올드 찰리'의 웅변에도 불구하고 그렇게 되어 버리고 말았다. 그가 아무리 용의자를 위해 애써 변호했다 해도 그 한마디 한마디―― 청중의 의견에 따르면, 그 말투는 노골적이었고 말하는 사람의 품위를 높이는 것은 결코 아니었다――는 변호해 주는 사람에게 이미 쏠려 있는 의혹을 더욱 깊게 하고 그에 대한 군중의 노여움만 부채질하는 결과가 되었다.

이 웅변가가 저지른 가장 야릇한 잘못 가운데 하나는 용의자를 '훌륭한 노신사 새틀워지 씨의 상속자'라고 한 것이었다. 사람들은 지금까지 이 일을 깨닫지 못했다. 그들은 아저씨── 그 조카말고는 살아 있는 친족이 아무도 없었다 ──가 1,2년 전 조카에게 의를 끊겠다고 몇 번이나 위협한 것을 기억하고 있었던 것이다. 그 일로 말미암아 사람들은 이미 의를 끊은 것으로 믿고 있었다. 래틀배러 사람들은 이토록 단순했다. '올드 찰리'의 이 말로 사람들은 곧 이 일을 생각해 냈고, 그것은 단순한 위협이 아니었을지도 모른다고 여기기 시작했다.

이리하여 'cui bono?'라는 자연스러운 의문, 무서운 죄를 그 젊은이에게 씌우기 위해 저 조끼보다 더 쓸모 있는 의혹이 생기기 시작했다.

여기서 오해를 피하기 위해 잠시 이야기의 진행에서 벗어나 지금 쓴 아주 간단한 라틴 어가 갖가지로 잘못 해석되고 있음을 지적하고 싶다. 'cui bono?'는 온갖 재치있는 장편소설 및 그 밖의 작품── 예를 들면 '세실'의 지은이 고어 부인(그녀는 카르디아 어에서 치카소 어에 이르기까지 온갖 언어를 인용하는데, 그 학식은 정연한 계획 아래 '필요상' 벡포드 씨의 원조를 받고 있었다.), 블루워, 디킨스, 터너페니, 에인즈워즈의 책에 이르는 온갖 재치있는 장편소설에 있어 이 두 라틴 어 'cui bono 무엇 때문에'는 마치 'quo bono 무슨 이익 때문에'인 것처럼 씌어 있다. 그러나 참뜻은 '누구의 이익 때문에'이다. 'cui'는 '누구', 'bono'는 '이익 때문에'를 뜻하고 있기 때문이다.

이것은 순수한 법률용어로, 우리가 지금 의심하고 있는 어떤 행위를 범한 사람의 개연성이 그 행위가 이루어짐으로써, 그 개인 또는 그 개인이 얻는 이익의 개연성에 달려 있는 경우에 쓰이는 게 옳다.

지금 경우 누가 이익을 얻느냐는 의문은 곧 페니퍼더 씨를 끌어들이고 말았다. 그에게 유리한 유언장을 만들었던 아저씨가 의를 끊겠다고 위협한 것이다. 그러나 이 위협은 실행되지 않았고, 본디의 유언장도 고쳐지지 않은 모양이다. 만일 고쳐졌다면, 용의자의 살인 동기로써 생각할 수 있는 오직 한 가지는 아주 흔해빠진 복수이다. 그러나 이것은 인연을 되살려 아저씨의 은혜를 입으려는 생각에 방해가 되었을 것이다. 그러나 유언장은 고쳐지지 않았고, 고치겠다는 협박이 조카의 머리 속에 의연히 남아 있었다고 한다면, 범행을 일으킬 아주 강력한 동기가 곧 나타나게 되는 것이다—— 래틀배러의 착한 시민들은 이렇게 판단했다.

페니퍼더 씨는 그 자리에서 체포되고, 사람들은 다시 한 번 수색한 뒤 굿펠로 씨를 앞세우고 집으로 돌아왔다. 돌아오는 도중 의혹을 뒷받침할 만한 사건이 또 일어났다. 굿펠로 씨는 열성적으로 언제나 앞장서 있었는데, 갑자기 두세 걸음 달려가더니 몸을 구부리고 덤불 속에서 자그마한 것을 집어들었다. 그것을 서둘러 살펴보고 웃옷 주머니에 감추려 하는 것이 사람들 눈에 띄었다. 사람들이 알아차렸으므로 그는 이 동작을 멈출 수밖에 없었고, 그것은 페니퍼더 씨의 스페인제 주머니칼임이 열두 사람에 의해 확인되었다. 그 칼자루에 그의 머리글자가 새겨져 있고, 칼은 뽑혀진 채 피투성이가 되어 있었다.

조카의 유죄는 의심할 여지가 없어졌고 그는 래틀배러에 닿자 곧 심문을 받기 위해 치안판사 앞으로 끌려나갔다. 여기서 사태는 다시금 매우 불리한 방향으로 나아갔다. 새틀워지 씨가 실종된 날 아침 어디 있었느냐는 물음에 피의자는 몹시 건방진 태도로 대답했다. 그는 그날 아침 라이플 총을 가지고 조금 전 굿펠로 씨의 재치로 피투성이가 된 조끼를 발견했던 그 물웅덩이 바로 가까이에 사슴 사냥을 갔었다고 말한 것이다.

굿펠로 씨는 앞으로 나아가 눈물을 글썽이며 자기를 심문해 달라고 신청했다. 그는 다른 사람들에게와 마찬가지로 조물주가 자신에게 내린 엄숙한 의무가 더 이상 침묵하고 있는 것을 용서하지 않을 거라고 말했다. 지금까지는 페니퍼더 씨에게 몹시 불리한 상황 속에서 그에 대한 성실한 애정으로―― 그가 자기에게 한 무례한 행동에도 불구하고―― 의혹을 품게 하는 사태를 어떻게든 호의적으로 설명할 수 없을까 여겨 생각나는 한 온갖 가설을 주장해 왔지만, 지금 상황은 너무도 확실해져 버렸으므로―― 완전히 꼼짝달싹할 수 없으므로 더 이상 머뭇거리고 있을 수 없어―― 아는 것을 모두 말하겠다고 나섰다. 비록 털어놓으려는 노력 때문에 심장이 터져 산산조각나더라도.

그리고 그는 다음과 같이 설명했다. 새틀워지 씨는 떠나기 전날 오후―― 굿펠로 씨 귀에 들리는 곳에서―― 조카에게 내일 아침 ××시로 가는 것은 농상 은행에 거액의 돈을 예금하기 위해서며, 또한 지금까지의 유언장을 무효로 하고 조카에게는 1실링을 주고 의를 끊겠다, 이 결정에는 변함이 없다고 말했다는 것이었다. 증인은 피고에게 자신이 지금 한 말이 진실인지 아닌지 대답하기 바란다고 엄숙하게 요구했다. 그러자 페니퍼더 씨가 사실이라고 솔직히 인정했으므로 사람들은 모두 깜짝 놀랐다.

판사는 새틀워지 씨 저택 안의 피고 방을 수색하기 위해 두 경관을 보내는 게 옳다고 판단했다. 두 경관은 노신사가 늘 몸에 지니고 있었던 것으로 알려진 끈 실로 엮은 적갈색 가죽지갑을 가지고 곧 돌아왔다. 그러나 귀중한 내용물은 없었다. 그것을 어떻게 했는지, 숨겨 둔 곳이 어디인지 판사가 피고에게 캐물었으나 그 노력은 헛일이었다. 피고는 아무것도 모른다고 완강하게 주장했다. 경관은 또 새틀워지 씨의 침대와 굵은 삼베천 사이에서 그의 머리글자가 새겨진, 피해자의 피가 말라붙은 와이셔츠와 손수건을 찾아냈다.

이때 피해자의 말이 상처 때문에 마구간에서 죽었다고 전해졌으므로 굿펠로 씨는 가능하면 총알을 찾아내기 위해 죽은 말을 검사해야 한다고 제안했다. 그리하여 그 일이 이루어졌다. 굿펠로 씨는 말 가슴의 총알 구멍을 주의깊게 살펴본 다음 아주 큰 총알을 찾아냈다.

  총알을 조사해 본 결과, 마치 피고의 유죄가 의심할 여지 없다는 듯 페니퍼더 씨의 라이플 총에 꼭 들어 맞았다. 래틀배러나 가까운 이웃에 사는 다른 사람의 라이플 총에는 너무 큰 총알로 밝혀진 것이다. 그리고 사태를 한층 더 확실케 한 것은 이 총알 이음매 오른쪽에 난 흠으로, 검사 결과 피고가 자기 것이라고 인정한 거푸집에 생긴 흠과 꼭 들어맞았다.

  이 총알이 발견되자 판사는 더 이상 증언 듣기를 거부하고 피고를 곧 재판에 넘겼다. 그리고 이 사건에서는 보석금을 받는 일을 단호히 거부했다. 이 엄격한 처치에 굿펠로 씨가 깊은 동정을 담아 항의하며, 거액의 보석금을 요구하더라도 보증인이 되겠다고 신청했으나 판사는 상대하지 않았다.

  이 '올드 찰리'의 너그러움은 그가 래틀배러에 사는 동안 늘 변함없었던 상냥하고도 기사도적인 원칙에 완전히 들어맞는 것이었다. 이 훌륭한 사람은 젊은 친구를 위해 보증인이 되겠다고 신청했을 때 따뜻한 동정심에 쫓긴 나머지 자신에게 1달러의 재산도 없다는 사실을 깜박 잊고 있었던 것이다.

  이 사건의 귀결은 쉽게 짐작할 수 있었다. 페니퍼더 씨는 다음 번 재판날에 모든 래틀배러 사람들의 저주 속에 재판받게 되었다. 상황 증거가——굿펠로 씨가 양심 때문에 법정에 제출하지 않을 수 없었던 특히 결정적인 사실에 의해 보강되었으므로—— 매우 굳건하여 결정적인 것으로 여겨졌기 때문에 배심원들은 별실에서 협의하는 일도 없이 곧 '제1급 살인 유죄'라고 답신했다. 그 뒤 이 불행한 사나이는 사형 판결을 받고 가차없는 법의 복수를 기다리기 위해 주 형무소로 호

송되었다.

그동안 올드 찰리 굿펠로는 그 고상한 행동으로 말미암아 래틀배러의 성실한 사람들과 전보다도 더욱 친밀해졌다. 전보다 열 배나 더 많은 사람들이 그를 좋아하게 되었다. 그리고 그 결과 그는 지금까지는 가난 때문에 지키고 살 수밖에 없었던 지나치게 인색한 습관을 늦춰 작은 규모의 친목회를 자주 열게 되었다. 그 모임은 재치와 쾌활함으로 넘쳤다. 물론 이 씀씀이 좋은 주인은 친한 친구 조카 위에 무겁게 드리워져 있는 불행하고 음울한 운명이 가끔 생각나기 때문에 좀 쓸쓸해지는 일이 있었지만.

그러던 어느 갠 날, 이 아량있는 노신사는 한 통의 편지를 받고 놀라는 한편 기뻐했다.

찰스 굿펠로 씨에게

삼가 아룁니다. 우리 회사의 거래선인 새틀워즈 씨로부터 두 달 전쯤 받은 주문에 따라 샤토 마르고(영양인(印) 보라색 봉인) 한 상자를 귀하 앞으로 보냅니다.

상자의 표지는 다음과 같습니다.

샤토 마르고 A NO 1
6다스(1/2그로스)
H.F.B 회사
찰스 굿펠로 님
래틀배러

혹즈 프록즈 복즈 회사
××시 18××년 6월 21일

덧붙임 ── 이 편지를 받으신 다음 날 자동차로 배달할 예정입니다.
　　　　　　　　　　　　　　　　　　　　　　　H.F.B 회사

　사실 굿펠로 씨는 새틀워지 씨가 죽은 뒤 샤토 마르고에 대해 완전히 단념하고 있었다. 그러므로 그는 지금 그것을 신의 뜻에 따라 그에게 주어진 선물로 여겼다. 물론 그는 굉장히 기뻐했고 기쁨에 넘친 나머지 선량한 새틀워지 노인의 선물을 맛보기 위해 다음 날 만찬회를 열어 많은 친구들을 초대하기로 했다.
　초대하며 그는 새틀워지 씨에 대해서는 아무 말도 하지 않았다. 실은 오래 생각한 끝에 아무 말도 하지 않기로 정한 것이었다. 그는 ──만일 내 회상이 옳다면──샤토 마르고를 선물받은 일도 전혀 말하지 않았다. 그저 두 달 전에 주문하여 내일 받게 된 특히 값비싸고 향기로운 포도주를 마시러 와 주기 바란다고 친구들을 부른 것이다.
　옛친구로부터 포도주를 선물받은 것을 어째서 말하지 않기로 마음먹었는지 나는 그 까닭을 상상해 보고는 당혹했지만 그가 잠자코 있는 진정한 까닭을 나로서는 확실히 이해할 수가 없었다. 물론 그에게는 뭔가 품위 있고 고상한 이유가 있었겠지만.
　이리하여 그 다음 날 신분 높은 사람들이 잔뜩 굿펠로 씨 집을 찾아왔다. 정말은 온 래틀배러 사람이 절반쯤은 모여든 것 같았다──나 자신도 그 가운데 섞여 있었다. 그러나 샤토마르고가 늦게까지 '올드 찰리'가 대접한 호화스러운 저녁 식사를 손님들이 거의 다 먹을 때까지도 오지 않아 주인을 당혹하게 했다.
　그러나 다행히 배달되었다. 엄청나게 큰 상자였다. 모두들 몹시 기분이 좋았으므로 식탁 위에 올려놓고 곧 즐겁게 마시자고 만장일치로 결정되었다. 일은 곧 실행되었다. 나도 거들었다. 상자는 순식간에 식탁의 병들과 접시 사이에 올려지고 접시와 병이 두세 개 부딪쳐 깨졌다. 식탁 윗자리에 앉은 몹시 취한 '올드 찰리'는 위엄 있게 컵으로 식탁을 힘차게 두들기며 모두들에게 '보물을 파내는 의식 동안' 정숙히 하도록 요구했다. 잠시의 소란스러움이 지나고 나자, 이윽고 이런 경우 흔히 그렇듯 잠잠한 정적이 찾아왔다. 뚜껑을 열어달라는 부탁을 받고 나는 물론 매우 기뻐하며 그 말에 따랐다. 끌을 집어넣고 망치로 두세 번 가볍게 두들기자 갑자기 상자 윗부분이 튕겨져오르며 열렸다.

그 순간이었다. 상처투성이에 피투성이인 거의 죽은 듯한 새틀워지 씨가 기어나와 주인 정면에 앉았다. 그는 빛을 잃은 썩은 듯한 분노에 찬 눈으로 굿펠로 씨의 얼굴을 잠시 바라보더니 천천히, 그러나 또박또박하고 분명한 목소리로 말했다──"범인은 너다."라고 두 마디 말을 남기고는 상자 옆에 쓰러져 식탁 위로 손발을 떨며 뻗었다. 그 뒤의 광경은 말로는 형용하기 힘든 것이었다. 사람들이 문으로 창문으로, 밀려가는 모습이 끔찍할 정도였고, 많은 억센 사나이들마저 너무나도 두려운 나머지 정신을 잃었다.

공포에 찬 무서운 비명을 한바탕 지르고 나서 모두의 눈길은 굿펠로 씨에게로 쏠렸다. 아까까지 승리감과 포도주의 취기로 불그레하던 그의 얼굴은 핏기를 완전히 잃고 있었으며 그의 얼굴에 떠오른, 죽어야 할 운명을 알게 된 고뇌에 찬 표정이란 비록 내가 천 년을 산다 해도 잊을 수 없을 것만 같았다. 잠시 동안 그는 대리석상처럼 굳어 있었다. 그의 눈은 텅 비고 안쪽으로 깊숙이 돌려져 자기 자신의 비참하고 냉혹한 넋을 지켜보고 있는 것 같았다. 그러나 드디어 그의 눈이 빛나며 바깥 세계로 되돌아왔다. 그는 의자에서 재빨리 벌떡 일어나더니 머리와 어깨를 식탁 위에 무겁고 고통스럽게 대고는 시체에 다가가 격렬한 말투로 털어놓기 시작했다. 페니퍼더 씨가 그 죄로 말미암아 감옥에 들어가 사형을 선고받은 무서운 범죄의 모든 이야기를.

그가 말한 내용은 대충 다음과 같다.

그는 물웅덩이 언저리까지 새틀워지 씨를 뒤쫓아가 그 자리에서 권총으로 말을 쏘았다. 그리고 나서 권총 개머리로 피해자를 때려죽이고 지갑을 빼앗았다. 그리고는 말이 죽은 줄 알고 물웅덩이 옆 가시덤불까지 몹시 힘들게 끌고 갔다. 새틀워지 씨의 시체는 자기 말에 끌어올려 숲을 지나 멀리 떨어진 안전한 곳으로 옮겨갔다. 조끼, 주머니칼, 지갑, 총알은 페니퍼더 씨에게 복수하기 위해 자신의 손으로 발견된 장소에 놓아 두었다. 또 피투성이가 된 손수건과 와이셔츠도 일부러 발견되게끔 꾸민 것이었다.

피가 얼어붙는 듯한 독백이 끝나갈 무렵 이 죄인의 목소리는 더듬거리고 힘이 없어졌다. 고백이 끝나자 그는 비틀거리며 일어나 식탁에서 뒤로 물러서더니 넘어져 그대로 숨이 끊어졌다.

다행히 때를 놓치지 않은 이 같은 고백이 어떻게 강요되었는가 하는 속임수는 이 기막힌 효과에도 불구하고 실은 아주 간단한 것이었다.

굿펠로 씨의 솔직함은 늘 정도가 지나쳐 내게 불쾌하게 느껴졌고, 처음부터 의혹을 불러일으켰다. 페니퍼더 씨가 그를 때렸을 때 나는 그 자리에 함께 있었는데, 그 순간 그의 얼굴에 나타난 잔인하기 이를 데 없는 표정은 복수를 할 수 있는 기회가 생기는 대로 곧 실행할 게 틀림없다는 확신을 내게 주었다. 나는 래틀배러의 선량한 사람들과 다른 견지에서 '올드 찰리'의 책략을 지켜보려고 생각했다. 유죄를 입증하는 증거들이 직접적이든 간접적이든 모두 그 자신의 발견에 의한 것임은 쉽게 알 수 있었다.

사건의 진상으로 내 눈을 뜨게 해 준 것은 말 시체 속에서 굿펠로 씨가 발견한 총알이었다. 래틀배러 사람들은 잊고 있었지만, 나는 잊지 않았다—— 총알이 들어간 곳의 구멍과 꺼낸 곳의 구멍이 다르다는 것을, 총알이 말의 몸을 관통해 버렸는데도 말 몸 속에서 발견되었다고 한다면, 발견자가 넣은 게 틀림없다고 나는 생각했다. 피투성이가 된 와이셔츠와 손수건도 총알에서 짐작한 생각을 뒷받침해 주었다. 조사해 보니 피는 고급 붉은 포도주에 지나지 않음을 알았기 때문이다. 이 사실들과 함께 요즘 굿펠로 씨의 씀씀이가 좋아졌고 또한 헤프게 된 것을 아울러 생각하자 의혹이 생기기 시작했다. 이 의혹은 마음에 숨겨 두고 있었으므로 한층 강해져 갔다.

드디어는 그 동안 굿펠로 씨가 사람들을 안내해 갔던 곳을 중심으로 되도록 넓은 범위에 걸쳐 비밀리에 정밀 조사를 시작했다. 그 결과 며칠 뒤 우연히 가시덤불로 거의 가려져 있는 오래된 마른 우물을 찾아냈다. 이 우물 바닥에서 나는 찾고 있던 것을 발견했다.

그때 나는 굿펠로 씨가 새틀워지 씨의 비위를 맞추면서 샤토 마르고 한 상자를 약속시켰을 때, 그 두 사람의 이야기를 엿들었던 기억을 떠올렸다. 나는 여기에서 힌트를 얻어 일을 꾸몄다. 단단한 고래뼈를 한 개 얻어 시체 목구멍 속에 집어넣고 헌 포도주 상자에 시체를 넣었다. 고래뼈를 반으로 접어 휘도록 조심하며 시체도 반으로 접은 후 시체가 아래에 내리눌려 있도록 뚜껑을 억지로 덮어 누르고 못을 박았다. 물론 못을 빼면 뚜껑이 튕겨져 나가 시체가 튀어나오는 효과를 노린 것이었다.

상자 준비가 되자 앞에 말한 대로 글과 숫자와 주소 성명을 써 넣었다. 그리고 나서 새틀워지 씨가 거래하던 포도주 상인 이름으로 편지를 쓰고 내가 신호를 보내는 대로 곧 수레에 상자를 싣고 굿펠로 씨 집 문으로 날라가도록 하인에게 지시를 해 놓았다.

   시체에게 말을 하게 한 것은, 내 복화술 솜씨를 몰래 쓴 것일 뿐이다. 이렇게 하면 아무리 잔인하고 부끄러움을 모르는 양심일지라도 가책을 느끼게 되리라 생각했기 때문이다.

   이제 더 이상 설명할 것은 없다고 생각된다. 페니퍼더 씨는 곧 풀려나 아저씨의 유산을 물려받아 경험이라는 교훈의 지혜를 빌어 그 뒤로 줄곧 행복한 새로운 생활을 보냈다.

도둑맞은 편지

지나치게 연구하면 오히려 자기 지혜의 방해가 된다.
—— 세네카

18××년—— 바람 부는 어느 가을날 어둠이 막 시작될 무렵, 나는 파리 교외 생제르맹의 뒤노 거리 33호 4층에 있는 C. 오거스트 뒤팽의 조그만 서재에서 그와 함께 해포석 파이프를 입에 물고 명상에 잠기는 두 가지 사치를 누리고 있었다. 우리는 적어도 한 시간 가량이나 깊은 침묵 속에 잠겨 있었다. 만일 누군가가 우연히 방 안을 들여다보았다면, 온통 공기를 무겁게 짓누르는 담배 연기의 소용돌이에 싸여 완전히 넋이 나간 듯한 두 사람의 모습을 보았을 것이다.

그러나 나는 조금 전 아직 해가 남아 있을 무렵, 우리들 사이에 이야기가 오갔던 어떤 문제를 마음 속에 떠올리고 있었다. 그것은 모르그 거리의 사건과 마리 로제 살해사건의 이면에 얽힌 비밀이었다. 그러므로 갑자기 방문이 활짝 열리고 우리가 잘 아는 파리 경찰국장 G씨가 들어왔을 때 이것이 무슨 우연의 일치인가 하는 생각이 들었다. 우리는 반가이 그를 맞아들였다. 겉모습이 야비해 보이긴 해도, 어느 정도 유쾌한 면도 있는 사람인데다 여러 해 동안 만나지 못했던 탓으로 그의 방문은 반가운 것이었다.

그때까지 어둠 속에 그냥 앉아 있었으므로 램프에 불을 켜려고 뒤팽이 일어섰다. 몹시 성가신 일을 의논하러—— 아니, 그보다도 내 친구의 의견을 들으러 왔다고 G가 말했다.

뒤팽은 램프에 불을 붙이려던 손을 멈추고 말했다.
"깊이 생각해야 할 문제라면 어둠 속이 낫겠군."
그리고 그는 다시 앉았다.
"또 당신의 그 이상한 버릇이 나오는군요."
경찰국장이 말했다.

그에게는 자기가 이해할 수 없는 일은 무엇이든 이상한 것으로 여겨 버리는 버릇이 있었으므로, 결국 이상함투성이 속에서 살아온 셈이었다.

"그렇고말고요."
뒤팽은 그에게 담배를 권하고 안락의자를 밀어 주었다.
"그런데 이번에는 어떤 어려운 사건입니까? 또 살인사건은 아니겠지요?"
하고 물었다.

"아닙니다. 이번에는 좀 다릅니다. 사실 '아주' 단순한 사건이므로 우리들 손으로 충분히 처리할 수 있습니다. 하지만 뒤팽 씨가 자세한 이야기를 듣고 싶어할 것 같아서요. 참으로 '이상한' 사건이거든요."

"단순하고도 이상하다고요?"
"그렇습니다. 그러나 그렇다고만도 할 수 없지요. 사실 사건이 너무 단순해서 손댈 길이 없단 말입니다. 그래서 아주 성가시지요."
"당신들을 성가시게 하고 있는 것의 정체는 아마도 이 극단적인

'단순함'인 것 같군요."

"터무니없는 말씀을 하시는군요!"

경찰국장은 자못 유쾌한 듯이 큰 소리로 웃어댔다. 뒤팽이 말했다.

"틀림없이 아주 간단한 미스터리겠지요."

"아니, 그런 새로운 학설도 있습니까?"

"너무도 지나치게 뚜렷하단 말입니다."

"하하하, 뒤팽 씨한테는 역시 못당한단 말이야."

경찰국장은 아주 재미있는 듯 웃음을 터뜨렸다. 내가 물었다.

"그런데 그 사건이란 대체 어떤 겁니까?"

"이야기하지요."

경찰국장은 진지하고 심각하게 담배를 한 모금 깊이 들이마시며 의자 깊숙이 고쳐 앉았다.

"요점만 이야기하겠습니다. 그 전에 부탁해 둘 것은 이 사건을 절대 비밀로 해 달라는 겁니다. 만일 내가 누구에게든 이야기했다는 게 알려지면 아마 지금 자리를 떠나야 될 테니까요."

나는 말했다.

"이야기해 보시지요."

그러자 뒤팽이 말했다.

"아니면 그만두거나."

"그럼, 시작하지요. 어느 높은 자리에 계신 분으로부터 왕궁에서 아주 중요한 서류가 없어졌다는 정보를 비밀히 들었습니다. 누가 그것을 훔쳤는지는 알고 있답니다. 이 점은 의심할 여지가 없습니다. 훔치는 현장을 보았으니까요. 그리고 아직 훔친 자의 손 안에 있다는 것도 확실합니다."

뒤팽이 물었다.

"어떻게 그것을 알 수 있습니까?"

"그 서류의 성질로 보아 그것이 범인의 손을 떠나 다른 사람에게 넘어갔을 경우——다시 말해 결국 그가 원하는 곳에 사용할 경우—— 곧 일어날 결과가 아직 나타나지 않고 있는 것으로 미루어 확실히 그렇다고 추측할 수 있습니다."

내가 다시 말했다.

"좀더 자세히……."

"네, 이야기하지요. 그 서류는 현재 그것을 가지고 있는 소유자에게 어떤 권력을—— 크나큰 위력을 발휘하는 어떤 부서에 대해 행할 수 있는 권력을 준답니다."

경찰국장은 외교적인 말투를 쓰기 좋아했다.

뒤팽이 말했다.

"무슨 말인지 아직 잘 모르겠군요."

"모르겠다고요? 흠……만일 그 편지가 제삼자에게 폭로되면 이름을 댈 수 없는 어떤 아주 신분 높은 분의 명예에 치명상이 됩니다. 이 점을 이용해 명예와 평온이 위기에 빠진 그 저명 인사에게 그 서류를 가진 이는 권세를 부리게 된다는 말입니다."

내가 입을 열었다.

"그러나 그 권세를 부리려면 편지를 잃어버린 사람이 훔친 이를 알고 있다는 걸 그 또한 알고 있어야 되잖습니까? 범인이 아무리 뻔뻔스럽더라도……."

"그 도둑은 신사다운 일이건 아니건 서슴지 않고 해치우는 D장관입니다. 훔친 방법이 아주 대담하고 교묘했지요.

문제의 서류—— 털어놓고 이야기하면 한 장의 편지인데—— 그 도둑맞은 분이 왕궁 내실에 혼자 있을 때 받았습니다. 그 귀부인이 그것을 읽고 있는 도중에 마침 다른 고귀한 분이 들어왔습니다. 그분한테는 특히 숨기고 싶은 편지라 얼른 책상 서랍에 넣으려 했지만 뜻대로 되지 않아 편 채로 책상 위에 놓지 않을 수 없었습니다. 그러나 겉봉이 위로 나오고 편지는 가려져 들키지 않았는데, 바로 그때 D장관이 들어온 것입니다. 그의 고양이 같은 눈은 재빨리 그 편지를 보더니 주소의 필적을 알아보고는 귀부인의 얼굴에 떠도는 놀란 빛으로 편지에 무슨 비밀이 있음을 대뜸 알아챈 겁니다.

언제나처럼 재빨리 사무를 처리한 다음, 그는 그 편지와 비슷한 편지를 꺼내 펴들고 읽는 척하다가 그 편지 옆에 바싹 대놓고 또다시 한 15분쯤 공무상에 관한 이야기를 하더니 나갈 때는 슬쩍 자기에게 아무 권리도 없는 그 편지를 들고 나가 버렸습니다. 물론 편지 주인인 그분은 그것을 보았지만, 그 앞에 고귀한 분이 있었으므로 장관의 행위를 나무랄 수 없었습니다. 장관은 아무 상관도 없는 자기 편지를 책상 위에 놓은 채 나가 버린 것입니다."

뒤팽이 나에게 말했다.

"자, 여보게, 자네가 말한 권세를 부리기에 필요한 여러 조건이 이제 모두 나온 셈이네. 편지 주인이 훔친 녀석을 알고 있다는 걸 그 훔친 낭사자 또한 알고 있으니까."

"그렇지요. 그렇게 얻어진 권세가 몇 달 동안 아주 위험할 정도로 정치상 목적에 쓰여지고 있었습니다. 도둑맞은 분은 어떻게 해서든 그 편지를 찾아야겠다는 필요를 절실히 느끼고 있지만, 공공연히 할 수 없는 일이므로 결국 실망한 끝에 나에게 모두 맡겼습니다."

담배연기 소용돌이 속에 파묻혀 뒤팽이 말했다.

"당신보다 총명한 탐정은 바랄 수도 상상할 수도 없었겠지요."

"괜히 추켜세우지 마십시오. 하긴 아마 그럴지도 모르지만."

내가 말했다.

"경찰국장님 말씀과 같이 편지가 D장관 손 안에 아직 있는 것은 확실합니다. 힘을 지니기 위해서는 편지를 가만히 가지고 있는 것이 유리할 테니까요. 편지를 무엇엔가 써 버리면 그만 권세가 없어질 게 아닙니까."

경찰국장이 동의했다.

"그렇습니다. 그렇게 확신하고 나는 일을 해 나갔습니다. 내가 맨 처음 한 일은 장관 저택을 철저히 수색하는 것이었습니다. 이 경우 가장 문제되는 것은 D장관에게 들키지 않고 수색하는 것이었지요. 특히 우리 계획이 그의 의심을 사게 되면 위험한 일이 생길지도 모르므로 조심하라는 주의를 받았습니다."

"하지만 그런 수색쯤이야 누워서 떡먹기겠지요. 파리 경찰은 지금까지 이런 일을 많이 해 왔지 않습니까."

"네, 그렇지요. 그러므로 나는 걱정하지 않았습니다. 더욱이 D장관의 습관이 이런 일을 하기에 아주 편리했습니다. 밤새도록 집을 비워 두더군요. 얼마 안 되는 하인들은 주인 방에서 멀리 떨어진 방에 자고 있고, 대부분 나폴리 사람들이었으므로 술을 먹여놓으면 금방 곯아떨어졌지요. 아시다시피 나는 온 파리의 어떤 방, 어떤 서랍이든지 다 열 수 있는 열쇠를 가지고 있습니다. 그리고 석달 동안 거의 내내 내가 직접 D장관의 집 안을 수색하지 않은 날이라곤 하룻밤도 없었습니다. 내 명예에 관계되는 일이고, 또 보수도 막대하니까요. 그러나 훔친 녀석이 나보다 훨씬 지능적인 것을 알고는 그만 수색을 단념했습니다. 편지가 숨겨져 있을 만한 곳은 낱낱이 빼놓지 않고 조사했다고 생각합니다만."

뒤팽이 내게 말했다.

"그건 거의 불가능할걸. 두 가지 특수한 조건, 즉 왕궁의 사정과 특히 D장관이 관련되어 있다는 그 음모의 분위기로 미루어 보아 편지를 곧 이용할 수 있도록——금방 꺼낼 수 있도록 준비해 두는 것이—— 편지를 가지고 있는 일 못지않게 중요할 걸세."

내가 물었다.

"금방 꺼낼 수 있도록 준비해 둔다는 것은 무슨 뜻인가?"

"찢어 버리기 쉽게 둔다는 말이지."

"옳지, 그렇다면 편지는 확실히 집 안에 있겠군. D장관이 몸에 지니고 다닐 가능성은 전혀 없을 테니까."

경찰국장이 말했다.

"네, 그렇습니다. 도둑인 척하고 두 번이나 그를 지키고 있다가 내가 직접 엄중히 몸을 뒤져보았습니다."

뒤팽이 대꾸했다.

"그런 성가신 일은 안 해도 좋았을 걸 그랬군요. D장관도 바보는 아닐 테니 그런 일쯤이야 각오하고 있었겠지요."

"바보는 아니지요. 그러나 D장관은 시인입니다. 나는 시인을 바보의 이웃사촌쯤으로 생각하고 있습니다."

해포식 파이프에서 천천히 입을 떼고 연기를 내뱉으며 뒤팽은 말했다.

"그렇겠군요. 나도 서투른 시 나부랭이를 지어 본 적이 있기는 합니다만."

내가 말했다.

"수색 방법을 좀 자세히 설명해 주십시오."

"네, 많은 시간을 들여 '모든 방'을 샅샅이 뒤졌지요. 나는 이런 일에 오랜 경험을 가지고 있으니까요. 방 하나 조사하는데 이레 밤씩 걸리며 방 하나하나를, 차례로 집 안을 모두 조사했습니다. 우선 방마다 가구를 조사하고 서랍을 모두 열어보았습니다. 아시다시피 잘 훈련된 형사에게는 비밀서랍 같은 게 있을 수 없으니까요. 이런 종류의 수색에 있어 우리들 눈을 속일 수 있는 비밀서랍이 있다고 생각하는 이가 있다면 그야말로 얼뜨기지요. 사실은 아주 간단합니다. 어떤 캐비닛이든 거기에 상당한 용적이 있습니다. 우리는 세밀한 자를 가지고 있으므로 한 라인(1분의 12인치)의 50분의 1도 우리 눈을 속일 수 없지요. 캐비닛 다음에는 긴 바늘로 찔러보았습니다. 책상은 위쪽의 널빤지까지 뜯어보았지요."

"왜 그런 일까지."

"가끔 책상이나 그 비슷한 구조의 가구 뚜껑을 뜯고 무엇을 감추는 예가 얼마든지 있으니까요. 또는 다리에 구멍을 뚫고 그 속에 물건을 넣은 다음 감쪽같이 뚜껑을 덮은 예도 있습니다. 침대 다리의 끝과 위쪽도 이런 목적에 쓰이지요."

내가 물었다.

"그러나 구멍 같은 거야 두들겨 보면 알 수 있지 않습니까."

"천만에요. 물건을 넣은 다음 그 가장자리에 솜을 잔뜩 틀어 넣으면 그만이지요. 그뿐 아니라 우리는 조금이라도 소리를 내면 안 되었으니까요."

"하지만 이제 말씀하신 그 방법으로 의심이 나는 가구를 하나도 빠짐없이 낱낱이 뜯거나 조각조각 분해할 수야 없겠지요. 편지 한 장쯤이 얼마나 되겠습니까. '똘똘 말면' 큰 뜨개질 바늘만한 것밖에 안 될 텐데요. 그까짓 거야 의자 다리 같은 틈새에라도 집어넣을 수 있지 않습니까? 그렇다고 해서 의자를 모두 뜯어보지는 않았겠지요?"

"그야 그렇지요. 그러나 더 교묘한 방법으로 조사했습니다── 집

안의 모든 의자와 가구 틈을 아주 큰 확대경으로 살펴보았습니다. 근래에 뜯어본 듯한 흔적만 있으면 곧 눈에 띄지 않을 리 없지요. 톱밥 한 개도 사과만하게 똑똑히 보이니까요. 아교 붙인 곳이 좀 떨어져 있다든가, 틈이 좀 이상하게 뒤틀려 있으면 대번에 혐의의 눈길이 갈 게 아닙니까?"

"물론 화장대도 보셨겠지요? 판자와 유리 사이, 그리고 커튼과 카펫은 물론이고 침대와 침구도 조사해 보셨습니까?"

"물론이지요. 가구를 모두 철저히 조사한 다음 집 자체의 조사로 옮아갔습니다. 집의 모든 면적을 여러 조각으로 나누어 빠뜨리는 부분이 없도록 번호를 매긴 다음, 바로 옆에 붙은 두 채의 집도 포함해 온 집안을 1제곱 인치씩 확대경으로 살펴보았습니다."

"옆에 붙은 두 채의 집까지! 참 대단한 수고를 하셨군요."

"네, 그랬지요. 보수가 막대하니까요."

"저택 안쪽의 바닥도 보셨겠지요?"

"모두 벽돌이 깔려 있습니다. 그래서 큰 수고는 하지 않았지요. 벽돌 사이의 이끼를 조사해 보니 그리 수상한 곳이 없었습니다."

"물론 D장관의 서류와 도서실의 책도 조사했겠지요."

"물론입니다. 모든 포상과 소포를 열어보고 책도 여느 경관들이 하듯 다만 흔들어보는 것이 아니라 한 권씩 낱낱이 페이지를 펼쳐 보았습니다. 책 표지도 그 앞뒤를 정확히 재보고 하나하나 확대경으로 철저히 조사했지요. 요즘 제본한 것인 듯한 점이 있었다면 그것이 눈에 띄지 않을리 있겠습니까? 서점으로부터 최근 배달된 몇 권의 책은 위로 바늘을 넣어 세밀히 찔러보았습니다."

"카펫 아래 마룻바닥도 조사하셨습니까?"

"물론이지요. 카펫을 모두 들어서 확대경으로 마루판자 사이를 조사했습니다."

"벽지는?"

"네, 조사하고말고요."

"지하실도?"

"했습니다."

"그렇다면 무슨 착오가 있나 보군요. 그 편지는 당신이 상상하듯 집 안에 없는가 봅니다."

경찰국장도 맞장구쳤다.

"아마 그런가 봅니다. 뒤팽 씨, 이제 어떻게 하면 좋겠습니까, 좋은 의견이 없습니까?"

"다시 한 번 철저히 저택 안을 조사해 보는 수밖에 없겠지요."

"소용없는 일입니다. 저택 안에 그 편지가 없는 게 확실합니다."

"하지만 나에게는 더 좋은 의견이 없는데요. 당신은 편지 모양을 잘 압니까?"

"알고말고요!"

경찰국장은 수첩을 꺼내 잃어버린 편지의 내용이며 특히 겉모양에 관해 자세히 큰 소리로 설명하기 시작했다. 다 말하고 나서 그는 곧 가 버렸다. 그때처럼 낙심한 그의 얼굴을 나는 본 적이 없었다.

그리고 한 달쯤 뒤 그가 또 찾아왔는데, 우리는 전에 그가 왔을 때와 다름없이 이때에도 담배연기 속에서 생각에 잠겨 있었다. 그는 파이프를 들고 의자에 앉아 이것저것 이야기를 시작했다.

마침내 내가 물었다.

"G씨, 도둑맞은 편지는 그 뒤 어떻게 되었습니까? 장관을 이길 수 없어 단념해 버렸습니까?"

"그 작자, 정말 지긋지긋한 녀석입니다—— 뒤팽 씨 말대로 다시 조사해 보았습니다만, 내가 생각했던 대로 역시 헛수고였습니다."

뒤팽이 물었다.

"제공된 보수가 얼마라고 하셨지요?"

"아주 막대하지요——두둑한 보수입니다. 얼마라고 확실히는 말 못 하겠지만, 그 편지를 누구든 나에게 주는 사람이 있다면 5만 프랑을 내 개인 수표로 서슴지 않고 내놓겠다는 것만은 이 자리에서 분명히 밝혀 두겠습니다. 그 편지의 중요성은 날이 갈수록 더해져 요즘 와서 보수가 두 배로 뛰었습니다. 그러나 세 배가 된다 하더라도 난 더 이상 아무것도 할 수가 없습니다."

뒤팽이 해포석 파이프를 빨며 느리게 말했다.

"하지만 G씨, 난 당신이 이 사건에 최선을 다했다고는 생각지 않는데요. 좀더 노력할 수 있지 않았을까요?"

"어떻게, 어떤 방법으로 말입니까?"

뻐끔뻐끔 파이프를 빨며 뒤팽은 말했다.

"글쎄요, 당신은 이 사건에서 다른 사람의 충고를 좀 들었으면 좋았을 겁니다. 애버니디(유명한 영국 외과의사) 이야기를 아십니까?"

"모릅니다. 애버니디 따윈 모릅니다."

"그거야 당신 맘대로지요. 어느 돈많은 구두쇠가 애버니디를 찾아와 슬그머니 진찰을 받을 작정으로, 둘이서만 마주앉게 되었을 때 일상적인 이야기를 주고받다가 만일 이러한 환자가 있다면 어떤 요법을 쓰면 되느냐는 식으로 자기 병세를 이 의사에게 물어보았습니다. '무엇을 쓰느냐고요? 그야 물론 의사의 충고를 써야지요.' 하고 애버니디가 대답했답니다."

얼마쯤 낭패한 얼굴로 경찰국장은 말했다.

"그러나 나는 서슴지 않고 다른 사람의 의견도 듣고 보답도 하겠습니다. 이 사건을 도와주는 사람에게는 누구에게나 5만 프랑을 내놓겠습니다."

뒤팽은 서랍을 열고 수표책을 꺼내놓으며 말했다.

"그럼, 지금 말씀하신 금액의 수표를 써 주십시오. 수표에 서명만 하면 당장 편지를 드리겠습니다."

나는 깜짝 놀랐다. 경찰국장은 마치 벼락맞은 사람처럼 잠시 동안은 말도 못하고 움직이지도 못하며 믿을 수 없다는 듯 입을 벌린 채 튀어나올 듯한 눈으로 뒤팽을 쳐다보고 있었다. 조금 뒤 정신이 좀 드는지 펜을 들고 몇 번이나 머뭇거리던 그는 수표를 멍하니 쳐다보더니 5만 프랑이라고 써 넣고 서명한 다음 뒤팽에게 건네주었다.

뒤팽은 그것을 자세히 살펴본 다음 지갑에 집어넣고 사무용 책상 서랍을 열어 편지를 꺼내더니 경찰국장에게 주었다. 경찰국장은 몹시 기쁜 듯이 그것을 꼭 움켜쥔 다음 떨리는 손으로 펴들어 급히 그 내용을 읽더니 비틀거리며 문으로 달려가 인사 한 마디 없이 방에서, 그리고 집에서 나가 버렸다. 뒤팽이 수표를 써 달라고 말한 때부터 그는 줄곧 한 마디도 하지 못했던 것이다.

경찰국장이 가 버리자 뒤팽은 설명을 시작했다.

"파리의 경찰은 그 방면에 있어 아주 유능하네. 인내심도 있고 교묘하게 교활하며, 직무상 필요한 지식은 무엇이든 가지고 있지. 그래서 G가 D장관의 집 안을 조사한 수색 방법을 이야기했을 때, 그가 노력한 범위 안에서는 충분한 조사를 했다고 나는 완전히 그 말을 믿었네."

"그가 노력한 범위 안에서란 말이지?"

"그렇지. 그런 방면에서 최상의 방법으로 절대 안전하게 실행했을 테니, 편지가 그들의 수색 범위 안에 감춰져만 있었다면 반드시 눈에 띄었을 걸세."

나는 웃음지었으나 뒤팽은 진심으로 이야기하는 것 같았다.

"채택된 방법이 훌륭했고 실행도 빈틈없었지. 그러나 한 가지 옥의 티라고 하면, 방법이 이번 경우와 같은 상대방에게 알맞지 않았다는 점일세. 경찰국장이 자랑하는 아주 교묘한 수단이라는 게 사실은 프로크루스테스(고대 그리스의 강도. 자기가 붙잡은 사람을 자기 침대에 뉘어놓고 몸이 침대보다 크면 잘라 버리고 짧으면 침대만큼 잡아 뽑아서 죽였다고 함)의 침대와 같은 것으로, 그는 그 침대에 자기 계획을 억지로 두들겨 맞추었던 것일세.

그는 앞에 놓인 사건에 대해 지나치게 얕게 생각하거나 또는 깊게 생각하여 늘 실패만 하고 있지. 이런 점에 있어선 초등학교 아이가 그보다 훨씬 더 영리하다네. 나는 8살쯤 된 어떤 아이를 잘 알고 있는데, 그애는 '짝수냐? 홀수냐?' 하는 놀이에서 너무도 잘 알아맞혀 여러 사람의 칭찬을 받았지. 그 놀이는 돌을 갖고 하는 간단한 것일세. 한 아이가 여러 개의 돌을 쥐고 '짝수냐? 홀수냐?'라고 묻네. 맞히면 맞힌 아이가 따고 틀리면 질문한 아이가 반대로 따게 되는 거라네. 이제 내가 이야기한 아이는 학교 아이들의 돌을 모두 땄지. 물론 그 아이에게는 맞히는 데 원칙이 있었다네.

그것은 다른 아이들의 꾀를 관찰하여 잘 추측한 데 지나지 않네. 만일 다른 아이가 바보라고 하세. 이 아이가 손을 들며 '짝수냐? 홀수냐?'라고 묻는단 말야. 이 아이는 처음에 '홀수'라고 하여 져버리네. 그러나 다음에는 이기지. 이 아이는 '이 바보가 첫째 번에는 짝수로 이겼으니 이 바보의 머리 정도는 둘째 번에는 기껏해야 홀수를 줄 거다. 그러니 이번에는 홀수를 불러보아야지' 이렇게 생각하고 '홀수!' 하고 불러 이긴단 말일세. 상대가 이보다 좀나은 바보라면 이 아이는 이렇게 추리하지. '이 녀석은 내가 먼저 홀수라고 했으니 둘째 번에는 아까 그 바보처럼 곧 짝수를 홀수로 바꿔볼까 생각하겠지만, 그것이 너무 간단한 변화란 생각에서 결국 처음과 같이 짝수로 나갈 것이다.' 그리하여 그 아이는 '짝수' 하고 불러 결국 이긴단 말일세.

 자, 이 아이의 이러한 추리법을 다른 아이들은 '요행수'로 단정해 버리는데, 그게 정말 요행일까. 아니면 무엇이겠나? 이것이 아이들 사이에서 '재주가 좋다'는 말을 듣는 그 아이의 추리법인데, 자, 끝까지 이 논법을 분석하면 어떻게 되겠나?"

 "그야 추리자의 지력을 상대방의 지력에 일치시켜 보는 데 지나지 않는 것 아니겠나."

 "바로 그걸세. 그래 내가 '너는 어떻게 해서 그렇게도 잘 알아맞혀 이길 수 있느냐'고 물어보니 대답하더군. '누구든지 그 아이가 얼마나 영리할까, 바보일까, 착할까, 나쁠까, 그 순간 이 아이가 무슨 생각을 하고 있을까—— 그것이 알고 싶을 때에는 내 얼굴 표정을 그 아이의 표정에 되도록 정확하게 맞춥니다. 그런 다음 그 표정에 따라 내 마음에 어떤 생각 또는 감정이 떠오르는지 기다리지요.' 이 초등학생의 대답에는 라 로시푸코(프랑스 윤리학자), 라 브뤼에르(프랑스 윤리학자), 마키아벨리(이탈리아 문예 부흥기 정치사상가며 저작가), 캄파넬라(이탈리아 신부, 철학자. 나폴리 독립운동에 몸바침) 등의 노력의 결과인 모든 허위의 심각성보다도 더 깊은 것이 있는 걸세."

 "그러니까 결국 자네 말은 추리자의 지력과 상대방 지력의 일치는 이쪽이 상대방의 지력을 확실히 추측하고 있느냐 없느냐에 달려 있다는 거로군."

 "그 실제적인 가치는 거기에 달려 있지. 경찰국장과 그 부하들이 여러번 실패한 원인은 우선 이 일치가 안 되었던 것과, 상대방의 지력을 잘못 계산한 것—— 아니, 오히려 아무 계산도 하지 않은 데 있네. 그들은 다만 자기네 재주만 믿고 감춘 물건을 찾는 데 있어 자기들이 감추었을 법한 방법에만 매달렸지. 그들의 재주는 이런 의미에서—— 즉 여느 사람들이 가지고 있는 재주의 충실한 대표라는 의미에서는 옳은 것이네. 그러나 특별히 경험과 교활함이 풍부한 악한의 머리 회전이 그들의 재주란 것과 차원이 다를 때에는 말할 것도 없이 악한에게 넘어가 버리지. 상대의 지력이 그들의 지력보다 높은 경우에는 언제든지 반드시 넘어가고, 또 이하일 때에도 마찬가지라네.

그들은 수색의 원칙에 있어 임기응변이 없었네. 어떤 비상 사태에 부닥쳤을 때—— 막대한 보수라도 있으면—— 그 원칙을 좀 바꾸어 보려고도 하지 않고, 고작해야 자기네들의 상투적 수단을 확대하거나 확장하는 정도지. 예를 들면 G의 경우에도 행동의 원칙에 무슨 변화가 있었단 말인가. 구멍을 파보고, 송곳으로 쑤셔보고, 두들겨보고, 확대경으로 자세히 조사해 보고, 집 안을 각 제곱 인치로 나누어 번호를 매긴 것 등의 일들이 다 무엇이란 말인가. 그런 건 모두 경찰국장이 오랜 재직중에 습득한 어느 제한된 인간의 지력을 바탕으로 하고 있는 수색 방법 가운데 하나 또는 몇 개의 원칙을 과장하여 응용한 것에 지나지 않는 걸세. 그는 누구나 다 반드시 의자 다리에 구멍을 파고 그곳에 편지를 감추지는 않는다 하더라도, 적어도 그런 방법으로부터 암시되는 사람 눈에 띄지 않는 구멍이나 틈에 당연히 편지를 감출 거라고 생각한 게 아닌가? 자네는 어떤가?

그러나 이런 성가신 구멍 따위에 무언가를 감추는 것은 다만 여느 경우에 평범한 지력을 가진 사람들이 흔히 하는 짓일세. 물건을 감출 때 이런 성가신 방법으로 감춰진 물건은 대번에 드러나기 쉽고 또 실제로 쉽게 드러나고 마는 거라네. 그러므로 발견해 내는 것도 수색자의 날카로움에 있는 게 아니라, 오로지 주의와 열성과 결심에 있지.

그리고 중대한 사건일지라도—— 경찰의 눈에는 다 같아 보이겠지만, 보수가 굉장할 때—— 이제 내가 말한 수색의 특징이 조금도 변함없이 그대로 이루어지네. 따라서 도둑맞은 편지가 경찰국장의 수색 범위 안의 어떤 곳에 있기만 하면—— 즉 범인의 은닉 원칙이 경찰국장의 수색원칙에 포함되어 있었다면—— 그것은 의심할 여지없이 발견됐을 테지. 그러나 경찰국장은 철두철미 속아넘어가 버렸네. 그의 실패 원인은 장관이 시인으로 평판되고 있으므로 그를 바보로 여겨버린 점에 있네. '모든 시인은 바보'로 생각하고, 이 전제로부터 추론을 내려 그는 판단이 개념을 끌어내지 못하는 잘못을 저지른 것일세."

"그러나 장관이 정말 시인일까? 형제가 둘 다 학문 방면에 이름을 날리고 있으며, 장관은 미분학에 대한 뛰어난 저술이 있다고 기억하는데, 그는 수학자이지 시인은 아닐세."

"아니, 그건 자네 오해일세. 난 장관을 잘 알고 있는데, 그는 둘 다야. 시인이면서 수학자지. 시인 겸 수학자이므로 높은 추리력을 갖고 있지. 수학자일 뿐이라면 추리가 다 뭔가, 경찰국장의 굴레에 빠졌을 걸세."

"여보게, 그렇다면 세상의 여느 의견과 모순되지 않는가. 자네는 여러 세기 동안 내려오는 전설을 무시하는 건 아니겠지. 수학적 추리법은 오랫동안 최상의 추리법으로 인정되어 왔지 않나."

"단언할 수 있는 것은——"

뒤팽은 샹포르(프랑스 문인)의 말을 인용하며 말을 이었다.

"'모든 세속적 관념 또는 모든 세속적 관례는 거의 대중의 의견에 적응되는 것이므로 어리석네.' 수학자는 자네가 이제 말한 그 통속적인 오류를 보급시키는 데 온 힘을 다 기울여 온 셈일세. 그것이 진리로써 보급되어 왔다고 해도 오류는 역시 오류거든. 예를 들면 그들은 이런 것에 쓰기에는 좀 어울리지 않는 기술을 가지고 '분석'이라는 말을 대수학에 교묘하게 적응시키고 있지. 이 특수한 기만의 장본인은 프랑스 인일세. 그러나 만일 용어에 어떠한 중요성이 있다면── 용어가 그 적응성으로부터 가치를 유도한다면── 라틴 어의 ambitus(영어 going a about에 해당되는 말로 빙빙 돌아다닌다는 뜻)가 거기서 나온 영어의 ambition(야망)을, religio(영어의 punctiliousness에 해당되는 말로 예의범절을 엄수한다는 뜻)가 영어의 religion(종교), homines honesti(영어 distinguished men에 해당되는 말로 저명인사라는 뜻)가 영어의 honorable men(존경할 만한 훌륭한 사람들)을 의미하지 않는 것처럼 '분석'이 '대수학'을 의미하는 것은 아닐세."

"자넨 파리의 대수학자에게 선전 포고를 하는 것인가? 어쨌든 어서 이야기나 계속하게."

"나는 순수한 논리적 형식 이외의 특수한 형식에서 비롯되는 추리의 효력 또는 가치에 항의하는 것일세. 수학적 연구에서 유도된 이론에 대해 나는 특히 반대하네. 수학은 형식과 수량의 과학이며, 수학적 추리는 형식과 수량에 관한 관찰에 적용된 논리에 지나지 않아. 이른바 순수 대수학이라는 것의 신리를 추상석 또는 보편적인 진리라고 가정하고 있는 점이 큰 오류일세. 그리고 이 오류가 놀랄 만큼 일반적으로 통용되고 있다는 사실에 대해 정말 감탄하지 않을 수 없네. 수학의 공리는 보편적 진리의 공리가 아닐세.

형식과 수량의 관계에 있어서는 진리라고 여겨지는 것이 이를테면 윤리학에선 큰 오류로 되는 경우가 많거든. 윤리학에서는 부분의 총화가 전체와 같다는 이론은 대개 진리가 아닐세. 화학에 있어서도 공리는 소용이 없네. 동기를 고려해 보면 알지. 저마다 일정한 가치를 가진 두 개의 동기는 그것을 합치더라도 반드시 두 배의 가치를 가진다고는 할 수 없으니까. 형식과 수량의 관계 범위 안에서만 가치가 있는 수학적 진리는 그 밖에도 얼마든지 있네. 그러나 수학자는 습관상 그들의 한계 있는 진리가 절대적으로 보편적 적응성을 가지고 있는 것처럼 주장하고, 세상 사람들도 그와 같이 생각하고 있는 것일세.

브라이언트(영국 고고학자)가 그의 해박한 《신화학》에서 '우리는 아무도 이교도의 우화를 믿지 않는다. 그러면서도 우리들은 으레 그것을 망각하고 그것을 실화같이 인정하며 그런 우화로부터 추론한다' 라고 한 말은 똑같은 오류의 근원을 지적한 말일세. 하지만 그들 자신이 이교적인 대수학자들의 경우는 이교도의 우화를 믿고 있으며, 그들의 추론은 망각에서라기보다 뭐라고 설명할 수 없는 두뇌의 혼란에서 나오는 걸세. 요컨대 나는 등근(等根) 이외의 것으로 신용할 수 있는 수학자, 또는 x^2+px가 무조건 q와 같다는 것을 슬그머니 자기 신조로 삼지 않는 수학자를 아직까지 만난 적이 없네.

시험적으로 이러한 수학자 한 사람에게 x^2+px는 q가 아닐 수도 있다는 주장을 해 보게. 그리고 그것을 그에게 이해시킨다 해도 곧 달아나지 않으면 큰일나네. 틀림없이 자네를 때려죽이려고 할 테니까."

그의 이 마지막 이야기에 내가 웃자 뒤팽은 다시 말을 이었다.

"내 이야기의 취지는⋯⋯만일 D장관이 수학자에 지나지 않는 사람이었다면 경찰국장은 이 수표를 나에게 줄 필요가 없었을 걸세. 그러나 나는 그가 수학자이며 또한 시인인 것을 알았네. 나는 그 환경의 여러 사정을 감안하여 나의 시각을 그의 능력에 맞게 맞추었지. 나는 아첨꾼이며 대담한 음모가로서의 그를 알고 있었네.

이러한 사나이는 경찰의 상투적인 수단을 잘 알고 있을 테고, 거리에 경찰이 잠복해 있을 것을 예측하지 못했을 리 없네. 그리고 결과는 그가 예측한 바와 같이 딱 들어맞았지. 물론 가택 수색의 경우도 마찬가지였을 테고, 그가 가끔 밤에 집을 비운 것을 경찰국장은 하늘의 도우심이라며 좋아했지만, 사실은 경찰에게 충분한 수색 기회를 주어 편지가 집 안에 없다는 확신을—— G는 사실 결국 그렇게 생각했네만—— 한층 빨리 주기 위한 모략에 지나지 않았다고 나는 생각했네.

경찰의 상투적 수색방법에 관해 이제 내가 자네에게 힘들여 자세히 설명한 생각쯤은 반드시 장관의 머리에도 떠올랐을 것일세. 이런 생각은 그에게 평범한 은닉 방식을 피하게 했겠지. 그 저택 안이 아무리 복잡하고 눈에 띄지 않는 곳이라도 경찰국장의 바늘과, 송곳과 확대경 앞에서는 날마다 쓰는 벽장과 같다고 생각 못할 만큼 그는 바보가 아니란 말일세. 결국 나는 그가 오히려 '어수룩한 방법'을 선택하게 되리라는 걸 꿰뚫어 보았지. 의식적으로 그런 방법을 택하지는 않을지라도 말일세. 맨 처음 우리들이 경찰국장을 만난 날, 이 사건은 너무도 단순한 것이어서 그를 괴롭히는 건지도 모른다고 내가 말했을 때 그가 배가 터질 듯 웃어댄 것을 자네는 기억하고 있겠지."

"그렇지, 생각나네. 참 유쾌하게 웃었지. 나는 경찰국장의 허파가 터진 줄만 알았네."

"물질계에는 비물질계와 비슷한 것이 얼마든지 있네. 그러므로 은유와 직유가 문장을 꾸며 줄 뿐 아니라 토론에 힘을 주는 역할도 한다는 수사학상의 독단이 얼마쯤 진리의 색채를 띠게 되는 것일세. 이를테면 탄성의 원칙 같은 것은 물리학에 있어서나 형이상학에 있어서나 같은 것으로 생각되네. 물리학에서 볼 때 큰 물체는 작은 물체보다 움직이기에 더 힘이 들고 거기에 따르는 운동량은 이 힘에 정비례하는데, 이 사실은 형이상학에 있어서도 마찬가지일세. 즉 우수한 지력은 열등한 지력보다 동작에 있어 더 강하고 불변적이며 효과적이지만 초기 동작에 있어선 좀처럼 움직이지 않고 귀찮아 하고 주저하게 되는 것일세. 자네는 혹시 거리의 가게에 걸려 있는 간판 중에서 어떤 것이 가장 눈에 잘 띌 것인지 생각해 본 적 있나?"

"한 번도 없는데."

"지도를 펴놓고 하는 지명찾기라는 놀이가 있네. 한 사람이 어떤 지명을 부르면 상대편은 그 지명을 찾는 거지. 읍, 강, 주 또는 나라, 아무튼 지도 위의 어떤 지명이라도 상관없네. 장난에 서투른 풋내기는 괜히 깨알만한 지명으로 상대편을 골리려하지만, 익숙한 사람은 큰 글자로 지도 한 끝에서 한 끝까지 펼쳐 있는 이름을 고른다네. 이러한 것은 아주 큰 글자로 씌어진 거리의 간판이나 광고처럼 도리어 사람들 눈에 띄지 않지. 그리고 이러한 것을 보지 못하고 지나가는 물리적 착각은 때때로 사람들이 지나치게 명백한 것에는 도리어 생각이 닿지 않아 그대로 지나치고 마는 정신상의 부주의와 비슷한 것일세.

그러나 이것은 경찰국장의 이해력 이상 또는 이해력 이하의 함정이었지. 경찰국장은 장관이 그 편지를 세상 어떤 사람에게도 들키지 않도록 사람들 바로 코밑에 감춰 두리라곤 꿈에도 생각지 못한 것일세. D장관의 대담하고도 당돌하며 영리한 두뇌의 교묘한 술수를 생각하면 할수록—— 그가 그 편지를 필요로 할 때 언제든지 곧 찾을 수 있는 곳에 두어야 한다는 사실과, 그 편지가 경찰국장의 수색 범위 안에 숨겨지지 않았다는 경찰국장 자신이 제공한 결정적인 증거—— 나는 장관이 그것을 감추기 위해서는 도리어 감추려 애썼다는 흔적을 남기지 않는 영리하고도 생각 깊은 방법을 택할 것을 알았다네. 나는 온통 이러한 생각으로 머리가 가득 차서 어느 맑게 갠 아침 푸른 안경을 쓰고 느닷없이 장관 댁을 찾아갔네. 장관은 집에 있더군. 여전히 하품이나 하며 노곤해 하고 할 일이 없어 견딜 수 없는 듯한 태도를 하고 있었지. 세상에 이 사람처럼 정력가는 없을 걸세. 만약 세상에 정력가가 하나도 없다면 말일세.

우선, 나는 요즈음 갑자기 눈이 나빠져 안경을 쓰지 않으면 안 되게 되었다고 불평하며 그 안경으로 그의 주의를 돌려놓고, 주인 이야기에 귀기울이는 척하며 낱낱이 방 안을 살펴보았네. 그 옆에 있는 큰 책상이 특히 나의 주의를 끌었네. 그 위에는 여러 통의 편지와 서류, 그리고 두서너 개의 악기와 책이 난잡하게 놓여 있더군. 한동안 세밀히 살펴보았지만, 특히 의심할 만한 건 아무것도 없음을 알았네. 방 안을 휘휘 둘러보다가 마침내 내 눈은 벽난로 한복판 아래의 조그마한 구리 집게로부터 더러운 파란 리본이 매달리고 끝이 겉보기만 번드레한 철사로 꾸며진 마분지 편지꽂이로 떨어졌네.

서너 구분으로 나눠진 이 편지꽂이에는 몇 장의 명함과 한 통의 편지가 들어 있었지. 그 편지는 아주 더럽게 구겨져 있고, 처음에는 불필요한 것으로 여겨 찢어 버리려다가 다시 그대로 꽂아 둔 것처럼 가운데가 둘로 찢어져 있지 않겠나. 그 편지에는 시커멓게 큰 봉인이 있고 D라고 기호가 뚜렷했으며, 가느다란 여자 필적으로 D장관에게 보낸 것이었네. 그것은 편지꽂이 맨 윗자리에 아무렇게나 내던져진 듯 꽂혀 있었지. 나는 이거야말로 내가 찾고 있는 편지임이 틀림없다고 생각했네. 물론 이 편지는 경찰국장이 우리들에게 자세히 설명한 것과는 전혀 달랐지. 이 편지의 봉인은 크고 검었으며 D라는 기호였네. 경찰국장이 말한 편지는 봉인이 작고 붉은색이며 S집안 공작 문장이었지. 또 이 편지의 주소는 가는 여자 필적으로 씌어 있는데, 도둑맞은 편지는 어느 왕족이 보낸 거라고 경찰국장이 말하지 않았나. 다만 편지의 크기만이 같단 말일세.

그러나 편지의 외양이 극단적으로 다른 점과 손때 묻고 더럽고 찢어진 편지 모양이 D의 빈틈없는 일상생활의 습관과 모순되어 있는 점, 그 편지를 보는 사람에게 아무 쓸모 없는 것처럼 생각하게 하려는 계획의 암시, 또 편지가 모든 방문자의 눈에 띄는 곳에 아무렇게나 놓여 있는 점 등이 내가 이미 도달한 결론과 완전히 일치했네. 이러한 사실은 수색의 목적을 안고 온 나에게 대번에 큰 의심을 안겨 주었지.

나는 되도록 오랫동안 머뭇거리고 앉아 그의 흥미를 끌기 위해 노력했지. 그를 감동시킬 만한 문제를 끌어내어 열렬한 토론을 벌이면서도 편지로부터는 한순간도 주의를 떼지 않았네. 조사를 계속하는 동안 나는 편지의 겉모양과 편지꽂이에 꽂혀 있는 모양들을 머리 속에 깊이 새겨넣었네. 그리고는 정말 확실한 점을 발견하게 되었지. 이젠 조금도 망설일 필요가 없어진 걸세. 편지 모서리를 유심히 살펴보니 필요 이상으로 구겨져 있더란 말이야. 딱딱한 종이를 한 번 접어 그 위를 집게로 누른 다음 그 꺾인 자리를 반대쪽으로 다시 꺾을 때 나타나는 갈라진 모양을 하고 있었네. 이것만으로 충분했지. 편지를 장갑처럼 뒤집어 주소를 고쳐쓰고 다시 봉인한 것이 확실했네. 나는 장관에게 작별인사를 하고 일부러 금으로 만든 담뱃갑을 책상 위에 놓고 곧 돌아왔네.

다음 날 아침 나는 담뱃갑을 찾으러 가서 전날 우리들이 하던 이야기를 다시 꺼내 열심히 토론했지. 이때 갑자기 창문 아래에서 권총 소리 같은 쾅 하는 소리가 들려 오고 이어서 무서운 비명과 군중의 놀란 듯한 소리가 들려 왔네. D는 창 쪽으로 달려가 창문을 열고 밖을 내다보았네. 그 순간 나는 재빨리 편지꽂이로 가서 그 편지를 꺼내 주머니에 넣은 다음 겉모양이 똑같은 가짜 편지를 대신 넣었네. 그것은 빵으로 만든 봉인으로 D기호를 흉내내어 집에서 미리 빈틈없이 만들어 가지고 간 것이었어.

거리의 소동은 총을 가진 사나이의 미친 짓 때문에 일어난 일이었네. 부인과 아이들에게 대고 쏘았지만 탄알 없이 공포를 쏜 게 밝혀져 미친 사람 아니면 주정꾼 탓으로 돌려 버리고 그냥 풀어 주었네. 나도 편지를 손에 넣고는 곧바로 D의 뒤를 쫓아 창 쪽에 가 있었지. 사나이가 가 버린 뒤 D는 다시 자리로 돌아왔으며, 나는 곧 인사를 하고 그 집을 떠났네. 물론 그 사나이는 내가 시킨 가짜 미치광이였지."

"그런데 뭣하러 가짜 편지 같은 걸 거기 넣었단 말인가? 자네가 처음에 방문했을 때 버젓이 빼 오지 않고."

"아닐세. D는 물불을 가리지 않는 대담한 작자거든. 또 그의 집에는 그를 위해 생명을 내던질 하인들이 있으니 어디 될 말인가? 만일 자네 말대로 하다간 괜히 흠씬 얻어맞기나 하지. 파리 시민들은 내가 그뒤 어떻게 됐는지 알지 못하게 될 걸세. 그러나 이런 문제 말고도 나에게는 다른 목적이 있었네. 내가 정치적 편견을 가진 것은 자네도 잘 알고 있겠지? 이번 사건에서 나는 그 귀부인의 한 당원으로 활동한 걸세. 18개월 동안 장관은 그 귀부인을 자기 손아귀에 움켜쥐고 있었는데, 이번에는 그가 그 귀부인에게 무릎을 꿇을 차례지. 아직 편지가 자신의 손 안에 있는 줄 알고 그는 여전히 제멋대로 행동할 게 아닌가? 그러다가 대번에 정치적 파멸을 초래할 기린 말일세. 그 떨어지는 꼴이야말로 절벽을 굴러 떨어지는 듯 숨막힐 지경일 것일세.

'지옥으로 떨어지기는 쉽다(베르길리우스의 작 《아에네이스》에서 인용)'라는 말이 있지. 그러나 카탈라니(이탈리아 성악가)가 성악에 관해 이야기한 것 중에 저음에서 고음으로 올라가며 노래하는 편이 그 반대보다 훨씬 쉽다고 말했듯 올라가는 것이 떨어지는 것보다야 훨씬 기분좋은 일이지. 이 경우에 있어서 나는 떨어지는 자에게 아무 동정도 하기 싫네. 조금도 가엾게 여겨지지 않아. 그는 무서운 괴물, 파렴

치한 천재야. 그러나 경찰국장이 말하던 그 '어떤 귀부인'의 반항에 부딪혀 내가 편지꽂이에 쑤셔넣은 그 편지를 펴보지 않으면 안 될 경우, 그가 어떻게 생각할 것인지 나는 퍽 궁금하다네."

"어째서? 무언가 색다른 것이라도 써 넣었나?"

"물론……. 그냥 백지만 넣기도 좀 뭣하지 않은가. 그것은 D를 모욕하는 것만 같았어. D는 언젠가 한 번 빈에서 나를 크게 약올린 적이 있다네. 그때 나는 불쾌한 낯을 하지 않고 다만 언제든지 이 일을 기억하고 있겠노라고 했지. 그래서 그가 이번에 자신의 모략보다 한 걸음 더 앞선 사람이 누군지 궁금해질 것 같고, 또 실마리를 알리지 않는 것도 가엾을 것 같았네. 내 필체는 그도 잘 알고 있으므로 백지에 다음과 같은 글을 써 넣었지.

이러한 무참한 계획은
아트레에게는 알맞지 않을지라도
티에스트에게는 어울리리라.

이 글은 크레비용(프랑스 시인)의 명작 《아트레와 티에스트(티에스트는 아트레의 아내를 유혹한 죄로 국외 추방을 당하는데, 아트레가 화해하자고 하며 술자리를 베풀고는 티에스트의 두 아들을 죽여 그 고기를 그에게 먹인 뒤 사실을 고백하여 복수했다는 그리스 전설을 극화한 것)》 가운데 한 구절일세."

적사병 가면

이탈리아 북부 지방

'적사병'은 오랫동안 그 나라 안을 온통 휩쓸고 있었다. 사람의 생명을 빼앗아가는 전염병 중에 이같이 무서운 악역은 아직까지 본 적이 없다. 피가, 새빨간 무서운 피가 그의 화신이며 증인이었다. 강렬한 고통과 함께 급작스러운 현기증을 일으키고 콧구멍에서 피를 펑펑 쏟고 나면 죽음이 찾아왔다. 환자의 몸에 생긴, 특히 얼굴에 생긴 진홍색 반점이 이 악역의 표적이고, 사람들은 이 표적만 보면 그들의 간호와 동정의 마음까지도 움츠러드는 것을 느꼈다. 병의 발작과 경과, 그리고 종결은 모두가 반 시간 동안에 진행되었다.

그러나 프로스페로 공은 행복하고 용감했으며 현명했다. 공의 영토 인구가 절반이나 줄었을 때 공은 궁정의 기사와 귀부인들 가운데에서 1천 명의 튼튼하고 천성이 쾌활한 신하들을 불러들여 그들과 함께 성으로 둘러싸인 어느 사원으로 깊이 숨어 버렸다.

이 사원은 드넓고 장엄한 구조로 지어진, 그 자신의 괴상하고도 위엄있는 취미의 산물이었다. 튼튼하고 높은 담이 사원을 둘러싸고 여기저기에 철문이 달려 있었다. 그들이 안으로 들어간 뒤 신하들은 용광로와 쇠메를 가져다 자물쇠를 아주 용접해 버렸다. 그들은 사원 안에서 어떠한 절망과 광란의 충동이 끊임없이 일어난다 해도 전혀 드나들지 못하도록 결심했던 것이다.

사원 안에는 먹을 것이 충분히 저장되어 있었다. 완전한 준비가 되어 있었으므로 그들은 마음이 제법 든든했다. 바깥 세상은 될 대로 되라, 오히려 그런 것을 애써 슬퍼하며 생각하는 게 어리석은 일이었다.

프로스페로 공은 이미 오락을 위한 모든 설비를 마련해 놓았다. 광대도, 즉흥 시인도, 발레 무용가도, 음악가도, 미인도, 술도 있었다. 사원에는 갖가지 유희와 함께 안전이 있었다. 없는 것은 다만 '적사병' 뿐이었다.

그들이 숨은 지 대여섯 달이 흘러간 뒤에도 바깥 세상에서는 적사병이 맹렬한 기세로 날뛰고 있었지만, 프로스페로 공은 세상에 보기 드문 성대한 가장무도회를 열고 많은 친구들을 초대했다. 이 무도회야말로 실로 돈을 물쓰듯 해서 마련한 것이었다. 무도회가 열릴 방은 그 수가 일곱이나 되고 방 안은 마치 궁전처럼 꾸며졌다.

평범한 구조의 궁전이었다면 일곱 개의 궁실이 한 줄로 이어지고, 활짝 열린 여닫이문을 통해 으레 한쪽 끝에서부터 다른 쪽 끝까지 환히 보이게 되어 있는 법이다. 그러나 이상한 것만 찾는 공의 취미로 미루어 짐작할 수 있듯 이 방들의 구조는 다르게 되어 있었다. 방과 방의 구조가 아주 불규칙적으로 되어 한 번에 겨우 방 하나가 보일 뿐이어서 일곱 개의 방을 모두 들여다 볼 수는 없었다.

복도는 2, 30야드씩 사이를 두고 갑자기 구부러져 있었는데, 그때마다 새로운 흥취를 일으켰다. 양쪽 벽 한복판에는 고딕식으로 높이 달린 창이, 구부러진 방들을 따라 쭉 뻗은 높은 마루 쪽으로 열려 있었다. 창에는 스테인드글라스가 끼워지고, 그 유리 빛깔은 창문을 열면 보이는 방 장식의 색채에 따라 달라졌다.

예를 들면 동쪽 끝은 파란빛으로 꾸며져 있었는데 그래서 여러 창들도 맑은 파란빛을 띠었다. 두 번째 방의 장식과 벽모전은 모두 자줏빛이었으므로 창도 자줏빛이었다. 세 번째는 모두 초록빛이었다. 네 번째 방은 방 장식이며 등불이 노란빛이고, 다섯 번째는 흰빛, 여섯 번째는 보랏빛이었다. 일곱 번째 방은 천장부터 벽 전체가 모두 검은 비로드의 벽모전으로 덮이고, 그 벽모전은 또다시 굵은 주름살을 이루어 똑같은 천으로 된 같은 빛깔의 카펫 위로 드리워져 있었다. 그러나 이 방의 창만은 실내장식과 달랐다. 이 방의 유리는 새빨갰다—흐르는 듯한 진한 핏빛이었다.

일곱 개의 방은 어느 방이든 찬란한 금빛으로 여기저기 꾸며지고 또 천장으로부터 황금빛 장식물이 늘어뜨려졌지만, 그 사이에 램프나 촛대는 걸려 있지 않았다. 어느 방에서도 램프나 촛대에서 반사되는 빛은 찾아볼 수 없었다.

방마다 옆 복도에 창 쪽으로 햇불이 놓인 삼각대가 있는데, 거기서 나오는 빛이 스테인드글라스 창문을 통해 방 안을 환하게 비추고 있었다. 그 때문에 방 안에는 기이하고도 황홀한 수많은 그림자가 번들거렸다.

그러나 서쪽에 있는 검은 방에서는 핏빛 유리창으로부터 흘러들어 오는 빛이 방 안의 새까만 벽모전 위에 무시무시한 그림자를 만들어 내고 있었다. 그리고는 안으로 들어온 사람의 얼굴에 소름끼치는 빛을 던졌으므로 감히 이 방 안으로 들어오려는 담대한 사람은 드물었다.

이 방에는 또 커다란 흑단 시계가 서쪽 벽에 걸려 있었다. 시계추는 둔하고 육중하고 단조로운 소리를 내며 양옆으로 흔들거렸다. 긴 바늘이 빙 한 바퀴 돌아 땡땡 시간을 알릴 때면 시계의 구리 폐장으로부터 맑고 높은, 그러나 이상하게도 기괴한 소리가 흘러나왔다. 이 때문에 한 시간이 지날 때마다 오케스트라 연주자들은 잠시 연주를 그치고 시계의 종소리에 귀를 기울였으며, 아주 흥이 나서 왈츠를 추던 사람들도 갑자기 춤을 멈추게 됨으로써 지금까지 흥겹던 분위기는 잠시 동안의 적막으로 바뀌는 것이었다.

시계의 종소리가 들리는 동안은 가장 흥겨워하던 사람들의 얼굴도 파랗게 질린 표정이었으며 노인과 침착한 몇 사람만이 환상이나 명상에 깊이 사로잡힌 듯 이마에 손을 얹고 있는 모습이 눈에 띄었다.

그러나 시계 소리가 완전히 사라지고 나면 가벼운 웃음 소리가 대번에 방 안에 떠돌고 연주자들은 서로 얼굴을 쳐다보며 자기들의 신경과민과 어리석음에 웃음지었다. 그리고 서로 소곤대며 이 다음 시계의 종소리가 들릴 때에는 결코 동요하지 않겠다고 다짐하는 것이었다.

그러나 60분이 지난 뒤—— 즉 그 동안에 3천 6백 초라는 시간이 흘러간 뒤 다시 종소리가 들리면 여전히 모든 사람들은 불안과 전율과 명상에 잠겼다.

그렇긴 해도 무도회는 유쾌하고 성대한 잔치였다. 공의 취미는 특이했다. 그는 빛깔과 효과에 있어 고상한 견식을 지녔고, 일시적 유행 따윈 거들떠보지 않았다. 그의 계획은 대담했고 열렬했으며, 구상은 야만적 광채 속에 싸여 있었다. 그를 미친 사람이라고 여기는 이도 있었다. 그러나 그의 추종자들은 그렇게 생각하지 않았다.

이 큰 무도회를 벌이기 앞서 일곱 개 방의 이동 장식을 설치한 것은 대부분 공의 지시에 따라서였다. 가면자들에게 배역을 지정해 둔

것도 그의 취미에서 나왔다. 모두 괴이한 것뿐이었음은 말할 나위도 없다.

광휘, 찬란, 기교, 환상적—— 위고의 비극 《에르나니》에서 볼 수 있는 것들이었다. 팔다리가 어울리지 않는 이상한 의상을 입은 아라비아풍의 모습도 보였다. 미친 사람처럼 기괴해 보이는 차림새도 있었다. 아름다운 것, 음탕한 것, 기괴한 것이 대부분이었지만 공포를 불러일으키는 것도 얼마쯤 있었고 혐오스런 모습도 적지 않았다.

사실 일곱 개 방 안에는 꿈 속에서 날뛰는 듯한 환상적인 무리들이 이리저리 돌아다녔다. 이들 무리들은 몸을 구부릴 때마다 온몸에 쏟아지는 방 안의 색채를 받으며 우렁찬 오케스트라 소리를 마치 자신들이 내는 발 소리의 메아리처럼 들리게 하여 이리저리 뛰어 돌아다녔다.

그러다가도 신기하게 검은 비로드 벽 방에 걸린 흑단 시계가 시간을 알리면 잠시 모든 방에 쥐죽은 듯한 침묵이 흘렀다. 시계 소리 말고는 아무 소리도 들리지 않았다. 환상의 무리들은 얼어붙은 듯 선 채 꼼짝도 못하는 것이었다.

그러나 시계 소리가 끝나면—— 겨우 한순간에 끝나 버리지만—— 가벼운, 좀 억누른 듯한 웃음 소리가 사라지는 시계 소리 뒤를 이어 들려 왔다. 그러면 다시 음악 소리가 흥겨운 듯 터져나오고, 얼어붙은 환상의 무리들도 되살아나 긴 한숨을 내쉬고는 삼각대로부터 흘러나오는 갖가지 찬란한 빛 속에서 이리저리 뛰어 돌아다니기 시작했다. 그러나 여전히 일곱 개 방 가운데 서쪽 끝의 방에 들어가려는 사람은 하나도 없었다.

밤은 점점 깊어가고 피를 끼얹은 듯한 스테인드글라스 창문으로부터 한층 더 붉은빛이 흘러들어오면 새까만 벽모전이 사람의 마음을 소스라치게 했다. 그리고 까만 카펫 위에 발을 들여놓은 사람들 귀에는 저쪽 멀리 떨어진 방에서 즐겨 날뛰는 사람들의 소리보다 시계 소리가 각별히 장중하고 무겁게 들려 왔다.

다른 방들은 사람이 가득 차고 그 안에서 생명의 심장이 미친 듯 고동치고 있었다. 무도회는 용솟음치며 들끓는 열기 속에 진행되어 가고 드디어 자정을 알리는 시계 소리가 들려 왔다. 그러자 앞에서 말한 것처럼 갑자기 음악 소리가 뚝 그치고, 미친 듯 왈츠를 추던 사람들은 제자리에 선 채 온 집 안이 다시금 쥐죽은 듯 고요해졌다.

시계 소리가 열두 번 울리고, 그 마지막 울림이 긴 여운을 남기자, 미쳐 날뛰며 춤추던 이들 가운데에서도 생각이 깊은 사람들은 지금까지보다 더 깊은 명상에 잠기는 것이었다. 그리고 열두 번째 시계 소리가 끝나고 마지막 여운이 아직 사라지기도 전, 사람들은 군중 가운데 그때까지 눈에 띄지 않던 낯선 가장 인물이 섞여 있는 사실을 깨닫게 되었다. 이 소문이 소곤소곤 사방으로 퍼지자 모든 사람들 입에서 놀라움이—— 마침내 공포와 증오와 혐오를 드러낸 귓속말과 불평이 새어나왔다.

이 같은 괴물들의 모임에 있어서는 웬만큼 혐오스런 치장으로도 이런 소동이 일어나지는 않았을 것이다. 이제 사실상 가면은 거의 제한 없이 허용되어 있었다.

그러나 그 가장 인물은 프로스페로 공의 무한한 너그러움으로 생각해 보더라도 너무나 무시무시한 존재였다. 아무리 둔감한 사람의 마음이라 할지라도 이쯤 되면 반드시 동요를 일으키는 금선(琴線)이 있다. 삶과 죽음을 모두 장난으로 여기는 말할 나위 없는 불한당도 때로 농담 한마디 할 수 없는 진지한 때가 있는 법이다.

사실 방 안의 사람들은 아직까지 보지 못한 이 가장 인물의 옷차림이며 태도에서 기술과 의도적인 장식이라곤 아무것도 없음을 깨달을 수 있었다. 이 사나이는 키가 크고 몸이 후리후리하며 머리 끝에서부터 발끝까지 썩은 수의를 감고 있었다. 얼굴을 감춘 가면에는 굳어 버린 시체의 빛이 떠돌고, 아무리 바싹 들여다보아도 가면같아 보이지 않았다.

그 언저리에서 즐겨 날뛰는 사람들은 비록 이 가장을 인정할 수는 없다 하더라도 어쨌든 그의 존재를 참아낼 수는 있었을지도 모른다. 그러나 여기저기서 '적사병'과 흡사하다고 소곤대는 소리가 들려 오기 시작했다. 그의 옷은 피로 젖어 있고, 그의 넓은 이마는 얼굴의 다른 부분과 함께 피로 무섭게 얼룩져 있었기 때문이다.

프로스페로 공의 눈길이 이 괴물에게로 떨어졌을 때── 괴물은 자기 역할을 좀더 완벽하게 해치우려는 듯 엄숙한 걸음으로 왈츠를 추는 사람들 사이를 서서히 이리저리 거닐었다── 처음 순간에는 공포와 불쾌한 감정으로 몸을 부들부들 떨더니 다음 순간 격노가 치밀어 이마가 주홍빛이 되고 말았다. 프로스페로 공은 쉰 목소리로 옆의 신하에게 물었다.

"어떤 녀석이냐? 어떤 녀석인데 감히 저런 불손한 가장으로 우리들을 모욕하는 것이냐? 그 녀석을 붙잡아 가면을 벗겨라── 먼동이 틀 때 성벽에 목을 매달 녀석의 얼굴을 볼 수 있도록!"

프로스페로 공이 소리지른 곳은 동쪽 방── 즉 파란 방에서였다. 그 목소리는 일곱 방 구석구석까지 크고 우렁차게 울렸다. 그는 대담하고 건장한 사람인데다 음악 소리가 그의 손짓에 의해 그쳐 있었기 때문이다.

얼굴이 파랗게 질린 신하들은 공의 외침 소리에도 불구하고 태연히 엄숙한 걸음으로 가까이 다가오는 이 침입자에게로 잠시 돌진해 가려는 기세를 보이더니, 기가 질린 듯 까닭모를 어떤 공포에 사로잡혀 누구 하나 선뜻 나가 그 녀석을 붙잡으려 하지 않았다. 그러는 동안 괴물은 사람이 살지 않는 곳을 걷듯 그의 몇 발자국 앞을 지나갔다.

　방 안의 모든 사람들이 약속이라도 한 듯 방 한가운데에서 벽 쪽으로 슬금슬금 뒷걸음질치는 동안 괴물은 조금 전과 다름없이 엄숙하고 일정한 걸음걸이로 파란 방에서 자줏빛 방으로, 자줏빛 방에서 초록빛 방으로, 초록빛 방에서 노란 방으로, 노란 방에서 흰 방으로, 거기서 다시 보랏빛 방으로 서슴없이 걸어 나갔다. 하지만 그를 붙잡으려는 결연한 행동으로 나오는 이는 한 사람도 없었다.

　이때 프로스페로 공이 순간적으로 자신이 겁먹은 데 대한 부끄러움과 분노로 발끈하여 맹렬한 기세로 여섯 개 방을 차례로 뚫고 나가기 시작했다. 다른 사람들은 얼빠진 듯 벌벌 떨고 있을 뿐 아무도 그 뒤를 쫓지 못했다.

　프로스페로 공은 단검을 뽑아 높이 쳐들고 헐떡거리며 달아나는 괴물의 3, 4피트 뒤까지 바싹 다가섰다. 드디어 괴물은 검은 비로드 방의 마지막 벽까지 밀려가자 갑자기 획 돌아서 추격자와 마주섰다.

　그 순간이었다. 날카로운 비명이 일더니 단검이 번쩍이며 까만 카펫 위에 떨어지고 그 위로 프로스페로 공이 죽어 엎어졌다.

　벌벌 떨고 있던 사람들은 절망 끝에 온갖 용기를 쥐어 짜내어 곧 검은 방으로 달려들어가 흑단 시계 그림자 뒤에 꼼짝도 않고 꼿꼿이 서 있는 괴물의 목덜미를 붙잡고, 무시무시한 썩은 수의와 시체 같은 가면을 닥치는 대로 마구 쥐어뜯으며 흔들어 보았다. 그러나 그것은 손에 잡히는 거라곤 아무것도 없는 정체모를 존재였다. 사람들은 이제 무어라 말할 수 없는 공포에 휩싸여 헐떡이며 부들부들 떨고만 있었다.

그들은 이제야말로 '적사병'이 나타난 것을 알 수 있었다. '적사병'은 밤도둑처럼 슬그머니 들어온 것이다. 그리고 이제까지 즐겨 날뛰던 무리들은 하나씩하나씩 그들이 즐겨 날뛰던 그 피에 젖은 방에 쓰러졌다. 그리고 쓰러진 그대로 처참한 꼴로 죽어갔다.

흑단 시계의 수명도 이 성대한 잔치가 막을 내리는 것과 더불어 뚝 끊어졌다. 삼각대의 횃불도 꺼졌다. 다만 '어둠'과 '황폐'와 '적사병'만이 모든 것 위에 끝없는 지배를 누리고 있을 따름이었다.

황금풍뎅이

> 저런! 저런! 미친 듯 춤추고 있네.
> 어미거미에게 물렸구나.
> —— 아서 머피 《모두 글렀다》

 몇 해 전, 나는 윌리엄 렉랜드라는 사람과 친하게 지내고 있었다.
 그는 어느 위그노 교도 집안 사람이었는데 한때는 큰 부자로 호화로운 생활을 했지만, 그 뒤 계속 닥쳐온 불행으로 인해 이제는 빈궁한 처지에 빠지게 되었다. 그런 재난 끝이면 으레 따르게 마련인 비난을 피하려고 그는 선조 대대로 살아온 뉴올리언스 시를 떠나, 사우스캐롤라이나 주 찰스턴 언저리에 있는 설리번 섬으로 옮겨갔다.
 그곳은 참으로 이상하게 생긴 섬이었다. 섬 전체가 거의 모래로 이루어져 있었으며 길이는 3마일쯤 되는데 섬의 넓이는 어디를 가도 4분의 1마일을 넘지 않는 듯했다. 황새들이 즐겨 모여드는 갈대밭과 넓은 진흙탕 늪 사이를 사람 눈에 띄지 않도록 졸졸 흐르는 조그만 강이 하나 있을 뿐이었다.
 식물은 보기 드물어 앙상한 것들 뿐이었고, 굵직한 나무는 도무지 눈에 띄지 않았다.

　몰트리 요새가 우뚝 서 있는 서쪽에는 여름 한때 찰스턴의 먼지와 더위를 피해 온 사람들이 사는 쓸쓸한 몇 채의 초라한 집들과 대머리에 남아있는 머리칼처럼 종려나무가 몇 그루 보였다. 이 서쪽 끝과 굳은 흰 모래로 덮인 해안선을 제외하곤 섬 전체가 영국 원예가들이 사랑하는 향기로운 도금양 떨기나무로 울창하게 덮여 있었는데 이 나무들은 키가 20피트에까지 이르러 헤치고 들어갈 수 없을 만큼 빽빽이 우거졌으며, 그 언저리 공기는 늘 향기로 가득 차 있었다.

　렉랜드는 이 숲 속의 가장 먼 구석, 즉 섬 동쪽으로부터 그리 멀지 않은 곳에 오두막집 한 채를 지어, 내가 우연히 그를 알게 된 그 즈음 그곳에 살고 있었다.

　우리들은 점점 친해졌다. 그는 흥미와 존경을 일으킬 만한 여러 가지 장점을 지니고 있었기 때문이다. 그는 많은 교육을 받았고 뛰어난 머리를 가졌지만, 염세병에 걸려 열심히 이야기하다가도 갑자기 우울해지는 버릇이 있었다.

　그는 꽤 많은 장서를 가지고 있었지만 읽는 데에 그리 열중하지는 않았다. 그의 중요한 오락은 사냥과 낚시, 또는 바닷가와 숲 속을 이리저리 돌아다니며 조개껍데기며 곤충들을 채집하는 일이었다. 특히 곤충채집 표본은 슈밤메르담(네덜란드 곤충학자) 같은 대곤충학자도 탐낼만한 것이었다.

　그가 채집을 나갈 때는 반드시 주피터라는 늙은 흑인을 데리고 다녔다. 이 흑인은 렉랜드 집안이 몰락하기 전에 벌써 해방된 몸이었지만 젊은 '윌 도련님' 뒤를 쫓아 다니는 것을 마치 자기 특권처럼 생각하고 있어, 위협하고 달래기도 했으나 막무가내로 듣지 않고 그만두려 하지 않았다. 아마도 렉랜드의 친척들이 그의 정신이 좀 불안한 것을 알고는 그를 감독하고 보호하기 위해 그런 완고한 생각을 주피터의 머리 속에 깊이 새겨넣어 주었는지도 모른다.

설리번 섬이 자리한 위도상에서는 겨울에도 그리 춥지 않으며, 가을에는 흔히 불을 피우지 않고도 한철을 넘길 수 있었다. 그런데 18××년 10월 중순 무렵 아주 날씨가 추웠던 날이 하루 있었다. 그날 저녁, 해가 저물기 전에 나는 상록수 밑을 지나 여러 주일 만나지 못한 렉랜드를 찾아갔다. 그때 나는 이 섬에서 9마일 떨어진 찰스턴에 살고 있었는데, 요즘보다는 훨씬 교통이 불편한 시절이었다.

그의 집에 이르러 늘 하던 버릇대로 문을 두드렸지만 아무 대답이 없었으므로, 내가 알고 있는 열쇠통에서 열쇠를 꺼내 문을 열고 안으로 들어갔다.

난로에는 불이 활활 타오르고 있었다. 좀 이상한 일이었지만, 별다른 생각없이 나는 외투를 벗고 탁탁거리며 타는 장작 앞으로 의자를 끌어다 놓고 걸터앉아 주인이 돌아오기를 기다렸다.

그들은 해가 진 뒤 얼마 안 되어 돌아왔는데, 나를 진심으로 반가이 맞아 주었다. 주피터는 입을 대문짝만하게 벌리고 웃어대며 저녁식사로 뜸부기 요리를 하겠다고 떠들썩하게 수선을 피웠다.

렉랜드는 갑자기 무엇엔가 열중하는 그 발작—— 다른 말로 설명할 길이 없다—— 이 또 일어난 것 같았다. 아직 세상에 알려지지 않은 새로운 종류의 쌍조개 껍데기를 발견하고, 주피터의 도움으로 진귀한 풍뎅이를 한 마리 잡았는데 그것에 관해 내일 아침 내 의견을 듣고 싶다고 했다.

나는 불을 쬐던 손을 비비며, 풍뎅이가 뭐 그리 대단한 거냐고 속으로 투덜거리며 물었다.

"왜, 오늘 밤이면 안 되나?"

"아, 그야 자네가 오늘 밤에 올 줄만 알았다면야! 그러나 자네를 만난지 꽤 오래 되었잖나. 그러니 바로 오늘 밤 자네가 오리라는 걸 어찌 예측할 수 있었겠는가? 오는 길에 요새의 G중위를 만나 어리석게도 그걸 빌려 주었네. 그래서 내일 아침까지는 그걸 자네에게 보여 줄 수 없단 말일세. 오늘 밤 우리 집에서 쉬게. 그러면 내일 새벽에 주피터를 보내 찾아오게 할 테니까. 세상에서 가장 아름다운 것일세."

"무엇이? 새벽 말인가?"

"정신 나간 소리! 아니야! 풍뎅이 말일세. 번쩍이는 황금빛이 돌며 큰 호도알 만하다네. 등 한편 끝에 시꺼먼 점이 두 개 있고 또 그 반대쪽에는 그보다 좀더 긴 점이 한 개 있지. 더듬이는……."

주피터가 말을 가로챘다.

"더듬이 같은 건 없답니다. 도련님도 원, 그토록 이야기했는데도. 그건 진짜 황금풍뎅이지요. 안팎이 모두 황금빛이 돌던뎁쇼. 날갯죽지만은 그렇지 않았지만 내 평생에 그 절반되는 무게의 황금풍뎅이도 본 적이 없답니다."

주피터는 여느 때와는 어울리지 않게 지나칠 만큼 열심히 대답했다.

"흠, 그렇다고 그 새요리를 티게 내비려두지는 잃겠지, 주피터? 그 빛깔은……."

그는 나를 돌아보았다.

"주피터가 저렇게 생각하는 것도 무리가 아닐세. 자네도 그런 빛깔은 아마 아직 못 보았을걸. 내일 아침에 실제로 보여 주기 전까지는 뭐라고 말할 수가 없네. 그러나 그 형태만은 지금 이야기할 수 있지."

그는 조그만 책상 쪽으로 가서 앉았다. 그러나 그 위에는 펜과 잉크만 있을 뿐 종이가 없었다. 서랍 안을 찾아보았으나 그 속에도 종이는 한 장도 없었다.

"괜찮아, 이것으로도 충분해."

그는 조끼 주머니에서 아주 더러운 큰 양피지 종이를 꺼내 그 위에 펜으로 대강 형태를 그렸다. 추웠으므로 그 동안 나는 불 옆의 의자에 그대로 앉아 있었다.

그림이 다 되자 렉랜드는 앉은 채 그것을 나에게 내밀었다. 내가 그림을 받았을 때 밖에서 크게 울부짖는 소리가 들리더니 뒤이어 이내 문을 긁는 소리가 들렸다.

주피터가 문을 열어 주자 렉랜드가 기르는 뉴펀들랜드 종 개가 뛰어들어와 내 어깨에 매달려 연방 핥으며 야단이었다. 내가 이 집에 올 때마다 귀여워해 주었기 때문이다. 개의 애무가 끝났을 때 나는 그 종이를 들여다보았는데, 나는 그 그림을 보고 적잖이 놀라지 않을 수 없었다.

"음, 이건 참 이상한 풍뎅이인걸. 처음 보는데. 아직까지 이런 모양은 보지 못했어. 해골 말고는. 사실 내가 이제까지 보아 온 것 가운데 해골하고 가장 닮았군."

렉랜드는 내 말을 그대로 흉내냈다.

"해골! 그렇지, 종이 위의 그림은 좀 그렇게 보일지도 모르지. 위쪽에 있는 두 개의 검은 점이 눈처럼 보이고 아래쪽의 긴 점은 입처럼 보일지도. 그리고 전체 모양이 타원형이니까."

"그럴지도 모르겠군. 그러나 렉랜드, 자네는 그림이 서투르군 그래. 진짜를 보지 않고는 뭐라고 말할 수 없네."

그는 좀 퉁명스레 말했다.

"음, 그럴까? 꽤 잘 그리는 편인데, 적어도 그런 것쯤은. 위대한 선생으로부터 배우기도 해서 그림은 남에게 그리 떨어지지 않는다고 자부하고 있는 참인데."

"그렇다면 자네는 농담을 하고 있는 거로군. 이거야 누가 보든지 틀림없는 해골일세. 생리학 표본에 관한 일반적인 의견으로 생각해 볼 때 틀림없는 해골이야. 그리고 자네가 발견한 풍뎅이가 꼭 이런 모습이라면 그거야말로 이상야릇한 풍뎅이인걸. 아, 이것을 힌트로 해서 아주 스릴 있는 미신을 만들어 낼 수 있을지도 모르겠네. 그 풍뎅이를 '해골풍뎅이(Scarabaeus Caput Hominis)'라든가, 또는 그 비슷한 이름을 붙이면 어떻겠나? 생물학에는 그런 명칭이 얼마든지 있으니까. 그건 그렇고, 자네가 말하는 그 더듬이는 어디 있지?"

"더듬이 말이지!"

이 말에 까닭 모르게 흥분한 렉랜드가 말했다.

"그려 두었잖나, 거기에. 실물에 붙어 있는 것과 똑같게 그려놓았으니 알 수 있을 텐데."

"그런가. 자네는 그렸을지 모르지만, 내 눈에는 보이지 않는걸."

나는 그가 화를 낼까봐 더 이상 아무 말 하지 않고 그 종이를 돌려주었다. 그러나 속으로는 갑작스럽게 뒤바뀐 사태에 깜짝 놀라고 있었다. 그의 퉁명스러운 태도에 당황하기도 했지만, 풍뎅이 그림에서 더듬이를 전혀 찾아낼 수 없었고 그 그림 전체는 볼품없는 흔한 해골 그림이었던 것이다.

렉랜드는 몹시 불쾌한 얼굴로 그 종이를 받았다. 불 속에 집어넣을 작정인지 구겨 버리려다가 우연히 흘끗 그림을 한 번 보고는 갑자기 무엇인가에 주의가 쏠린 모양이었다. 갑자기 얼굴이 새빨개지더니 곧 새파랗게 변했다. 그는 앉은 채 몇 분 동안 꼼꼼하게 종이를 살피더니 마침내 일어서서는 책상에서 촛불을 집어들고 방 저쪽 구석에 놓인 트렁크 위에 걸터앉아 이리저리 그 종이를 뒤집어보며 열심히 조사하기 시작했다.

 그러나 내게는 말 한 마디 없었다. 나는 그의 태도에 적잖이 놀랐지만 공연히 쓸데없는 소리를 해서 그의 화를 돋구지 않는 게 좋을 듯싶었다.

 조금 뒤 그는 웃옷 주머니에서 지갑을 꺼내 종이를 그 속에 조심스럽게 집어넣은 다음 책상 서랍 속에 넣고 자물쇠를 채웠다. 그의 태도는 얼마쯤 진정되었지만, 본디의 그 열광하는 태도는 씻은 듯이 사라졌다. 무언가에 정신이 쏠려 있는 것 같았다.

 밤이 깊어감에 따라 그는 점점 더 깊이 생각에 젖어드는 듯했고, 내가 아무리 농담을 해도 그의 기분을 명랑하게 할 수 없었다. 전에도 여러 번 묵은 적이 있었으므로 오늘 밤도 자고 갈 작정이었지만, 주인 모습이 이 모양이므로 나는 그만 떠나는 게 좋다고 생각했다. 그는 구태여 꼭 자고 가라고 붙잡지는 않았지만, 내가 그의 집을 떠날 때에는 여느 때와 다르게 내 손을 힘주어 잡았다.

 한 달이 지난 뒤—— 그 동안 나는 렉랜드를 만난 적이 없다—— 그의 하인 주피터가 찰스턴으로 나를 찾아왔다. 나는 이 선량한 흑인이 이때처럼 한없이 어깨를 축 늘어뜨리고 낙심해 있는 모습을 본 적이 없었다. 나는 그 친구의 신변에 무슨 큰 재난이 일어난 게 아닐까 생각했다.

 "웬일인가, 주피터? 대체 웬일이지? 주인은 편안하신가?"

 "그게 좀—— 사실인즉 편치 못하답니다."

 "편치 못하다고? 거 정말 안됐군. 어디가 불편하기라도 한가?"

 "아무 데도 아픈 데는 없다는데, 그러면서도 여간 편치 못한 것 같아서요."

 "여간 편치 못하다고! 아, 왜 그런데 더 빨리 말하지 않았지? 드러

누워 있나?"

"아니오, 누워 계시지는 않지만. 그것이 오히려 더 걱정입죠. 난 도련님 일로 걱정되어 미칠 것만 같답니다."

"주피터, 난 도무지 알 수 없는걸. 자네 이야기로는 주인이 편치 않은 것 같은데, 주인이 자네에게 어디가 아프다는 이야기도 안했단 말인가?"

"없었어요. 아무리 알아보려고 해도 소용없는걸요. 윌 도련님은 아무렇지 않다고 하지만 정말로 아무렇지도 않으면, 왜 머리를 숙이고 어깨를 들먹거리며 도깨비처럼 새파란 얼굴로 돌아다니는 걸까요? 그리고 밤낮 계산용 숫자만 쓰고 계시니……"

"뭘 쓰고 있다고, 주피터?"

"석판 위에다 이상한 부호와 숫자만 쓰고 있어요. 난 그런 별난 건 처음 보는데 딱 질색이랍니다. 언제든지 주인을 감시하지 않으면 안 되고요. 요 전날은 먼동도 트기 전에 슬그머니 없어져 종일 들어오지를 않는 거예요. 들어만 오면 아주 혼을 내주려고 굵은 몽둥이를 준비해 놓았는데 ── 난 멍텅구리가 되어서 그런 용기가 있어야죠 ── 주인이 너무도 핼쑥한 모습으로 들어오는 걸 보고서는 그만……"

"아니? 뭐, 뭐라고? 아, 그래! 그런 짓을 해서야 주인이 견딜라고. 그건 그렇고, 왜 그런 병에 걸렸는지, 왜 주인이 그런 짓을 하게 되었는지 자넨 조금도 모르겠나? 요전에 내가 다녀온 뒤 무슨 이상한 일이 생기기라도 했나?"

"아니오, 그런 건 없었어요. 아마 그전에 무슨 일이 있었나 본데. 바로 나리님이 다녀가신 그날 말입죠."

"아니, 그게 무슨 말이야?"

"음, 그 풍뎅이 말이죠, 바로."

"뭐, 뭐라고?"

"아, 그 풍뎅이 말이에요……확실히 그놈이 윌 도련님의 머리를 어딘가 물었나 봐요."

"주피터, 무슨 까닭으로 그렇게 생각하는 거지?"

"그 발톱만 봐도 그렇고, 그리고 어휴, 그 주둥아리. 난 그런 끔찍한 녀석은 처음 봤어요. 가까이 가면 아무거나 차고, 물고, 뜯고 하는데, 윌 도련님이 맨 먼저 붙잡았다가 곧 질겁해서 놔버렸지요. 아마 그때 물렸나 봐요. 난 그 벌레의 주둥아리니 꼬락서니가 아주 보기 싫어서 손으로는 만지고 싶지 않아 거기서 눈에 띈 종이로 그놈을 눌렀지요. 그걸로 싸서 주둥아리에다 그 종이 끝을 틀어박았답니다. 이렇게요."

"그렇다면 자네 주인은 정말 그 풍뎅이에 물려서 병이 났다고 생각한단 말이지?"

"생각하는 게 아니라 틀림없어요. 그 황금풍뎅이한테 물리지 않고서야 왜 그리 황금 꿈만 꾸는 걸까요? 난 전에도 황금풍뎅이 이야기를 들어서 알고 있어요."

"주인이 황금 꿈을 꾸는지 어떻게 알지?"

"어떻게 아느냐고요? 그야 주인이 잠꼬대까지 하는데 모르겠어요?"

"음, 그래? 그렇다면 자네 말이 옳겠구먼. 그건 그렇고, 무슨 바람이 불어서 우리 집에까지 왔나?"

"왜 왔느냐고요?"

"르그랑으로부터 무슨 부탁이라도 있어서인가?"

"네, 이 편지를 가지고 왔어요."

주피터는 나에게 쪽지 한 장을 넘겨 주었다. 거기에는 다음과 같이 씌어 있었다.

친애하는 벗에게

왜 자네는 그토록 오랫동안 와 주지 않는가? 내가 전에 자네에게 좀 차갑게 대해서 그러는 것은 아니겠지? 그럴 리는 없을 줄 믿네.

자네와 헤어진 뒤 큰 골칫거리가 하나 생겼네. 자네에게 이야기할 게 있는데 어떻게 이야기해야 좋을지 도무지 알 수가 없군.

나는 요즘 며칠 동안 몸이 좀 괴로운데, 그 늙은 주피터가 어찌나 염려하는지 견디지 못할 지경일세. 이런 이야기를 자네는 얼마나 믿어 줄는지?

얼마 전에 나는 주피터 몰래 혼자서 뭍의 산 속에서 하루를 보낸 적이 있는데, 그 때문에 주피터는 나를 혼내 준다면서 크고 굵은 몽둥이를 준비해 두었다네. 사실 내 얼굴빛이 핼쑥한 탓에 괜찮았지, 그렇지 않았던들 큰일날 뻔했네.

자네가 다녀간 뒤로 여태껏 채집은 그리 늘지 못했네. 될 수 있으면 어떻게 해서든 주피터와 함께 와 주었으면 좋겠네. 꼭 와 주게. 중대한 사건으로 오늘 밤 자네를 꼭 만나고 싶네. 아주 중요한 사건임을 단언하네.

윌리엄 렉랜드

그의 편지는 어딘지 좀 불안을 느끼게 했다. 필적도 여느 때와 아주 달랐다. 대체 그는 무엇을 꿈꾸고 있는 것일까? 어떤 기이한 상상이 그의 흥분하기 쉬운 뇌를 어수선하게 만들었을까? 도대체 어떤 '아주 중요한 사건'에 맞닥뜨리고 있는 것일까?

주피터의 말로 미루어 보면 결코 좋은 일 같지는 않았다. 나는 거듭되는 불행의 압력이 기어이 렉랜드의 이성을 흐트러뜨린 게 아닌가 염려되었다. 나는 망설임없이 곧 주피터와 함께 떠날 준비를 했다.

부두에 도착하자 방금 사온 듯한 한 자루의 큰 낫과 세 자루의 삽이 우리들이 타고 갈 보트 안에 놓여 있는 게 눈에 띄었다.

"이건 뭔가?"

"우리 도련님의 낫과 삽이지요."

"그야 그렇겠지. 이것을 어디에 쓸 작정인가?"

"윌 도련님이 가게에 가서 사 오라고 졸라 견딜 수 있어야죠. 이걸 사느라고 돈을 한 짐이나 뺏겼는뎁쇼."

"아, 글쎄, 자네의 '윌 도련님'이 이 낫과 삽을 무엇에 쓰려느냐 말일세."

"제가 알 수 있나요. 윌 도련님도 모를걸요. 모두가 다 그놈의 황금풍뎅이 새끼 탓이니까요."

황금풍뎅이에게만 정신을 뺏기고 있는 주피터로부터는 무엇 하나 만족할 만한 대답을 얻을 듯싶지 않았으므로 나는 보트를 타고 출발했다. 순조로운 바람을 타고 보트는 잠깐 동안에 몰트리 요새 북쪽의 조그마한 포구로 들어갔다. 그리고 2마일쯤 걸은 뒤 우리는 오두막집에 닿았다.

우리들이 닿은 것은 오후 3시쯤이었다. 렉랜드는 애타게 기다리고 있었다. 그는 신경질적인 열정으로 내 손을 꽉 잡았다. 그것은 나를 놀라게 하고, 아울러 전부터 품고 있던 의혹을 한층 더 강하게 했다. 그의 얼굴은 무서우리만큼 핼쑥해지고 움푹 들어간 두 눈은 이상한 빛을 띠고 있었다.

그의 건강에 대해 두서너 마디 물어본 뒤 그만 말문이 막혀 버렸으므로 나는 G중위에게서 그 풍뎅이를 찾아왔느냐고 물었다. 그는 몹시 흥분한 빛을 띠며 대답했다.

"그럼, 다음 날 아침 곧 찾아왔지. 무슨 일이 있어도 다시는 그 풍뎅이를 안 내놓겠네. 주피터의 말이 맞았어."

나는 왠지 슬픔 예감을 느끼며 물었다.

"무슨 말이?"

"황금풍뎅이라고 한 이야기 말일세."

그는 진심에서 우러나온 말투였으므로 나는 가슴이 덜컥했다. 그는 득의양양한 미소를 띠며 말을 이었다.

"이 풍뎅이가 내 운명을 고쳐 줄 걸세. 우리 집 재산을 도로 되찾게 해 줄거란 말이야. 그러니 그놈을 끔찍하게 아끼지 않을 수 없지. 복덩어리가 굴러들어왔으니까. 그것을 잘 이용하면 큰 금덩이 위에 올라앉을 수 있을걸세. 주피터, 가서 그 풍뎅이를 이리 가지고 와!"

"뭐라고요? 그 벌레를요? 도련님이 가서 가지고 오세요, 난 싫어요."

그러자 렉랜드는 엄숙하고 위엄 있는 태도로 일어나 유리상자 속에서 풍뎅이를 꺼내왔다. 그것은 아름다운, 그 즈음 생물학자들에게도 알려지지 않은── 물론 학문적 견지에서 보더라도 썩 귀중한 풍뎅이였다. 잔등 한끝에 두 개의 둥근 검은 점이 있고, 다른 끝에 또 하나의 긴 검은 점이 있었다.

몸을 둘러싼 껍질은 무척 단단하고 번쩍이며 마치 반짝반짝하게 닦은 황금 같았다. 꽤 무거웠으므로 주피터가 그렇게 생각한 것도 당연하다고 느껴졌다. 그러나 이 친구가 어찌하여 주피터의 의견과 일치하게 되었을까. 그것은 아무리 생각해 봐도 알 수 없는 일이었다.

내가 풍뎅이를 다 살펴보았을 때 렉랜드가 장엄한 말투로 말했다.

"이 행운과 풍뎅이에 관한 계획을 더 진전시키기 위해 자네 충고와 도움을 구하려고 오라고 한 것일세……."

그의 말을 가로막으며 내가 목소리를 높였다.

"여보게, 렉랜드, 자네는 확실히 병들었어. 아무래도 몸조리를 하는 게 좋겠네. 눕게나, 누워. 자네 병이 완쾌될 때까지 내가 2,3일 옆에 있어 주겠네. 자네는 열이 있어……열을 좀 재어 보세."

나는 그의 머리를 짚어 보았지만 열은 전혀 없는 것 같았다.

"열은 없지만 병일지도 모르네. 아무튼 이번만은 내 말을 듣게. 우선은 눕게나. 그 다음에는……"

그는 내 말을 가로막았다.

"그것은 자네 오해일세. 나는 지금 굉장히 흥분해 있지만 건강 상태는 더할 나위 없이 좋아. 자네가 정말 내 건강이 염려된다면 이 흥분 상태로부터 나를 건져 주게."

"어떻게 하면 되겠나?"

"그야 간단하지. 나와 주피터가 이제 뭍에 있는 산으로 탐험을 떠나려 하는데 믿을 만한 사람의 도움이 필요하네. 그 사람이 바로 자네이지, 알겠나? 성공하든 실패하든 자네가 도와주기만 하면, 자네가 염려하는 내 흥분 상태는 가라앉을 수 있을걸세."

"얼마든지 도와주지. 그런데 이 지긋지긋한 풍뎅이가 자네 탐험과 무슨 관계가 있나?"

"있고말고."

"그렇다면 난 그런 어리석은 탐험대에 끼어들 수 없네, 렉랜드."

"안타깝군, 정말 안타까워. 그렇다면 우리들끼리 할 수밖에 없지."

"자네들끼리 한다고! 아, 이 사람 정신나갔군 그래!── 가만 있게, 자네는 집을 얼마나 비워 둘 작정인가?"

"어쩌면 오늘밤 내내 비워 둬야 될 거야. 이제 곧 떠나면 무슨 일이 있어도 새벽까지는 돌아올걸세."

"그럼, 약속해 주겠나. 자네의 이 정신나간 행동이 끝나 풍뎅이에 관한 사건이── 하느님 맙소사!── 자네 마음 시원하도록 해결되면 집에 돌아와 내 말을 의사의 충고로 알고 잘 따르겠다는 것을?"

"약속하지. 자, 그러면 빨리 떠나세. 우물쭈물하고 있을 때가 아니니까."

무거운 마음으로 나는 그의 뒤를 따라 나섰다. 우리들── 렉랜드와 주피터와 개와 나──은 오후 4시쯤 집을 떠났다.

주피터는 낫과 삽을 들고 갔다. 그는 혼자서 그것들을 다 들고 가겠다고 고집부렸는데, 그것은 그가 부지런하고 온순해서가 아니라 그의 주인이 들고 가는 게 위험해서 그러는 것 같았다. 그는 우리들이 뭐라고 말해도 듣지 않으며 내내 '그놈의 빌어먹을 풍뎅이놈'만 입속으로 되풀이하며 걸어갔다.

나는 램프를 두 개 들고 걸었다. 렉랜드는 아무것도 들지 않고 오직 그 황금풍뎅이만으로 만족한 듯 짧은 가죽끈 끝에 잡아매어 들고서는, 걸어가는 동안 마치 요술쟁이처럼 이리저리 그것을 휘둘렀다.

이것이 아무래도 이 친구가 정신 이상에 걸린 첫 번째의 확실한 증거인 것같이 여겨져 나는 눈물이 날 지경이었다. 그러나 어떤 더 확실한 증거가 나타날 때까지 제멋대로 그냥 내버려두는 게 좋을 것이라고 생각했다.

그래서 우선 우리들이 하려는 탐험의 목적이 무엇이냐고 물어보았지만 헛일이었다. 나를 졸라서 끌고 온 것만 대견한 듯 그는 다른 세세한 문제에 대해서는 대답조차 하기 싫어하는 눈치였다. 내가 뭐라고 물을 때마다 똑같은 대답만 할 따름이었다.

"이제 곧 알게 될걸세……."

우리들은 보트를 타고 섬 끝의 작은 강을 건너갔다. 뭍 쪽 물가에 배를 내버려둔 채 언덕을 기어올라서는 사람 발자국 하나 없는 몹시

험하고 쓸쓸한 곳을 지나 북쪽으로 걸어갔다. 렉랜드는 전에 표시해 둔 것을 찾기 위해 여기저기서 가끔 발길을 멈출 뿐이었다.

두어 시간쯤 걸었을까, 여태까지 걸어온 길보다 더욱 황량한 곳에 이르렀을 즈음 해가 서산으로 막 기울었다. 그곳은 사람 힘으로는 도저히 다가갈 수 없을 듯한, 산꼭대기에 가까운 일종의 평평한 넓은 땅이었다. 산밑부터 산꼭대기까지 나무가 빽빽이 우거졌으며, 땅 위에는 여기저기 큰 바위가 우뚝우뚝 흩어져 있었는데 그 대부분이 곁의 나무에 걸려 골짜기로 굴러 떨어지지 않고 있는 것 같았다. 사방을 둘러싼 깊은 골짜기가 주위 경치를 한층 장엄하게 만들고 있었다.

우리들이 기어올라간 높고 평평한 넓은 땅은 온통 가시덤불로 덮여 낫이 없었다면 한 걸음도 앞으로 나아갈 수 없을 지경이었다. 주피터는 주인의 명령을 받아 높이 솟은 백합나무 가장자리까지 가시덤불을 잘라 헤쳐 길을 만들었다.

그 백합나무는 곁의 열 그루 남짓한 백양나무와 더불어 평평한 넓은 땅 위에 우뚝 서 있었다. 줄기와 잎이 퍼진 아름다운 모습과 멀리까지 뻗은 나뭇가지의 늠름한 모양이 꿋꿋한 자태를 이루어 백양나무보다도—— 아니, 내가 이제까지 보아 온 어떤 나무들보다도 훌륭해 보였다.

이 나무까지 왔을 때, 렉랜드는 주피터를 돌아보고 이 나무에 올라갈 수 있겠느냐고 물었다. 주피터는 무척 망설이며 한참 동안 대답이 없었다. 그러더니 겨우 앞으로 나아가 그 나무기둥 둘레를 한 바퀴 천천히 돌며 자세히 살펴보았다. 다 살피고 난 뒤 그는 대답했다.

"네, 도련님, 주피터는 평생에 못 올라가는 나무가 없었는걸요."

"음, 그럼, 되도록 빨리 올라가. 날이 곧 어두워져서 잘 보이지 않게 될 테니까."

"어디까지 올라가란 말씀인가요, 도련님?"

"우선 본디 줄기로만 올라가. 그 다음 일은 올라간 뒤 가르쳐 줄 테니까. 자, 좀 기다려! 이 풍뎅이를 가지고 올라가."

주피터는 질겁하여 뒷걸음질치며 소리질렀다.

"풍뎅이라고요, 월 도련님! 그 풍뎅이 말이에요? 그까짓 건 뭣하러 가지고 올라가나요? 죽어도 난 싫어요!"

"너같이 몸집 큰 검둥이가 요까짓 쏘지도 않는 조그만 죽은 풍뎅이 하나를 붙잡는 게 무서워? 자, 그럼 이 가죽끈 끝을 붙잡고 올라가봐. 아, 그래도 싫어? 그래도 싫다면 이 삽으로 머리를 갈겨 버릴 테다."

주피터는 혼이 나고 나서야 복종하는 눈치였다.

"어쩌란 말씀이죠, 도련님? 그건 다 농담이었어요. 내가 그까짓 걸 무서워할 줄 알고! 자, 이리 줘요! 그까짓 것."

그러면서도 주피터는 가죽끈 한끝을 조심스럽게 붙잡고 되도록 멀찌감치 몸에서 떼면서 올라갈 준비를 했다.

미국의 삼림 수목 가운데에서도 가장 장엄한 백합나무는 어릴 때에는 줄기가 아주 곧고 길며 대개 옆으로 가지를 뻗지 않고 꼿꼿이 위로만 자라지만, 좀 묵으면 껍질에 울퉁불퉁한 혹이 생기며 조그마한 곁가지가 잔뜩 나온다. 따라서 보기보나 올라가기가 훨씬 힘들었다.

두 팔과 무릎으로 되도록 큰 줄기를 꽉 껴안고, 두 손으로 혹을 움켜잡고 발가락으로는 다른 혹을 디디며 주피터는 한두 번 떨어질 것 같더니 가까스로 첫 번째의 굵은 가지에 올라갈 수 있었다. 이 고비만 넘기면 그 다음은 쉽게 오를 수 있을 것같이 보였다. 사실 올라갔대야 겨우 땅바닥에서 6, 70피트 정도지만, 위험지대는 지나간 셈이었다.

"윌 도련님, 이제 어디로 갈까요?"

"가장 굵은 가지로 올라가── 이쪽으로, 이쪽으로."

주피터는 곧 재빠르게 주인이 시키는 대로 했다. 그리 힘드는 것 같지는 않았다. 점점 높이 기어올라가 우거진 나뭇가지에 덮여 마침내 그의 몸이 보이지 않았다. 좀 있더니 큰 소리로 부르는 소리가 들렸다.

"더 위로 올라가야 되나요?"

"얼마나 올라갔어?"

"꽤 올라왔어요. 나무 위로 하늘이 보이는걸요."

"하늘 같은 건 소용없어. 자, 내 말을 똑똑히 들어. 줄기를 내려다보며, 그 아래에 있는 나뭇가지를 세어 봐, 주피터. 몇 가지나 지났지?"

"하나, 둘, 셋, 넷, 다섯. 이쪽으로 다섯 개인뎁쇼."

"그럼, 하나 더 올라가."

곧 일곱 번째 가지에 이르렀음을 알리는 소리가 들려 왔다.

굉장히 흥분된 듯 렉랜드가 소리쳤다.

"자, 주피터, 이제는 될 수 있는 대로 그 가지 끝까지 나가 봐. 이상한 것이 눈에 띄면 곧 알려 줘야 돼."

이 말을 듣고 나는 이 가엾은 친구의 발작에 대해 설마 하는 마음으로 조금은 희망을 품고 있던 마음마저 사라져 버렸다. 그가 미친 것은 분명한 사실이었다.

나는 어떻게 하면 그를 집으로 데리고 갈 수 있을까 골똘히 생각했다. 내가 이같은 걱정을 하고 있을 때, 주피터의 목소리가 다시 들려왔다.

"이 가지는 무서워서 끝까지 갈 수가 없어요. 저쪽으로는 썩어 버린걸요."

렉랜드가 떨리는 소리로 외쳤다.

"썩은 가지야, 주피터?"

"그래요, 도련님, 아주 움푹 썩었어요. 틀림없이 말라 버렸을 거예요. 생명이 없어요."

아주 실망한 듯이 렉랜드가 말했다.

"어떻게 하면 좋을까?"

드디어 말할 수 있는 기회가 생겨 나는 반가웠다.

"어떻게 하느냐고? 뭘 어째, 빨리 돌아가서 눕게. 자, 가세. 그게 가장 좋은 방법이야! 날이 저물어 가고 또 약속한 말도 생각나겠지."

그러나 그는 내 말을 귓전으로도 듣지 않고 위만 올려다보며 외쳤다.

"주피터, 내 말이 들리나?"

"네, 윌 도련님, 똑똑히 들리는데요."

"그러면 칼로 깎아 봐. 아주 썩었는지 어떤지."

"확실히 썩었어요. 그러나 대단치는 않아요. 나 혼자 같으면 더 갈 수 있을 것 같은데 정말."

"너 혼자 같으면이라니! 그건 무슨 소리야?"

"풍뎅이 말이에요! 너무 무거운 벌레니 여기서 그만 떨어뜨려 버려야겠어요! 그러면 이까짓 검둥이 하나쯤으로야 가지가 부러지려고요."

"아니, 뭐야, 이 우라질 녀석 같으니!"

그러나 렉랜드는 속으로 퍽 마음 놓이는 모양이었다.

"왜 그런 쓸데없는 소리를 하는 거야? 풍뎅이를 떨어뜨리기만 해봐, 모가지를 비틀어 죽일 테니까. 자, 이것봐, 주피터, 알았지?"

"알았어요, 도련님. 도련님은 괜히 왜 그런 욕을 하시는 거죠."

"그렇다면 시키는 대로 해. 괜찮을 듯한 데까지 풍뎅이를 떨어뜨리지 말고 같이 기어올라가 봐. 내려오면 상으로 은돈 한 닢을 줄 테니까."

주피터가 곧 대답했다.

"이제 가는 중이에요, 윌 도련님. 거의 끝까지 왔어요."

렉랜드는 기쁜 듯이 쇳소리를 내며 외쳤다.

"끝까지 갔어? 나뭇가지 끝까지 갔단 말이지?"

"조금만 가면 끝이에요. 도련님, 오, 이게 뭐람! 이런……나무 끝에 뭐가 있어요."

몹시도 기뻐하는 렉랜드는 소리질렀다.

"그래! 그게 뭐냐?"

"해골바가지요. 누가 이런 데다 대가리를 놓고 갔는지, 까마귀가 살은 다 파먹었어요."

"해골이랬지, 됐어! 나뭇가지에 어떻게 잡아매여 있지? 무엇으로 매여 있어?"

"네, 도련님, 잘 볼게요. 이거 참, 이상한뎁쇼, 정말. 해골 가운데 큰 못을 쳐서 나무에 박았어요."

"음, 그래. 주피터, 꼭 내 말대로 해야 돼, 알았지? 조심해서 해골 왼쪽 눈을 봐."

"네, 도련님. 아니, 그런데 눈깔이 없는데요."

"이 바보야! 어느 게 왼손이고 어느 게 오른손인지 알고 있지?"

"네, 그야 알지요. 장작 패는 손이 왼손이지요."

"그렇지! 넌 왼손잡이니까. 그러면 네 왼손과 같은 쪽에 있는 눈이 왼쪽 눈이야. 이제 해골의 왼쪽 눈이 어느 건지 알겠지? 알았어? 왼쪽 눈이 있는 자리를 찾았나?"

한참 동안 아무 대답도 없더니 이윽고 주피터가 물었다.

"그러면 해골의 왼손과 같은 쪽에 있겠지요? 한데 해골에는 손이 없는데요. 그만둬요, 이제 알았어요. 음, 이게 왼쪽 눈이구먼. 그걸 어떡하란 말이죠?"

"풍뎅이를 그 속에 집어넣어 가죽끈 끝까지 늘어뜨려 봐. 그 끝을 놓치지 않도록 단단히 조심해서 해."

"했어요, 윌 도련님. 구멍으로 풍뎅이를 늘어뜨리는 것쯤이야 어려울 것 있나요. 보세요, 내려갑숩지요!"

이런 이야기를 주고받는 동안 주피터의 모습은 전혀 보이지 않았지만, 그가 내려보내는 가죽끈 밑에 매달린 풍뎅이는 우리들이 서 있는 곳을 아직은 희미하게 비춰 주고 있는 저녁 해의 마지막 빛을 받아 잘 닦은 황금덩이처럼 번쩍였다.

풍뎅이는 나뭇가지에 걸리지 않고 축 늘어뜨려졌다. 그대로 떨어뜨리면 바로 우리들 발 밑에 떨어졌을 것이다. 렉랜드는 곧 낫을 들고 바로 풍뎅이 아래에 지름 3, 4야드의 동그라미를 그리며 그 안의 풀들을 쳐 버렸다. 그것을 끝낸 뒤 그는 주피터에게 가죽끈을 떨어뜨리고 곧 내려오라고 명령했다.

렉랜드는 풍뎅이가 떨어진 바로 그 점 위에 말뚝을 박고, 주머니에서 줄자를 꺼내 그 끝을 말뚝에서 가장 가까운 나무기둥에 매고는 말뚝까지 숙 늘고 와서 나무와 말뚝 두 점을 기점으로 확정지어진 방향을 향해 또 다시 50피트 거리까지 끌고 갔다.

한편 주피터는 큰 낫으로 가시덤불을 헤쳐나갔다. 이렇게 해서 정해진 두 번째 지점에 다시 말뚝이 박아졌다. 이 말뚝을 중심으로 그 둘레에 지름 4피트쯤의 동그라미가 그려졌다. 렉랜드는 삽을 한 자루 집어들더니 주피터와 내게도 한 자루씩 주며 되도록 빨리 파라고 재촉했다.

나는 이런 일에 그다지 흥미를 느끼지 못했으므로, 그의 부탁을 거절해 버리고 싶은 충동을 느꼈다. 더욱이 밤이 점점 다가오고 지금까지 해온 일로 무척 피로를 느꼈기 때문이었다. 그러나 피할 길이 없었고, 한편 공연히 이 실성한 가엾은 친구의 머리를 더 혼란케 하지 않을까 염려가 되었다. 만일 주피터가 도와준다면 억지로라도 이 미친 친구를 집으로 끌고 가겠지만, 나는 주피터의 기질을 잘 알고 있었다. 어떤 일이 있어도 나와 주인과의 싸움에서 그가 내 편이 되어 주리라고는 바랄 수 없었다.

렉랜드가 땅 속에 묻힌 보물에 관한 수없이 많은 남쪽 나라의 미신에 홀린 것만은 확실했다. 그리고 풍뎅이를 발견한 일과, 또 주피터가 고집스럽게 이 풍뎅이를 '진짜 황금풍뎅이'라고 주장한 일로 말미암아 그의 공상이 한층 더 굳어진 것은 의심할 여지가 없었다. 더욱이 약간의 광기가 있는 사람은 이러한 암시로 곧 충동을 일으키기 쉬우며── 오래 전부터 생각하고 있던 선입관념과 일치될 때에는 한층 더 할 것이다.

나는 그때 이 불쌍한 친구가 '풍뎅이가 내 신세를 고쳐 줄 것일세'라고 한 말이 머리에 떠올랐다. 순간 마음이 서글퍼지며 혼란스러웠다. 그러나 곧 하기 싫은 마음을 꾹 누르며 도와주자, 그러면 눈앞에 나타난 증거를 보고 그가 품었던 생각이 잘못되었음을 더 빨리 깨닫게 할 수 있으리라고 결심하게 되었다.

램프에 불을 켜고, 확실한 목적을 위해 일하는 사람처럼 흥이 나서 우리들은 일하기 시작했다. 램프의 빛이 우리들 몸과 삽 위로 떨어졌을 때 허리를 구부리고 일하는 우리의 모습은 그림처럼 아름다웠다. 하지만 우연히 이곳을 지나는 사람이 이 모습을 보았다면 얼마나 이상하고 의심스럽게 여길 것인지 나는 생각하지 않을 수 없었다.

우리들은 부지런히 두어 시간을 파내려 갔다. 그다지 할 말은 없었다. 우리들이 일하는 모습이 무척 재미있는지 개가 짖어대는 게 큰 골칫거리였다. 마침내 개가 큰 소리로 시끄럽게 짖어대어 근처를 지나가는 사람이 이 소리를 들을까 봐 걱정이었지만—— 아니, 이것은 렉랜드의 걱정거리였다—— 오히려 나로서는 어서 그런 사람이 나타나 이 미친 친구를 집으로 데려갈 수 있었으면 하는 마음에 그 소리가 반가울 지경이었다.

그러나 주피터가 목을 길게 뽑으며 성가신 듯 구덩이 밖으로 튀어나가 바지 멜빵을 풀어 개 주둥이를 꽉 잡아매어 버렸으므로 개 짖는 소리도 잠잠해졌다. 그리고 주피터는 킥킥 소리 죽여 웃으며 구덩이 속으로 다시 돌아왔다.

두 시간 뒤 우리들은 5피트 깊이까지 이르렀으나 전혀 보물이 묻혀 있는 것 같지는 않았다. 우리들은 잠시 쉬기로 했다. 나는 이 연극이 여기서 끝나기를 바랐다. 렉랜드는 분명 실망한 듯 보였지만, 잠시 깊은 생각에 잠겨 이마의 땀을 씻더니 다시 파기 시작했다.

우리들은 지름 4피트의 원 둘레 안을 모두 파 보았으나 보물은 좀처럼 나타나지 않았으므로, 그 범위를 좀 넓혀 2피트쯤 아래로 파 보았다. 여전히 보물은 나타나지 않았다. 마침내 렉랜드는 얼굴 가득히 쓰라린 실망의 빛을 나타내며 구덩이 밖으로 기어나와 일하기 전에 벗어놓은 웃옷을 마지못해 느릿느릿 입기 시작했다.

나는 그를 진심으로 가엾게 생각했다. 그 동안 나는 아무 말도 하지 않았다. 주피터는 주인의 명령으로 도구를 주워 모으기 시작했다. 그것이 끝나고 개 주둥이를 풀어 준 뒤 우리들은 묵묵히 집 쪽으로 걸어갔다. 열두어 걸음이나 걸어왔을까, 그때 갑자기 렉랜드가 큰 소리로 욕설을 퍼부으며 주피터 쪽으로 달려들어 그의 멱살을 잡았다. 깜짝 놀란 주피터는 눈과 입을 벌릴 대로 헤벌리고 삽을 땅 위에 떨어뜨리며 무릎을 꿇고 넘어졌다.
 "그래, 이 주리를 틀 녀석! 말해 봐. 거짓없이 이 자리에서 당장 대답해! 어느 쪽, 어느 쪽이 왼쪽 눈이냐, 응?"
 한마디 한마디가 렉랜드의 꽉 다문 입 사이로 새어나왔다. 오른쪽 눈에 손을 대고 이제라도 주인이 빼 버리지나 않을까 벌벌 떨며 질겁한 주피터가 외쳤다.
 "아이고, 살려 줍쇼, 윌 도련님. 이게 바로 왼쪽 눈이지요."
 "내 그럴 줄 알았어. 어째 그럴 것 같더라니! 자, 이젠 됐어!"
 렉랜드는 소리지르며 갑자기 주피터를 떼밀고 껑충껑충 뛰며 기뻐했다. 주피터는 일어나 주인 얼굴과 내 얼굴을 얼빠진 사람처럼 번갈아 쳐다볼 뿐이었다.
 "자, 그럼 다시 되돌아가야겠어! 아직 절망적이지 않거든."
 렉랜드는 앞서서 백합나무로 되돌아갔다. 우리들이 나무밑까지 왔을 때 그는 말했다.
 "주피터, 이리 와. 그 해골바가지는 얼굴을 어느 쪽으로 하고 못에 박혀 있었지?"
 "바깥쪽을 향해 있었어요. 그러길래 까마귀가 눈깔을 파먹을 수 있었겠죠."
 "음, 그래. 그러면 네가 풍뎅이를 떨어뜨린 것은 이 눈이야, 이 눈이야?"
 렉랜드는 그의 손으로 주피터의 눈을 번갈아 짚어보며 물었다.
 "이쪽 눈이에요, 도련님. 왼쪽 눈이에요, 도련님 말씀대로."
 주피터가 가리킨 것은 오른쪽 눈이었다.
 "그래, 알았다. 다시 한번 해 봐야겠어."
 이 말을 듣고 나는 이 미친 친구의 머리에도 어떤 질서가 있음을 이해했다. 아니, 이해한 것처럼 느껴졌다.

그는 풍뎅이가 떨어진 곳에 박혔던 말뚝을 뽑아 거기서부터 3인치 서쪽 지점에 옮겨박고, 전과 같이 백합나무 기둥에서 가장 가까운 나무로부터 말뚝까지 줄자를 대고 다시 그것을 일직선으로 50피트 지점까지 연장시킨 다음, 그 곳에 표적을 만들었다. 그 곳은 아까 우리들이 판 지점보다 몇 야드 떨어져 있었다. 새로운 지점 주위에 전보다 좀더 큰 동그라미를 그리고 우리들은 다시 파기 시작했다. 나는 무척 지쳤는데도 무엇이 내 마음에 변화를 일으켰는지 모르겠지만, 내가 맡은 일에 그리 싫증나지 않았다.

나는 까닭모를 흥미를 느끼게 되었다 — 아니, 흥분하기까지 했다. 어쩌면 렉랜드의 뜻밖의 태도에서 나온 선견력(先見力) 또는 숙려(熟慮) 같은 것에 내 마음이 영향을 받았는지도 모르겠다. 그리고 이 가없은 친구를 미치게 한 가공의 보물이 정말로 나오지나 않을까 하고 신이 나서 파고 있는 내 자신에 스스로 놀라지 않을 수 없었다.

한 시간 반쯤을 줄곧 파내려 가며 내 머리 속에 그러한 터무니없는 망상을 떠올리고 있을 때 또다시 개가 맹렬한 기세로 짖어댔으므로 우리는 잠시 멈춰야만 했다. 아까와는 달리 개도 이번에는 재미가 나서 짖어대는 것만은 아닌 듯했다. 주피터가 또다시 수눙이를 막아 버리려 했지만 개는 맹렬히 반항하며 구덩이 속으로 뛰어들어 발톱으로 미친 듯 흙을 파헤치기 시작했다.

두 개의 완전한 해골이 된 사람 뼈다귀 무더기가 나타났다. 그 밖에 몇 개의 금속 단추와 썩은 양털 먼지 같은 것도 섞여 나왔다. 삽으로 그 위를 두어 번 헤적여 보니 큰 스페인형 주머니칼이 나타났고 그 뒤 좀더 파보자 여기저기서 금화와 은화가 너덧 닢 나왔다.

이것을 보고 주피터는 기뻐서 어쩔 줄 몰라 했지만, 그의 주인 얼굴에는 몹시 실망한 빛이 보였다. 그는 우리들에게 어서 더 파라고 재촉했다. 이 말이 그의 입에서 떨어지자마자 나는 부드러운 흙 속에 절반쯤 묻힌 굵은 철굴레에 발끝이 걸려 비틀거리며 앞으로 넘어졌다.

우리들은 그야말로 열심이었다. 나는 아직까지 내 평생에 이와 같이 열렬히 흥분된 10분 동안을 경험한 적이 없다. 10분 동안에 장방형 나무 궤를 하나 파냈는데, 그 모양이 조금도 달라지지 않고 놀랄 만큼 단단한 것으로 미루어 분명 무슨 광화작용—— 어쩌면 염화제이수은 처리를 해 놓은 것같이 보였다.

그 궤는 길이 3피트 반, 넓이 3피트, 깊이 2피트 반쯤 되었다. 징을 박고 궤 전체에 일종의 격자 모양을 한 연철 테두리가 십자형으로 견고하게 둘러져 있었다. 뚜껑 가까운 양쪽에 큰 쇠고리가 셋씩, 모두 여섯 개 달려 있어 사람이 힘껏 쥘 수 있게 되어 있었다. 우리 셋은 있는 힘을 다해 들어 보았지만 겨우 밑바닥이 조금 움직였을 뿐이었다. 우리들 힘으로는 도저히 꿈쩍도 하지 않을 것 같았다. 다행히도 뚜껑에는 빗장만이 잠겨 있었다.

우리는 불안한 마음으로 가슴을 조이며 부들부들 떨리는 손으로 빗장을 쑥 잡아뺐다. 순식간에 헤아릴 수 없을 만한 값어치의 진귀한 보물이 번쩍거리며 우리 눈앞에 나타났다. 등불빛이 구덩이 속으로 쏟아지자, 아무렇게나 틀어박혀 있는 황금과 보석의 찬란한 빛으로 우리들은 눈도 뜨지 못할 정도였다.

이것을 보는 순간 느꼈던 그때의 감정은 여기 쓰지 않겠다. 물론 놀라움이 가장 강렬했다. 렉랜드는 어찌나 흥분했는지 한 마디도 하지 못했다. 주피터의 얼굴은 잠시 죽은 사람처럼 새파랗게 질려, 세상 어떤 일에도 흑인의 얼굴빛이 이와 같이 핼쑥해질 수 없을 만큼 창백해져 벼락이라도 맞아 정신을 잃은 사람처럼 보였다.

조금 있더니 주피터는 무릎을 꿇고 걷어올린 팔뚝을 팔꿈치까지 보물 속에 파묻으며 마치 따뜻한 물 속에 기분좋게 두 팔을 박고 있는 듯 잠시 그대로 있었다. 기어이 그는 한숨을 깊이 내쉬며 혼잣말로 중얼거렸다.

"음, 그래, 그놈의 황금풍뎅이가 이런 복을 가지고 오다니! 어여쁜 황금풍뎅이! 아유, 가엾어라, 그놈의 조그만 황금풍뎅이. 그걸 난 욕만 했군! 이 흑인놈아, 부끄럽지도 않니? 대답 좀 해 보라고!"

나는 결국 레랜드와 주피터를 재촉하여 빨리 보물을 나르지 않으면 안 되었다. 밤이 꽤 깊어가고 있었으므로 날이 새기 전에 이 보물을 모두 집으로 날라가려면 급히 서둘러야 했다.

그러나 우선 무엇부터 손대야 좋을지 알 수가 없었다. 방법을 찾는 데는 많은 시간이 걸렸다. 그만큼 우리는 흥분을 멈출 수가 없었다.

결국 우리들은 보물을 3분의 2쯤 꺼내 가볍게 한 다음 가까스로 궤를 구덩이 밖으로 꺼낼 수 있었다. 꺼낸 보물을 가시덤불 속에 감춰놓고 주피터가 개에게 우리들이 돌아올 때까지 어떤 일이 있어도 그곳을 떠나지 말고 지켜야 하며 또한 짖어도 안 된다고 엄격하게 명령했다.

그런 다음 우리들은 곧 급히 그 궤를 가지고 집으로 돌아왔다. 아무 탈 없이 돌아오긴 했지만 너무도 힘들었으므로 집에 닿은 것은 밤 1시쯤이었다. 몹시 지쳤으므로 곧바로 다시 돌아간다는 것은 도저히 불가능했다.

2시까지 식사와 휴식을 취하고는 다행히 찾아낸 세 개의 튼튼한 자루를 가지고 우리들은 산으로 갔다. 4시 조금 전에 또다시 구덩이로 돌아와 남은 보물을 셋으로 나누고는 구덩이를 채 메우지도 않고 집으로 향했는데, 집에 돌아와 보물을 내려놓았을 때에는 동쪽 하늘이 훤해지며 먼동이 트기 시작했다.

　우리들은 완전히 녹초가 되었지만 너무도 흥분해서 잠을 이룰 수 없었다. 이럭저럭 불안한 가운데 네댓 시간 눈을 붙인 다음, 모두들 약속이라도 한 듯 벌떡 일어나 보물을 살피기 시작했다.

　보물은 궤 가장자리까지 가득 들어 있었으므로 그것을 조사하는 데는 그날 하루 종일과 다음 날 밤 깊도록까지 계속되어야 했다. 질서도 배열도 없이 모든 게 뒤죽박죽된 채로 쌓여 있었다. 종류별로 나눠 보니 처음 예상했던 것보다 훨씬 그 수가 많았다. 그때 시세에 따라 되도록 정확히 따져본 결과 현금으로 45만 달러가 넘는 듯했다.

　은화는 한 닢도 없고 모두 각양각색의 고대 금화뿐이었다── 프랑스, 스페인, 독일, 영국의 기니 금화가 조금, 그리고 한 번도 보지 못한 화폐가 몇 종류 있었다. 심하게 닳아빠져 인각(印刻)조차 뚜렷하지 않은 크고 무거운 화폐도 있었다. 미국 화폐는 하나도 없었다.

　번쩍이는 루비 18개, 모두 하나같이 아름다운 에메랄드 310개, 그리고 사파이어 21개, 단백석 1개── 이 보석들은 받침대 없이 궤 속에 뒤죽박죽 틀어박혀 있고, 금화 속에서 나온 받침대도 어느 게 어느 보석의 것인지 알 수 없을 만큼 망치로 두들긴 자국이 남아 있었다.

　그밖에 순금 장식품── 거의 2백여 개나 되는 반지와 귀고리, 훌륭한 금줄──은 아마 한 30개쯤 되고, 83개나 되는 굉장히 큰 십자가, 5개의 화려한 황금 향로, 역시 화려한 부조 모양의 포도 잎사귀와 주신(酒神)들의 모습을 그린 터무니없이 큰 술잔, 정교하게 부조한 칼집──그밖에 이제는 다 잊어버려 생각나지도 않는 자잘한 물건이 수없이 많았다.

　이 보물들의 무게는 350파운드가 넘었다. 그러나 나는 이 계산 안에 197개의 굉장한 값어치가 나가는 시계는 넣지 않았다. 그 가운데

세 개는 그 한 개 값만도 5백 달러 값어치가 충분했지만, 대부분 너무 오래되어 시계로서는 쓸모가 없었다. 세공도 얼마쯤 부식작용을 일으키고 있었지만 모두 보석이 풍부히 박히고 값비싼 상자 속에 들어 있었다.

우리들이 그날 밤에 평가해 본 보물의 시가는 150만 달러가 넘었다. 그러나 그 뒤 장식품과 보석들을—— 조금은 집에서 쓰려고 남겨 두고—— 팔아 본 결과 우리들이 과소 평가한 것을 알았다.

겨우 이럭저럭 조사가 끝나고 격렬한 흥분 상태도 얼마쯤 가라앉았을 무렵 내가 이 기이한 수수께끼를 퍽이나 궁금해 하는 것을 알고 렉랜드는 설명하기 시작했다.

"자네, 생각나나 —— 내가 자네에게 그 풍뎅이 그림을 그려서 건네 주었던 날 밤 말일세. 그때 그 그림을 자네가 해골 같다고 해서 내가 화내지 않았나? 맨 처음 자네가 그렇게 말했을 때는 난 농담으로 알았지. 잔등에 검은 점이 있었으니 그럴지도 모른다고 말일세. 그런데 자네가 내 그림이 서툴다고 했지. 나는 그림을 꽤 잘 그리는 편인데, 그 말을 듣고 보니 공연히 화가 벌컥 치밀었네. 그래서 자네가 나에게 그 양피지 조각을 돌려 주었을 때 더욱 화가 치밀어 그놈을 구겨 불 속에 던지려 했었네."

"그 종이쪽지를 말이지?"

"아닐세, 겉이 꼭 종이 같아서 처음에는 나도 종이인 줄 알고 그 위에 그림을 그리려 했었는데 그때 퍽 얇은 양피지인 것을 알았지. 무척 더럽혀져 있었잖은가? 그것을 구겨 버리려고 하는 순간 나는 자네가 보고 있던 그림을 보게 되었지. 나는 분명 풍뎅이를 그렸는데 풍뎅이는 간데없고 대신 해골이 있는 것을 발견했을 때 내가 놀란 모습은 자네도 생각날 걸세.

너무도 놀라 잠시 동안 나는 아무것도 분간할 수가 없었다네. 전체 윤곽에 있어서는 비슷한 점이 좀 있었지만 자세한 점에 있어서는 너무도 달랐지. 나는 곧 촛불을 들고 방 한구석으로 가서 앉아 한층 더 자세히 양피지를 살펴보았네. 뒤집어서 뒤를 보니 내가 그린 그림이 그대로 있지 않겠나?

바로 내가 그린 풍뎅이 그림 뒤에 내 눈에 띄지 않았던 해골 그림이 있었는데 윤곽이라든가 또는 면적까지도 내가 그린 그림과 흡사하다는 우연한 일치에 놀라지 않을 수 없었네. 이런 기묘한 우연의 일치에 나는 사실 정신을 잃었네. 이런 경우 누구든지 마음을 빼앗기지 않을 사람이 없을 것일세. 우리 마음이란 우연의 일치에 어떤 관계를 —— 즉 인과관계를 확립하려고 애쓰지. 그러나 그것이 잘 안 될 경우에는 일종의 일시적 마비 상태에 빠지네.

내가 이 실신 상태에서 깨어났을 때 우연의 일치보다도 한층 더 나를 놀라게 한 어떤 확신이 머리에 떠올랐네. 내가 풍뎅이를 그릴 때에는 양피지 뒷면에 아무 그림도 없었던 게 분명히 생각났던 거지. 틀림없네. 어느 쪽이 깨끗한지 양쪽을 다 뒤집어 보았으니까. 그때 만일 해골이 있었으면 내 눈에 띄었잖겠나? 어쩐지 이 점이 신비스럽게 여겨졌네.

이때 벌써 내 머리 속 한구석에는 어젯밤의 탐험이 그토록 훌륭한 결과를 맺어 준 행운에 대한 예감이 희미하게 싹튼 듯 생각되었네. 나는 곧 일어서서 양피지를 집어치우고 나 혼자 있게 될 때까지 더 이상 생각을 하지 않기로 작정했네.

자네가 돌아가고 주피터마저 곯아떨어졌을 때, 나는 이 사건을 좀 질서 있게 연구해 보았네. 먼저 양피지가 내 손에 들어오게 된 경로부터 생각했지. 우리들이 그 풍뎅이를 발견한 곳은 이 섬으로부터 1마일쯤 동쪽으로 본토 해안인데, 만조 표시가 있는 조금 위 지점이었네.

내가 그 풍뎅이를 붙잡으려니까 꽉 깨무는 바람에 나는 그만 놓쳐 버렸네. 조심성 많은 주피터는 자기한테로 날아온 그놈을 붙잡기 전에 나뭇잎이나 또는 그런 종류의 것으로 싸서 붙잡을 양으로 주위를 휘휘 둘러보았네. 그의 눈과 내 눈이 동시에 양피지 조각 위로 떨어진 것은 바로 그 순간이었지. 난 그때 그것을 꼭 종이로만 알았었네.

그것은 한 모퉁이만 조금 나와 있고 반은 모래 속에 묻혀 있었지. 그것을 발견한 언저리에는 대형 범선용 보트 모양인 선체의 파편이 있었네. 이 난파선은 오랫동안 그곳에 있었던 것처럼 보였네. 주위를 살펴보니 선재 같은 건 찾아볼 수 없었거든.

주피터가 그 양피지를 집어 풍뎅이를 싸서 나에게 주었네. 그 뒤 곧 집으로 돌아왔는데, 도중에 G중위를 만났지. 내가 그에게 풍뎅이를 보여주자 요새로 가져가 잘 살펴보고 싶으니 빌려달라는 거였어. 내가 승낙하자 양피지에 싸지도 않고 조끼 주머니에 집어넣더군.

그 양피지는 그가 풍뎅이를 이리저리 보고 있는 동안 내 손 안에 그대로 있었네. G중위는 아마 내 마음이 변할까봐 그랬는지 곧 풍뎅이를 가져가 버렸네. 자네도 알다시피 생물에 관해서라면 G중위는 기를 쓰고 덤비는 사람이니까.

나도 무의식적으로 양피지를 내 주머니 속에 집어넣었던 모양일세. 그런데 그날 밤 내가 풍뎅이 그림을 그리려고 책상에 가니 늘 놓여 있던 곳에 종이가 없었지. 자네도 기억할 거야. 서랍을 열어 봤지만 그 속에도 한 장도 없었네. 헌 종이라도 있을까 주머니 속을 뒤져보니, 바로 그 양피지가 손에 잡혔지. 양피지가 내 손에 들어온 경로를 내가 이렇게 자세히 설명하는 것은 그때의 사정이 특히 나에게 깊은 인상을 주었기 때문일세.

자네는 나를 공상가라고 생각할 게 틀림없지만……나는 이미 일종의 '연결'을 지어놓았네. 큰 쇠사슬의 두 고리를 이어놓은 것일세. 바닷가에는 보트가 놓여 있고, 거기서 멀지 않은 곳에 양피지가 있었고—— 종이가 아니네—— 그 위에 해골이 그려져 있었지.
　자네는 물론 '어디에 연관성이 있느냐?'고 물을 것일세. 나는 다만 해골은 누구나 다 아는 해적의 표시라는 것만 대답하겠네. 해골 깃발은 해적 행위를 할 때 다는 거지.
　그것은 종이가 아니라 양피지라고 했네. 양피지는 지구력이 있고 거의 찢어지지 않네. 중요하지 않은 것을 양피지에 기록해 두는 법은 없지. 그림을 그리거나 글씨를 쓰는 평범한 목적에는 양피지가 종이보다 훨씬 못한 법이니까.
　이렇게 생각해 보니 해골이 어떤 의미—— 무슨 관계가 있는 것을 알았네. 그리고 나는 양피지의 생김새에 관해서도 주의를 게을리하지 않았지. 한구석이 떨어져 나갔지만, 본디 모양이 장방형이었네. 그것은 누군가가 잊어버리지 않도록 오래 보존해 두어야 할 어떤 사실을 기록하는 비망록으로써 꼭 선택될 그런 종류의 양피지 조각이었지."
　내가 그의 말을 가로막았다.
　"자네가 풍뎅이를 그릴 때에는 그 양피지 위에 해골이 없었다고 했었잖나? 그렇다면 자네는 보트와 해골 사이에 어떤 연관을 찾았는가? 그 해골은 자네 자신도 인정하다시피—— 방법과 작자는 도저히 알 수 없지만—— 자네가 황금풍뎅이 그림을 그린 뒤 나타난 것이니까."
　"바로 그 점일세, 모든 신비가 엉켜 있었던 것은. 그러나 그 비밀을 풀기는 그리 어렵지 않았네. 나는 착실한 방법으로 유일한 결론을 얻을 수 있었지. 예를 들면 다음과 같이 추리했단 말일세.
　내가 황금풍뎅이를 그릴 때에는 확실히 양피지에 해골이 없었네.

그리고 그림을 그리자 곧 자네에게 주고, 자네가 나한테 돌려줄 때까지 나는 줄곧 자네를 쳐다보고 있었지. 물론 자네가 그린 것도 아니고, 그렇다면 그것은 인간의 손을 거치지 않고서 저절로 해골 그림이 그려져 있었던 셈이 아니겠나?

내 생각이 여기까지 미쳤을 때, 나는 그때까지 일어난 모든 일들을 똑똑히 떠올려 보려고 애썼지. 그 결과 정말로 생각해 낼 수 있었던 것일세.

그날은 날씨가 추웠으므로 난롯불이 훨훨 타고 있었지. 나는 운동을 해서 몸이 따뜻했으므로 책상 옆에 앉았지만, 자네는 난로에 바싹 다가앉아 있었네.

내가 자네에게 양피지를 주고 자네가 그것을 보려고 했을 때 뉴펀들랜드 종 개 울프가 뛰어들어와 자네 잔등 위로 막 뛰어올랐지. 자네가 왼손으로 개를 쓰다듬어 주면서 옆으로 떼어놓을 때 보니, 오른손은 양피지를 쥔 채 아무렇게나 무릎 사이에 떨어뜨려져 불 가까이 닿아 있더군. 그곳에 불이 붙지나 않을까 하고 자네에게 주의시키려는데 그때 자네는 그것을 보기 시작했네.

이런 경위를 생각해 볼 때, 양피지 위에 해골이 똑똑히 나타난 원인은 불기운 말고는 아무것도 없다는 게 뚜렷해졌네. 열기를 받았을 때에만 나타나 보이도록 종이와 양피지에 글자를 쓸 수 있는 화학적 방법이 오늘날에도 있고, 또 오랜 옛날부터 있어 온 것은 자네도 잘 알 것일세.

산화 코발트를 왕수와 4배의 물로 묽게 하면 초록색이 되지. 또 코발트 가죽을 초석에 녹이면 빨간색이 되고, 이런 색은 그것을 쓴 원료의 열이 식으면, 얼마쯤 빠르고 늦은 차이는 있지만 일단 없어졌다가 열을 가하면 또다시 나타나는 법이네.

그래서 이번에는 조심조심 해골을 살펴보았네. 그랬더니 바깥 끝 —— 양피지 끝에서 가장 가까운 그림의 구석 쪽 —— 이 다른 데보다 뚜렷했지. 열의 작용이 불완전하거나 균등하지 않았단 말일세.

나는 곧 불을 켜서 양피지의 모든 부분에 낱낱이 갖다 대 보았네. 처음에는 해골의 희미한 선이 뚜렷해졌을 뿐이지만 계속 대고 있었더니 종이 왼쪽 구석, 즉 해골이 그려진 곳에서부터 대각선 쪽에 염소 같은 것이 나타났네. 더욱 세밀히 살펴보니 아무래도 새끼 염소 같더란 말이야."

나는 큰 소리로 웃었다.

"핫핫하……. 자네를 비웃어선 안 되겠네만……150만 달러란 비웃기에는 너무 큰 돈이니까……그러나 쇠사슬의 세 번째 고리가 도무지 어울리지 않는데그래. 자네가 말하는 해적과 염소 사이에는 그리 특별한 관계가 없을 것일세. 해적과 염소가 무슨 관계가 있겠나. 염소야 농부의 것이지."

"그 그림이 염소라고는 하지 않겠네."

"음, 새끼 염소라고는 했지. 아무튼 같은 이야기가 아닌가?"

"거의 같지만 똑같지는 않지. 자네는 키드 선장(17세기 끝무렵의 유명한 해적. 부하를 죽인 죄로 1701년 영국 런던에서 처형됨. 영어로 새끼 염소를 키드라고 발음함) 이야기를 들은 적 있나? 나는 이 동물 그림을 보자 곧 일종의 상형문자적 날인으로 추측했네. 서명이었던 걸세. 양피지 위에 그려진 위치가 그런 힌트를 주긴 했지. 그것과 대각선 구석의 해골 그림도 마찬가지로 소인이나 봉인일 것 같았네. 그러나 그 밖에 아무것도 없는 데는 —— 내가 있으리라고 상상한 증서의 본문이 없는데는 그만 나도 낙심천만이었네."

"그럼, 자네는 날인과 서명 사이에 글자가 있을 것을 예상했군?"

"암, 그렇지. 털어놓고 이야기하면 어쩐지 큰 복덩어리가 굴러들어온 것만 같았어. 그 까닭은 알 수 없었지만 그건 아마 확신이라기보다 일종의 소망이었을 걸세. 그때는 그 풍뎅이가 순금이라고 말한 주피터의 못난 소리가 얼마나 인상적이었는지 그건 자네도 모를 걸세.

그리고 그 뒤 계속적으로 나타난 사건과 우연히 일치되었지—— 이건 아무리 생각해도 참으로 이상하네. 이런 일이 왜 하필이면 1년 365일 중에 꼭 그날 일어났으며, 또 그날이 불을 피울 만큼 추웠느냔 말이야. 만일 난롯불을 피우지 않았고 개도 뛰어들어오지 않았다면 나는 해골이 있는 것을 몰랐을 테고, 그 결과 그런 보물을 얻을 줄 꿈엔들 알았겠나. 모든 일이 참으로 신기하기 짝이 없지 않나."

"그런 소리는 그만두고 어서 계속하게. 궁금해 죽겠네."

"그러세. 자네도 키드와 그 부하들이 대서양 연안 어디에 금을 파묻어 두었다는 소문쯤은 들었겠지. 이런 풍설은 얼마쯤 사실에 근거가 있을 것일세. 그리고 그 소문이 아직까지 없어지지 않고 계속되는 것은 묻힌 보물이 그대로 있기 때문에 아니겠나? 만일 키드가 그 약탈품을 잠시 감춰 두었다가 곧 다시 파냈다면 그 소문도 달라졌겠지.

자네도 알다시피 떠도는 소문은 모두 보물을 찾는 사람 이야기뿐이지, 어디 보물을 찾았다는 사람 이야기던가? 만일 키드가 보물을 도로 꺼냈다면 이 사건은 그로써 끝났을 것일세.

어떤 사건이—— 이를테면 보물이 있는 곳을 나타내는 비망록을 잊은 것 같은—— 보물을 찾아낼 방법을 잃게 하고, 그래서 그 소문이 부하들에게 알려진 것 같아. 그리하여 보물이 감춰져 있는 곳을 꿈에도 모르는 부하들이 그것을 찾으려고 서둘렀으나 찾을 길이 없었으므로 헛수고만 하게 되어 지금 세상에 퍼져 있는 소문의 씨가 된 것 같네. 자네는 해안에서 고귀한 보물을 캐냈다는 소문을 들은 적 있나?"

"없네."

"그러나 키드의 보물이 막대하다는 것은 세상이 모두 아는 사실일세. 나는 그것이 여태 땅 속에 그대로 묻혀 있음이 틀림없으리라고 생각했네. 그리고 우연히 내 손에 들어온 그 양피지에 보물의 거처가 기록되어 있다는 거의 확신에 가까운 희망을 가졌다 해도 자네는 그리 놀라지 않을 것일세."

"그래서 그 다음에 어떻게 되었나?"

"불기운을 세게 한 뒤 양피지를 다시 쬐어 보았지만 아무것도 나타나지 않았네. 그때 문득 때가 묻어서일까 하는 생각이 들었네. 양피지 위에 더운 물을 가만가만 부으며 살며시 씻어 양은 냄비 속에 해골 그림 있는 쪽을 아래로 놓고 그 냄비를 숯불 풍로 위에 놓았네. 3, 4분 지나 냄비가 후끈 달았을 때 양피지를 꺼내 보니 아, 그때는 참 기뻤네. 몇 줄의 숫자 같은 것으로 여기저기 얼룩점이 나타나 있지 않겠나? 그래서 다시 냄비 속에 넣고 또 1분 동안 그대로 두었네. 꺼내 보니 전체가 지금 자네가 보는 그대로일세."

렉랜드는 양피지를 다시 데워서 나에게 주었다. 다음과 같은 글자가 해골과 염소 사이에 붉은빛으로 희미하게 보였다.

53‡†305))6*;4826)4‡.)4‡;806*;48†8¶60))85;1‡(::‡*8†83(88)5*†;46(;88*96*?;8)*‡(;485);5*†2:*‡(;4956*2(5*−4)8¶8*;4069285);)6†8)4‡;1(‡9;48081;8:8‡1;48†85;4)485†528806*81(‡9;48;(88;4(‡?34;48)4‡;161;:188;‡?;

나는 그 양피지를 되돌려주면서 말했다.

"나는 뭐가 뭔지 전혀 모르겠는걸. 이 수수께끼를 풀면 골 콘다(인도의 유명한 다이아몬드 산지)의 보석을 모두 준다 해도 도저히 풀 수 없겠네."

"하지만 처음에 얼핏 보았을 때 느껴지는 것처럼 어렵지는 않네. 누구나 금방 알 수 있듯이 이것은 암호일세. 다시 말해 어떤 의미를 가지고 있지. 키드에 대해 알려져 있는 일들로 미루어 그가 어려운 암호문을 만들 능력이 있는 위인이라고는 생각되지 않네. 나는 간단한 것임이 틀림없으리라고 생각했지. 하긴 뱃사공들의 둔한 머리로는 열쇠 없이 풀 수 없겠지만."

"그래, 자네는 곧 풀었단 말인가?"

"이것보다 만 배가 어려운 것도 푼 적 있다네. 나는 인간의 지혜로 된 수수께끼에 흥미를 가지고 있었지. 인간의 지혜로 된 수수께끼라면 같은 인간의 지혜로 풀리지 않을 리 없지 않겠나? 사실 연관 있는 숫자를 한 번 찾아내기만 하면 그 다음에 무엇이 있으리라는 것을 풀어나가는 일은 그리 어렵지 않네.

어떤 비밀 서류의 경우나 다 그렇지만, 이 경우에도 맨 첫 번째 문제는 그 암호가 어느 나라 말로 씌어졌나 하는 것이었네. 암호 해석의 원칙은, 특히 암호가 산난한 것일수록 그 말의 특성에 따라 이렇게도 되고 저렇게도 되고 또 달라지기도 하니까. 그러나 일반적으로 그 말을 찾아낼 때까지는 풀려는 사람이 알고 있는 국어를 하나씩—— 개연율에 따라 실험해 보는 수밖에 달리 방법이 없네.

하지만 이번 경우에는 서명이 있었으므로 다행히 번거로움이 사라진 셈이지. '키드'라는 발음과 같은 말을 쓰는 것은 영어 말고는 없거든. 이것이 없었다면 나는 먼저 스페인 어나 프랑스 어로 시작했을 것일세. 스페인 출신 해적이 이런 종류의 비밀을 적을 때는 이 두 나라 말 가운데 하나를 쓸 가능성이 가장 많을 것으로 여겨졌기 때문일세. 하지만 그 서명이 있었으므로 이 암호는 영어로 된 거라고 단정했네.

자네도 보다시피 단어와 단어 사이에 구분이 없지 않나? 나누어져만 있어도 일이 쉬웠을 텐데. 그럴 때에는 우선 짧은 단어의 대조와 분석으로부터 시작하면 되지. 만일 단문자의 단어가 흔히 있는 일이지만—— 예를 들어 a라든가, I자가 나오면—— 그때는 벌써 문제없다네.

그러나 이 암호에는 구절이 없으므로 내가 맨 처음 한 일은 가장 많이 나온 글자와 가장 적게 나온 글자를 찾는 것이었네. 모든 글자를 세어 나는 다음과 같은 표를 만들었지.

— ¶ ? 3,: 9,2 0 †,1 (6 5 * ‡,) 4 : 8
1 2 3 4 5 6 8 10 11 12 13 16 19 26 33
개 개 개 개 개 개 개 개 개 개 개 개 개 개 개

영어에서 가장 많이 나오는 글자는 e일세. 그 다음에는 aoidhnr stuycfglmwbkpqxz의 순서이지. e는 굉장히 많이 나오므로 아무리 짧은 글에도 거의 대부분 들어 있네.

그리하여 여기서 벌써 추측 이상의 확실한 기초를 얻었지. 이제 말한 표가 일반적으로 쓰여지는 것은 말할 나위도 없네만, 이 암호에 있어서는 일부분만 쓰면 되네. 가장 많은 글자는 8자니 우선 이것을 알파벳의 e라고 가정하고 시작하세.

이 가정을 확실히 하기 위하여 8이 거듭되어 나타나는 것을 조사해 보세. 영어에는 e가 두 개 계속해서 곧잘 나오니까—— 예를 들면 meet, fleet, speed, seen, been, agree 같은 단어처럼. 그런데 여기서 암호가 짧은데도 그것이 5번 이상이나 거듭되고 있네.

그래서 8을 e로 지정했지. 영어의 모든 단어 가운데 가장 평범한 것은 the지. 그러므로 8로 끝난 똑같은 순서로 배열된 세 글자가 되풀이되는지 어떤지 보세. 만일 그런 글자가 되풀이된다면 그야말로 the를 나타낸다고 봐도 좋을 테니까.

조사해 보니 그렇게 배열된 게 7개 있고 그 자가 ;48일세. 그래서 ;는 t를, 4는 h를, 8은 e를 나타내고……. 맨 끝의 e는 이제 확정되었다고 봐도 상관없었네.

이리하여 비약적인 결과를 얻은 셈일세.

하나의 단어가 정해지면 그것으로 해서 더욱 중요한 점, 즉 다른 단어의 어두와 어미를 몇 개쯤 알 수 있네. 이를테면 ;48의 결합 중에서 끝으로부터 둘째 번에 있는 —— ;(88;4를 예로 들어보세.

;48 바로 그 다음에 있는 ;는 어떤 단어의 어두임을 알 수 있네. 그리고 그 다음에 이어지는 다섯 부호 가운데 네 개는 안 셈일세. 그러면 알 수 없는 것은 점으로 찍어 두고 알아낸 글자만 고쳐 써 보세.

t・eeth

이때 th는 처음의 t로 시작되는 단어의 한 부분일 수 없으니 th를 따로 떼어도 상관없을 것일세. 이 공간에 넣을 글자로 일파벳을 모두 살펴보아도, 이 th가 단어의 한부분이 되는 단어는 도저히 만들 수 없단 말일세. 그래서 th를 떼어버리고 t・ee로 줄일 수 있네.

그런 다음 필요에 따라 알파벳을 차례차례 넣어 본 결과, 오직 하나 tree라는 글자에 이를 수 있네. 그래서 (이 r이라는 또 하나의 글자를 얻어 the tree라는 단어가 되었지.

이 단어의 조금 뒤를 보면 ;48의 결합이 눈에 띄네. 그 앞 단어의 어미에 붙은 것으로 생각하고 써 보세. 그러면 이렇게 되네.

the tree ;4(↓? 34 the

거기에 이미 아는 글자를 넣으면 다음과 같지.

the tree thr↓?3h the

자, 다음에는 알 수 없는 글자를 공간으로 두거나 또는 점을 찍으면 다음과 같네.

the tree thr…h the

그러면 through라는 단어가 대번에 떠오르네. 그리고 이 발견으로 ↓는 o, ?는 u, 3은 g를 나타낸다는 것을 쉽게 알 수 있다네.

다음으로 우리들이 이미 알고 있는 글자의 결합을 자세히 보면 암호문 첫머리에서 그리 멀지 않은 곳에 이런 배열이 눈에 띄네.

†83(88, 해석해 보면 ·egree가 되네.

이것은 보나마나 degree라는 단어의 끝부분이고 †가 d임을 알 수 있지. degree부터 네 글자 다음에 이런 결합이 눈에 띄네.

;46(;88*

아는 글자를 페어맞추고 모르는 것은 점으로 두면 다음과 같지.

th·rtee·

이것은 thirteen이라는 단어를 나타내는 배열일세. 그 결과, 6과 *로 표시된 i와 n의 두 자를 알 수 있네.

또다시 암호의 맨 첫머리를 보면 다음과 같은 결합이 눈에 띄네.

53‡‡†

앞서와 같이 옮겨 보면

·good

그리고 이것은 첫 번째 글자가 a이며, 처음의 두 단어가 a good임을 확증하네. 따라서 5는 a임을 알 수 있지. 이제 혼란을 피하기 위해 밝혀진 것만을 표로 정돈해 보면 다음과 같네.

```
5 † 8 3 4 6 * ‡ ( : ?
는 는 은 은 는 은 은 은 은 은 은
a d e g h i n o r t u
```

이리하여 우리는 가장 중요한 글자를 11개 찾아낸 셈인데, 이 이상 더 해석 방법을 세밀히 이야기할 필요는 없을 것일세. 이런 성질의 암호는 문제없이 풀 수 있다는 것을 자네에게 납득시키고 또 그 해석법의 논리적 근거를 얼마쯤이나마 자네에게 이해시킬 만큼은 충분히 이야기한 셈이니까.

그러나 이 암호는 암호문으로서는 아주 간단한 종류에 든다는 것을 알아 두게. 다음에는 해석된 양피지 위의 암호문을 모두 자네에게 알려 주기만 하면 되네. 자, 다음과 같으니 보게나."

A good glass in the bishop's hostel in the devil's seat forty-one degrees and thirteen minutes northeast and by north main branch seventh limb east side shoot from the left eye of the death's head a bee-line from the tree through the shot fifty feet out.

승정저택악마의자의좋은안경북동미북41도13분큰줄기일곱째가지동쪽해골왼쪽눈으로부터쏜나무에서직선으로총알이닿는점을지나바깥50피트.

"나는 아무래도 이 수수께끼를 알 수 없는걸. '악마 의자'라든가 '승정 저택' 같은 말에 무슨 뜻이 있단 말인가?"

"겉으로 얼핏 봐서는 이해하기 어렵다네. 나는 우선 이 문장을 이 글을 쓴 사람이 생각한 것같이 자연스럽게 끊어 보았네."

"구두점을 달았단 말이지?"

"그 비슷한 거지."

"그러나 어떻게 했단 말인가?"

"구절없이 글을 쓴 것은 작자가 풀기 어렵게 하기 위해서라고 나는 생각했네. 그러나 좀 모자라는 머리로 그런 짓을 할 때에는 반드시 지나치게 하는 법이지. 글을 쓰는 도중 끊어야 하거나 구두점을 찍어야 할 때 오히려 더 붙여쓰기 쉽지. 이 경우에도 보통 이상으로 암호가 한 군데 뭉쳐 있는 다섯 군데를 꿰뚫어 보았네. 이 암시에 따라 나는 다음과 같이 모든 문장을 끊어 보았지."

승정 저택 악마 의자의 좋은 안경 —— 41도 13분 —— 북동미북 —— 큰 줄기 일곱째 가지 동쪽—— 해골 왼쪽 눈으로부터 쏜 나무에서 직선으로 총알이 닿는 점을 지나 바깥 50피트.

"그래도 여전히 모르겠는데?"

"나 역시 캄캄했네, 며칠 동안은. 그 동안 나는 설리번 섬 언저리에 '승정 저택'이라는 집이 있는지 열심히 찾아다녔네. 물론 '저택(Hostel)'이라는 케케묵은 말은 집어치우고 '호텔'이라고 불러보았지. 그래도 도무지 알 수 없어 수색 범위를 넓혀 더 조직적인 방법으로 진행시켜 보려고 결심했는데, 어느 날 아침 이 '비숍(승정)'이라는 이름은 이 섬으로부터 4마일쯤 북쪽으로 떨어진 곳에 있는 보숍이라는 이름의 오랜 집안과 무슨 관계가 있지 않나 하는 생각이 우연히 머리에 떠올랐네.

나는 이 농원으로 가서 나잇살이나 먹은 흑인들에게 여러 가지로 물어 보았지. 겨우 노파 하나가 '보숍 성'이라는 이름을 들은 적 있고 안내할 수도 있지만 그것은 성도 아니고 여관도 아니며 단지 한 개의 높은 바위라고 알려 주었네. 안내만 해 주면 후하게 사례하겠노라고 하니 노파는 잠시 머뭇거리더니 나서더군. 그리 고생할 것도 없이 그곳을 찾았으므로 노파를 보내고 나 혼자 그곳을 살펴보았네.

그 '성'은 절벽과 바위가 아무렇게나 모여서 된 것이었는데, 그 가운데 바위 하나가 툭 삐져나와 높이 서 있는 것과 고립된 인공적인 겉모습 때문에 다른 것보다 뚜렷이 보였네. 나는 이 바위 꼭대기에 올라갔는데, 그 다음에는 어찌해야 좋을지 몰랐지.

이리저리 궁리하던 끝에 내 눈은 내가 서 있던 꼭대기에서 1야드쯤 얕은 바위 동쪽으로 불쑥 튀어나온 좁은 선반 같은 바위를 발견했네. 이 돌선반은 18인치쯤 튀어나왔고 넓이가 겨우 1피트에 지나지 않았지만, 그 위의 움푹 들어간 모양이 꼭 우리 조상들이 사용하던 잔등이 움푹 들어간 의자와 얼마쯤 닮아 있었지. 이거야말로 암호에 있는 '작은 의자'임이 틀림없다고 생각했네. 나는 벌써 수수께끼를 다 푼 것만 같았지.

그리고 '좋은 안경'은 망원경이라고 생각했네. '안경'이란 뱃사람들 사이에서는 다른 뜻으로 그리 쓰이지 않을 테니까. 그래서 망원경을 쓸 것과, 이것을 쓸 때 방향을 삼아 주는 일정한 관측점을 곧 발견했지. '41도 13분'이라든가, '북동미북'이라는 구절은 망원경의 조준점을 의미하는 거라고 확신했기 때문이지.

이제 모든 것을 알게 되어 용기를 얻었으므로 나는 급히 집에 돌아와 망원경을 들고 다시 바위로 올라갔네. 돌선반으로 내려가보니, 일정한 자세를 취하지 않고서는 도저히 앉을 수 없는 것을 알았네. 이 사실은 내 예상을 더욱 굳게 해 주었지.

그리고 '41도 13분'이란, 수평선 방향이 '북동미북'이라는 말로 뚜렷이 표시되어 있으니 수평선상의 고도를 나타내는 말임이 틀림없을 거라고 생각했네. 이 수평선의 방향은 회중용 자석으로 곧 알 수 있었네.

그 다음은 대강 추측으로, 되도록 41도의 앙각을 찾아 망원경을 조심스레 올렸다내렸다 해 보니 저쪽 하늘 높이 우거진 나무들 새로 쑥 솟아 오른 한 그루의 나무가 눈에 띄었는데 그 나뭇가지 사이로 둥근 틈새가, 즉 공간이 있는 것이 눈에 띄었네. 이 틈 한복판에서 흰 점을 발견했는데, 처음에는 그것이 뭔지 도무지 알 수 없었지. 망원경의 초점을 조절하며 자세히 들여다보니 그것이 사람의 해골임을 뚜렷이 알 수 있었네.

이 발견으로 나는 수수께끼가 풀린 것으로 확신하게 되었네. '큰 줄기 일곱째 가지 동쪽'이란 나무 위 해골의 위치를 가리키는 말이고, 또 '해골 왼쪽 눈으로부터 쏜'다는 말은 묻힌 보물의 수색에 관한 하나의 해석을 주는 것일 테니까.

'총알이 닿는 점'을 지나 나무 줄기에서 가장 가까운 곳으로부터 줄을 긋고 다시 50피트 거리까지 이어진 일직선이야말로 어느 일정한 지점을 나타내는 것임을 나는 확신했네. 그리고 그 지점 아래에 적어도 보물이 감춰져 있으리라고 여겼지."

"자네 생각은 모두가 정말로 명쾌하군. 그 '승정 저택'을 떠난 다음에는 어떻게 했나?"

"조심해서 나무 생김새를 잘 알아 두고 집으로 돌아왔지. 그런데 내가 '악마 의자'를 떠나자마자 그 둥근 틈이 없어지는 게 아니겠나. 몇 번이나 뒤돌아보았지만 전혀 보이지 않았다네.

이 계획에서 가장 교묘한 부분은 나뭇가지 사이의 틈새가 바위 앞쪽의 좁은 선반이 아닌 곳에서는 절대로 보이지 않는다는 사실일세.

실제로 나는 여러 번 실험해 보았네만, 실험할 때마다 그렇더군.

이 '승정 저택'에 갈 때에도 주피터를 데려갔는데—— 아마 그 녀석은 여러 주일 동안 내가 멍하니 있는 걸 눈치채고 나를 그대로 두면 안 되겠다고 걱정했나 보네.

다음 날 새벽에 일어나 나 혼자만 살짝 빠져나와 그 나무를 찾으러 산으로 갔네. 수고를 톡톡히 한 끝에 겨우 찾긴 했지만 집에 돌아오니 주피터 녀석이 나를 때리겠다고 야단 아니겠나. 그 다음의 탐험은 자네도 아는 그대로일세."

"이건 내 생각인데, 맨 처음에 잘못 판 것은 주피터가 그 풍뎅이를 해골의 왼쪽 눈이 아니라 오른쪽 눈으로 떨어뜨려서 그런 게 아니었나?"

"그렇다네. 그 실수로 '총알이 닿는 점', 즉 나무에서 가장 가까운 말뚝의 위치에 2인치 반의 오차가 생긴 거지. 만일 보물이 '총알이 닿는 점' 바로 아래에 묻혀 있었다면 오차가 있어도 상관없었겠지만, 나무의 가장 가까운 곳과 이 '총알이 닿는 점'은 직선 방향을 나타내고 있었으므로 이 오차는 처음에는 크지 않지만 50피트를 이어나간 뒤에는 굉장히 커졌지. 보물이 어딘가 이 언저리에 꼭 묻혀 있으리라는 신념이 나에게 없었다면 우리들은 헛수고만 했을 걸세."

"해골 눈에 대한 것—— 총알을 떨어뜨린다는 것—— 은 해적 깃발로부터 키드가 암시받은 것일 거야. 내게는 어떤 시적 조화가 느껴지네."

"그렇게도 생각되겠지. 하지만 그보다 상식적인 것도 시적 조화 못지 않게 이 사건에 관계되어 있다고 생각하지 않을 수 없네. '악마 의자'로부터 그 표적이 보이려면—— 그것이 만일 조그맣다면 말일세 —— 흰색 물건이 아니면 안 될 것일세. 그뿐 아니라 날씨가 어떻게 변하든 흰빛깔 그대로 있으면서 더 한층 희게 보이는 것으로는 사람 해골보다 더 좋은 게 없지."

"그건 그렇고, 자네의 과장된 말투며 풍뎅이를 휘휘 흔들어대던 모습은 정말 이상했었다네! 난 자네가 꼭 미친 줄 알았지. 그리고 또 자네는 왜 해골 눈으로 총알이 아니라 풍뎅이를 떨어뜨렸는가?"

"솔직히 고백하자면, 자네가 나를 미쳤나 하고 너무도 의심하는 것이 화가 나서 내 방식으로 사건을 오리무중에 빠뜨려 한바탕 골려 주려고 그런 걸세. 그래서 괜히 풍뎅이를 휘휘 휘두르기도 하고, 나무에서 떨어뜨리기도 했지. 나무에서 풍뎅이를 떨어뜨린 힌트는, 그것이 꽤 무겁다고 한 자네 말에서 얻은 거라네."

"알았네. 그러나 아직도 한 가지 모르는 게 있네. 우리들이 구멍을 팔 때 나온 사람 뼈다귀는 어떻게 된 것일까?"

"그것은 나도 좀 미심스럽지만, 아마 이렇게 된 게 아닐까 생각하네. 하지만 내가 이야기하는 것 같은 무참한 행위가 참말로 있었다고 믿는 건 끔찍한 일일세. 키드가 —— 정말로 키드가 이 보물을 감췄다면 —— 이 일을 여러 부하에게 시켰을 게 틀림없네. 그러나 일이 끝나자 그는 참가한 사람들을 없애 버리는 것이 좋으리라고 생각했겠지. 그의 부하들이 구덩이 속에서 부지런히 일하고 있을 때 곡괭이로 두어 번 내려갈기면 충분했을 테니까. 아니면 열 번쯤 갈겨야 했을까?……그것은 아무도 알 수 없는 일이겠지."

어셔 집안의 몰락

그의 마음은 걸어 둔 비파, 대기만 해도 둥둥 울리네.
—— 드 베랑저

그해 가을 어느 날의 일이었다. 하늘에는 구름이 무겁게 내리덮여 온종일 흐리고 어둡고 소리 하나 없이 고요했다. 나는 홀로 하루 종일 말을 달려 이상하게도 황량한 시골길을 지나, 어둠이 내리기 시작할 무렵에야 겨우 음침한 어셔 저택이 보이는 곳에 이르렀다.

이유는 알 수 없었지만, 그 저택을 한 번 바라본 순간부터 견딜 수 없는 침울한 기분이 내 마음 속에 스며들었다. 견딜 수 없다고 한 것은 그 침울함의 정도가, 황량하고 무서운 자연의 경치라도 늘 시적이며 얼마쯤 유쾌하게 받아들여지는 여느 때 감정으로도 전혀 누그러지지 않았기 때문이다.

나는 내 앞에 펼쳐진 경치를 —— 다만 한 채의 저택과 그 언저리의 보잘것없는 풍경, 황폐한 담, 멍하니 크게 뜬 눈처럼 보이는 창, 몇 줄의 사초더미, 몇몇 썩은 나무의 흰 줄기들을 —— 무어라 말할 수 없는 침울한 기분으로 바라보았다. 그때의 내 기분은 마치 아편 중독자가 아편 기운이 사라졌을 때 느끼는 달콤한 꿈이 깨지는 듯한 기분 —— 현실로 또다시 돌아올 때 느끼는 비통한 타락의 느낌, 지붕을 덮은 장막이 머리 위로 무시무시하게 떨어질 때의 절망감, 그것 말고는 이 세상의 어떤 감정에도 비교할 수 없는 것이었다.

마음 속이 얼음처럼 싸늘해지고 기운이 쭈욱 빠지며 속이 메스꺼워지는 것 같았다. 그것은 아무리 강렬한 상상력을 펼쳐도 도저히 밝은 마음으로 돌아갈 수 없는, 견딜 수 없는 적막감이었다.

나는 숨을 돌리며 생각했다.

'웬일일까?'

어서 저택을 바라보는 내 마음을 이토록 어지럽게 하는 것은 대체 무엇일까? 그것은 아무래도 풀 수 없는 수수께끼였으며, 그것을 생각하는 동안 수없이 몰려드는 어두운 환상들을 쫓아낼 수가 없었다.

그곳에는 아주 단순한 자연의 물상들이 엉켜 있을 뿐이었다. 하지만 그것이 이같이 우리들을 괴롭히는데도, 그 힘 자체를 분석하는 것은 우리들로서는 도저히 어찌할 수 없는 일이라는 불만스러운 결론에 이르지 않을 수 없었다. 하나하나의 경치나 또는 그림을 좀 다르게 배열해 보면 얼마쯤 슬픈 인상을 주는 힘을 융화시키거나 아주 없앨 수도 있으리라고 생각해 보았다.

이러한 생각에서 나는 저택 옆의 잔잔한 수면 밑으로 시커멓고 무시무시하게 빛나는 늪이 있는 절벽으로 말을 몰고 가 그곳을 내려다 보았다. 그러나 오히려 회색 사초와 무시무시한 나무줄기와 멍하니 뜬 눈 같은 창들이 재구성되어 거꾸로 물 위에 비치는 모습은 더욱 몸서리쳐지는 그 무엇이 있었다.

나는 이 음산한 저택에서 몇 주일간을 머물 예정으로 왔다. 이 저택 주인 로드릭 어셔는 내 어릴 때 친구였지만, 서로 헤어진 뒤 오랫동안 만나지 못했었다. 그런데 한 통의 편지가 먼 시골에 떨어져 살고 있는 나에게—— 어셔가 보낸 것이었다—— 왔는데 그 사연이 너무도 심각했으므로 내가 직접 와 보는 수밖에 별다른 방법이 없을 것 같았다.

그의 필적은 신경이 몹시 흥분 상태에 놓여 있음을 뚜렷이 드러내 주고 있었다. 그의 편지에는 몸이 몹시 쇠약해졌고 정신이상에 시달리고 있으므로 그가 가장 사랑하는 하나뿐인 벗인 나를 만나 다정하게 대화라도 나눔으로써 얼마쯤이나마 병고를 덜고 싶다고 적혀 있었다. 편지에 씌어진 이러한 사연과 그에 대한 사랑, 또 그의 간청과 아울러 표시된 그의 열성이 나에게 머뭇거릴 틈을 주지 않았다. 그러므로 무척이나 이상한 초청이라고 생각하면서도 나는 대번에 받아들였다.

우리는 어렸을 때 무척 친한 사이였지만 그에 대해서는 그리 아는 게 없었다. 그는 말수가 무척 적은 편이었다. 가문의 내력이 긴 그의 집안은 오랜 옛날부터 아주 민감한 성품의 사람들로 유명했으며, 그 기질은 대대로 많은 우수한 예술품이 되어 나타났고, 최근에 와서는 너그러우면서도 겸허한 자선사업으로 나타나고 있다. 더불어 그의 집안 사람들은 음악에 있어서노 성봉석이고 알기 쉬운 음계보다 오히려 복잡한 음에 대해 열렬한 열정을 나타냈다.

어셔 집안은 꽤 오래 되었음에도 불구하고 어느 시대든 한 번도 오래도록 뻗어나간 분가를 내놓지 못했다. 모든 일족이 직계이며, 아주 하찮은 일시적인 변천은 있었지만 언제나 그러했다는 특기할 만한 사실도 나는 알고 있다.

왠지 저택 모습의 특징이 세상에 알려진 가족의 특징과 완전히 일치한다는 것을 느끼고 몇 세기라는 긴 세월이 지나는 동안에 그 모습이 가족들에게 끼쳤을 영향을 추측해 보면서 나는 생각했다.

이 집안에 분가가 없다는 결점과 아울러 집안 이름과 상속재산이 대대로 변함없이 아버지에게서 아들에게로 전해지는 사실이 결국은 이 둘을 같은 것으로 해 버려서 어셔 집안이라는 기묘하고도 애매한 명칭—— 이 명칭을 쓰고 있는 농부들은 그 명칭 속에 가족과 건물이 함께 포함되고 있는 것처럼 여기는 듯 보였다—— 속에 그 집안 본래의 명칭을 혼돈해 버린 게 아닌가 하는 생각이 들었다.

나의 좀 어리석은 경험—— 늪 속을 들여다본 것—— 이 내가 느낀 맨처음의 기괴한 인상을 더욱 강하게 해 주었다는 것은 앞서도 말한 바와 같다. 물론 나의 미신이—— 미신이라고 불러서 안 될 이유가 어디 있겠는가—— 갑자기 강해졌다는 착각이 도리어 그 미신을 더욱더 강하게 믿게끔 한 것은 사실이다. 나의 오랜 경험을 통해 이미 알고 있는 일이지만, 공포의 모든 감정은 모두 이와 같이 모순된 경로를 밟는다.

그리고 내가 늪 속에 비친 저택의 그림자로부터 눈을 들어 실제 저택을 쳐다보았을 때, 내 마음 속에 이상한 공상이—— 사실 싱겁기 짝이 없는 공상이었으므로, 다만 그때 나를 괴롭혔던 감각의 위력을 나타내기 위해 기록하는 데 지나지 않는다—— 선뜻 머리에 떠오른 것도 어쩌면 이런 까닭에서였는지도 모르겠다. 나는 내멋대로 이리저리 궁리해 본 결과, 저택과 그 언저리의 특유한 대기—— 하늘의 대기와는 딴판인 썩은 나무와 흰 벽과 잠잠한 늪으로부터 증발된 대기—— 희미하고 완만하여 겨우 그 속의 사물을 알아볼 수 있는, 우중충한 빛깔을 띤 독기어린 증기가 집 주위를 떠돌고 있다고까지 믿게 되었다.

아무래도 악몽으로밖에 생각되지 않는 이러한 망상을 내 마음 속으로부터 쫓아내 버리려고 나는 더 한층 자세히 저택 모양을 살펴보았다. 굉장히 오래 되었다는 것이 그중 뚜렷한 특징이었는데, 오랜 세월을 지내오는 동안 건물은 퇴락한 듯했다. 겉은 온통 무성한 곰팡이로 뒤덮여 그것이 섬세하게 뒤얽힌 거미줄처럼 추녀 끝에 축 늘어져 있었다. 그러나 그렇다고 해서 거의 황폐되었다고는 할 수 없었다. 주춧돌의 어느 부분도 허물어져 있지는 않았지만 손질을 한 완전한 부분과, 퍼석퍼석 바스러진 한개한개 쌓아올린 돌 사이에 큰 부조화가 있는 것처럼 보였다. 이러한 모양은 사용되지 않은 채 오랫동안 광 속에서 썩어 버린 겉모양만 번드르르한 낡은 세목공의 겉을 보는 것 같은 연상을 나에게 불러일으켰다.

이같이 이것저것 모두가 황폐한 빛을 띠고 있었지만, 집이 넘어질 염려는 없어 보였다. 더욱 조심해서 바싹 들여다보니 눈에 띨까말까 한 균열이 건물 앞쪽 지붕으로부터 담까지 꾸불꾸불 내려와 늪 속으로 사라져 버린 게 보였다.

이것들을 바라보며 나는 포석이 깔린 짧은 길을 지나 저택 쪽으로 말을 몰았다. 기다리고 있던 하인에게 말고삐를 건네주고는 고딕 풍 현관의 아치 문 안으로 걸어 들어갔다. 그리고는 발소리를 죽이며 걷는 하인이 아무 말 없이 몇 개의 어둠침침하고도 복잡한 복도를 지나 주인의 서재로 나를 인내했다.

도중에서 눈에 띈 여러 건물들은 내가 이미 말한 그 적막감을 한층 더 강하게 해 주었다. 주위의 물건들—— 천장의 조각, 벽에 걸려 있는 어둠침침한 벽모전, 마루의 꺼먼 흑단, 또는 발을 옮길 때마다 덜컥거리는 환영을 새겨넣은 것 같은 문장의 전리품 갑옷 등, 어렸을 때부터 내 눈에 익어온 이러한 물건들이 새삼스레 기이한 환상을 불러일으키는 것은 참으로 이상한 일이었다.

어느 층계에서 나는 이 집안의 주치의를 만나게 되었다. 그의 얼굴에는 오랜 경험에서 오는 교활함과 당황의 표정이 반반씩 감돌고 있었다. 그는 당황한 태도로 나에게 인사를 하고 지나가 버렸다. 얼마 안 되어 하인은 어느 방문을 열고 나를 그의 주인 앞으로 안내했다.

내가 들어간 방은 굉장히 넓고 천장도 높았다. 창문들은 길고 좁고 뾰죽했는데, 그것은 시커먼 떡갈나무 마루로부터 높이 떨어진 곳에 나 있어 방 안에서는 좀처럼 거기까지 닿을 수 없을 것 같았다.

가느다란 진홍빛이 격자창으로 흘러들어와 그런 대로 주위에 떠오르는 것들을 알아볼 수 있었다. 그러나 아무리 눈을 크게 뜨고 보아도 먼 방 쪽의 구석과 반원형의 완자무늬로 장식한 천장 구석 쪽은 보이지 않았다. 벽에는 칙칙한 벽모전이 걸려 있고, 가구는 대체로 지나치게 많으나 모두 우중충하고 낡아빠지고 무늬가 떨어져 있었다.

많은 책과 악기들이 어지럽게 여기저기 흩어져 있었지만 방에 활기를 주지 못했다. 이것들을 바라보았을 때 나는 슬픈 마음이 솟구치는 것을 억누를 수 없었다. 엄숙하고 쓸쓸한, 어찌해야 좋을지 모를 침울한 기분이 방 안에 떠돌며 모든 곳에 깊이 스며들어 있었다.

내가 안으로 들어가자 어셔는 온몸을 쭉 뻗고 누워 있던 소파에서 일어나, 진정으로 나를 반가이 맞아 주었다. 처음에는 억지로 만들어 낸 진심—— 인생에 대해 권태를 느낀 사람이 흔히 만들어내는 가면적 노력—— 에서 나온 것이 아닌가 싶었지만, 그의 얼굴을 흘끗 쳐다본 순간 나는 그것이 진정한 열성에서 나온 것임을 알았다.

우리들은 앉았다. 그리고 잠시 그가 말이 없는 동안 나는 연민과 두려움을 함께 느끼며 그를 쳐다보았다. 로드릭 어셔처럼 짧은 시일 안에 이같이 무서운 모습으로 갑자기 바뀌어 버린 사람도 드물 것이다. 지금 내 눈앞에 앉아 있는 이 핼쑥한 남자가 오랜 옛날, 소년시절의 내 동무였다고는 도저히 믿어지지 않았다.

그러나 그 얼굴의 특징은 조금도 달라진 데가 없었다. 누런 얼굴빛, 크고도 부드러우며 유난히 번쩍이는 두 눈, 좀 얇고 핼쑥하지만 무척 아름다운 곡선을 이루고 있는 입술, 우아한 헤브라이 형이면서도 그러한 형에서는 드문 콧구멍이 넓은 코, 잘생겼지만 쑥 들어간 탓으로 도덕적 정력이 부족해 보이는 턱, 거미줄보다 더 부드럽고 가느다란 머리칼 등의 갖가지 특징들과 함께 또 한 가지, 귀밑 뼈 위쪽이 남달리 넓게 생긴 점이 쉽사리 잊혀지지 않는 특이한 인상을 주고 있었다.

하지만 이러한 생김새의 주요한 특징에도 불구하고 외모에 나타난 표정의 너무나도 커다란 변화가 내가 지금 누구와 이야기하고 있는지를 의심하게 될 만큼 나를 놀라게 했다. 그 소름이 끼칠 만큼 핼쑥한 피부 빛깔이며 이상한 빛을 내는 그의 두 눈은 무엇보다도 나를 놀라게 하며 공포감마저 주었다. 비단결 같은 머리칼 역시 제멋대로 자라서 굵게 짠 명주처럼 얼굴 주위에 떨어져 있었는데 아니, 오히려 두둥실 떠 있다는 편이 좋을 형상이었다. 그러므로 나는 이 아라비아 풍 용모를 여느 사람의 것이라고는 도저히 믿을 수 없었다.

나는 곧 친구의 태도에 앞뒤가 맞지 않는 모순이 있는 것을 대번에 알아챘다. 그리고 이것은 습관적인 경련—— 극도의 신경 흥분—— 을 어누르는 연약하고 쓸데없는 노력의 결과에서 비롯된 것임을 알았다. 하긴 이러한 것들은 그의 편지며 소년시절에 대한 회상, 그리고 그의 특유한 체질이며 기질로 미루어 이미 각오하고 있었던 것이긴 했지만.

그의 태도는 쾌활하다가도 갑자기 침울해지곤 했고, 목소리는 모든 것이 다 성가신 듯 부들부들 떨리다가도 갑자기 곤드레만드레가 된 주정꾼과 처치곤란한 아편 중독자가 몹시 흥분했을 때 버럭 지르는 그 급하고도 무게 있는 태평스러운 굵은 목소리—— 침울하고 침착하여 완전히 조절된 후음—— 로 바뀌는 것이었다. 이러한 말투로 그는 나를 부른 목적과 나를 만나고 싶어한 그의 열망과 내가 그에게 줄 거라고 기대하고 있던 위안들에 대해 대강 말한 다음 그의 병의 본질로 생각되는 점에 화제를 돌려 꽤 길게 이야기했다.

그의 병은 유전적으로 내려오는 것이므로 치료 방법이 전혀 없어 단념하고 있다면서, 그러나 간단한 신경 계통의 병세에 지나지 않으니 틀림없이 곧 나을 것이라고 그는 말이 끝나기 무섭게 덧붙이는 것이었다. 그의 병세는 많은 부자연스런 감각으로 나타나—— 그가 자세히 그것을 이야기하고 있는 동안 그 어떠한 감각이 어쩌면 그의 말투와 말하는 태도에도 적지 않게 관계가 있었겠지만—— 나를 재미있게도, 당황하게도 만들었다.

그는 병적인 과민성으로 무척 고통받고 있었다. 음식물은 아주 깨끗해야 했고, 옷도 일정한 빛깔의 것이 아니면 안 되었다. 꽃향기는 그 어떤 것이든 숨이 막혔고, 약한 빛에도 눈이 아팠다. 그리고 그에게 공포심을 일으키지 않는 것은 특수한 어떤 음향뿐이었으며, 그것도 다만 현악기 정도였다. 그가 일종의 변태적인 공포에 늘 시달리고 있음을 나는 깨달았다.

그는 말했다.

"나는 이런 통탄할 만큼 우스운 병으로 죽지 않으면 아니될 걸세. 그밖에 아무 까닭도 없이 나는 이 모양으로 죽어 버릴 것일세. 내가 무서워하는 것은 미래에 일어날 사건 그 자체가 아니라 그 결과지. 비록 하찮은 사건이라도 그것이 내 영혼에 이런 참을 수 없는 충동을 일으킨다는 걸 생각하면 소름이 끼치네. 나는 위험 따윈 두려워하지 않아. 다만 공포를 일으키는 절대적 영향을 무서워하는 것일세. 이렇게 기진맥진한 가련한 상태에 빠져 '공포'의 무시무시한 환영과 싸우는 동안 생명도 이성도 모두 내버려야 할 시간이 머지않아 꼭 올 것만 같아."

그 밖에도 나는 때때로 터져나오는 한토막 한토막의 애매한 암시로부터 그의 정신상태의 또 다른 기이한 특징을 발견했다. 여러 해 동안 살면서 한 걸음도 문밖에 나가 보지 않은 그의 저택에 관한 이야기가 너무도 애매했기 때문에 여기서 또다시 설명하기에는 퍽 힘드는, 실제적으로는 있을 수 없는 어떤 힘의 영향—— 대대로 살아온 그의 저택 모습과 그 내적인 분위기가 오래 살아오는 동안 그의 영혼에 끼친 영향—— 회색 벽과 지붕의 작은 탑 또는 이 두 물체가 내려다보고 있는 어둠침침한 늪 수면이 마침내 살아 있는 그의 정신에 끼친 영향에 관해 그는 일종의 기이하고도 미신적인 착각의 포로가 되어 있었다.

그러나 그는 이같이 그에게 번민을 안겨 준 특수한 우울증을 대부분 보다 더 자연스럽고 알기 쉬운 근원—— 여러 해 동안 그의 유일한 친구며 세상에 단 하나밖에 없는 핏줄인 누이동생의 오랜 병과 그녀의 죽음이 확실히 눈앞에 닥쳐왔다는 사실 때문이라고 또다시 머뭇거리며 고백했다.

"누이동생이 죽으면 내가, 절망적이고 히약한 내가 유서 깊은 어셔 집안의 마지막 살아남은 사람이 되는 것일세."

그 말투는 결코 잊을 수 없을 만큼 비통했다. 그가 이렇게 말하고 있는 바로 그때 메들라인—— 이것이 그녀의 이름이었다—— 이 내가 있는 것도 알아차리지 못하고 조용히 방 저쪽을 걸어 그대로 사라져 버렸다.

나는 공포감이 뒤섞인 큰 놀라움을 느끼며 그녀를 지켜보았다. 그러나 왜 그토록 놀라고 두려움마저 느꼈는지는 도저히 알 수 없었다.

저쪽으로 사라지는 발소리를 머리 속에서 쫓고 있는 동안 나는 정신이 아득해짐을 느꼈다. 마침내 그녀 모습이 문 뒤로 사라져 버렸을 때 나는 본능적으로 어셔의 표정을 열심히 살폈다. 그러나 더욱더 여위어 버린 손가락 사이로 뜨거운 눈물이 뚝뚝 떨어지는 것밖에 볼 수 없었다.

메들라인의 오랜 병에 대해서는 아무리 능숙한 의사들도 혀를 내둘렀다. 고질이 되어 버린 무감각증, 신체의 점진적인 쇠약, 짧은 동안이지만 빈번히 일어나는 부분적인 강직 현상 등이 그녀의 이상한 증세였다.

지금까지 그녀는 꾹 참으며 누우려고도 하지 않았지만, 내가 와닿은 그날 저녁 무렵——어셔가 말할 수 없이 흥분한 말투로 그날 밤 내게 이야기한 바에 따르면—— 끝내 병마의 무서운 힘에 쓰러지고 말았다고 한다. 그러므로 그때 슬쩍 쳐다본 모습이 마지막으로, 적어도 그녀가 살아있는 동안에는 다시 볼 수 없을 것 같았다.

그 뒤 며칠 동안은 나도 어셔도 그녀 이름을 입밖에 내지 않았다. 그 동안 나는 열심히 친구의 우울증을 위로해 주려고 애썼다. 우리들은 함께 그림을 그리고 책도 읽었다. 그리고 그가 즉흥적으로 격렬하게 뜯는 교묘한 기타 소리에 꿈꾸듯 귀기울이기도 했다.

이렇게 우리 두 사람 사이가 친밀해져 감에 따라 그는 자기 마음속을 보다 허물없이 털어놓게 되었는데, 그럴수록 그의 마음을 즐겁게 하려는 나의 모든 노력이 헛일임을 더욱 비통하게 깨닫지 않을 수 없었다. 그의 마음으로부터 끝없는 어둠이, 마치 선천적으로 타고난 확고한 본질과도 같이 모든 물질과 마음의 세계 위에 우울하게 끊임없이 방사되어 나왔기 때문이다.

어셔 집안 주인과 단둘이 지낸 그 수많은 엄숙한 시간들의 기억은 영원히 내 머리 속에서 사라지지 않을 것이다. 그러나 그와 내가 어떤 연구를 했고 또 어떤 일에 골몰했는지, 그리고 그가 나에게 무엇을 당부했는지는 아무래도 도무지 정확하게 전달할 수 없을 것 같다.

흥분된, 본성을 잃은 극도의 상상력이 모든 것 위에 인광과 같은 퍼런 빛을 던지고 있었다. 그가 만든 몇 편의 긴 즉흥 비가만은 언제까지나 내 두 귀에 쨍쨍 울릴 것이다. 특히 무엇보다도 폰 베버(독일 작곡가)의 마지막 왈츠, 그 격렬한 음조에 그가 덧붙인 기묘한 전곡과 변곡이 마음 아프게도 내 가슴에 되살아나곤 한다.

치밀한 공상에서 시작되어 한붓한붓 칠해 나감에 따라 더 한층 몽롱한 느낌을 불러일으키는 그의 그림은 웬일인지 무척 무서웠다. 이 그림은 아직까지도 내 눈앞에 뚜렷이 아물거리지만, 여기서는 도저히 무어라 표현할 길이 없다. 극도의 단순성과 그의 의도가 노골적으로 나타나 있는 점이 보는 사람의 주의를 끌며 위압감을 느끼게 했다.

만일 어떤 하나의 사상을 그림에 정확하게 나타낸 사람이 있다면 그는 바로 이 로드릭 어셔이리라. 적어도 나에게는, 그때 나를 둘러싸고 있던 환경 속에서 이 우울병자가 캔버스 위에 그리려고 했던 순수한 추상 관념으로부터 프겔리(스웨덴 화가)의 그 타오르는 듯하면서도 구체적인 환상화를 조용히 내려다보았을 때에도 느끼시 못했던 참을 수 없는 공포가 느껴졌다.

어셔의 환상적 그림 가운데 희미하게나마 말로 표현할 수 있는 게 하나 있다. 그것은 한 장의 소품으로, 그 안에는 평평하고 아무 변화도 장식도 없는 긴 벽이 있었고 끝없이 긴 장방형 천장과 동굴 안이 그려져 있었다. 의도적으로 굴을 땅바닥보다 썩 낮은 곳에 있는 것처럼 보이게 했다. 넓은 안쪽의 어느 곳에도 문이 없고, 횃불 또는 인공적인 빛이 보이지는 않았지만, 넘칠 듯한 강렬한 빛이 방 안에 충만하여 모든 것을 무섭고 이상한 광휘 속에 똑똑히 드러나게 하고 있었다.

어셔의 병적인 청신경(聽神經)이 현악기를 뺀 다른 악기 소리는 참을 수 없을 만큼 그를 괴롭혔다는 것은 앞에서도 말한 바 있다. 이같이 제한된 좁은 범위 안의 곡목으로만 그가 기타를 연주했다는 것은 도리어 기이한 특징을 주었다.

그러나 그가 흥에 겨워 즉흥적으로 작곡해 내는 그 재주는 참으로 놀라운 것이었다. 그의 환상적인 곡이며 가사── 그는 가끔 기타를 뜯으며 운율적 즉흥시를 읊었다── 는 최고의 예술적 감격에 취했을 순간에나 볼 수 있는 강렬한 정신적 통일과 집중의 소산이었다.

이러한 즉흥시의 한 구절을 지금 나는 쉽사리 욀 수가 있다. 그가 읊은 그 즉흥시에 내가 더욱 강렬한 인상을 받은 것은, 그 시의 의미 속에서나 그 신비로운 흐름 속에서 어셔가 그의 옥좌 위에서 자기의 고고한 이성이 비틀거리는 것을 완전히 의식하고 있음을 처음으로 깨달은 듯한 느낌이 들었기 때문이다. 그가 읊은 〈유령궁〉이라는 시는 정확하지는 않으나 대략 다음과 같았다.

  푸른빛 짙은 골짜기에
  천사들 깃들여 살던
  아름답고 웅장한 궁전,
  빛나는 궁전 우뚝 솟아 있도다.

  '사상'의 제국에
  거기 궁전은 솟아 있노라!
  천사도 이같이 아름다운 궁전에는
  내려온 적 없으리라!

노랗게 빛나는 황금빛 깃발들
지붕 위에 휘날렸도다.
'이는 모두 아주 먼 옛적'
그리운 그날
엄숙하고 창백한 보루를 스쳐
솔솔 부는 부드러운 바람
향기로운 깃을 달고 살며시 스쳤노라.

행복의 골짜기를 헤매는 방랑의 무리들
빛나는 두 개의 창으로부터
은은히 들리는 비파 소리에 따라
춤추며 옥좌를 돌고 도는
신들을 보네.
옥좌에는 남빛 옷 입은 하늘나라 임금!
그럴듯한 위엄을 띠고
하늘나라 임금, 내려오심이 보이도다.

아름다운 궁전의 문은
진주와 루비 빛으로 비치고
그 문으로 흐르고 흘러
또 영원히 번쩍이는
산울림의 무리 뛰어들어오도다.
세상에도 드문 아름다운 소리로
임의 크신 공덕을
찬미함을 오직 하나의 의무로 삼고,

악마들은 슬픔의 옷을 입고
하늘나라 임금의 옥좌를 부수었도다.
'아, 슬프도다,
하늘나라 임금을 다시는 보지 못하리.'
궁터에 떠도는
빨갛게 피어오른 영광도
이제는 다만 묻힌
남은 옛추억의 한 줄기.

골짜기를 지나는 여행자 무리들
이제는 다만
빨강빛 비치는 창으로부터
미친 듯 터져나오는
음악 소리에 맞춰
희미하게 흔들리는 커다란 그림자를 볼 뿐
무서운 급류와도 같이
파리한 문을 지나
괴물의 무리 영원히 터져나와
큰 소리로 웃는다.
미소는 벌써 볼 수도 없구나.

지금도 머리 속에 똑똑히 남아 있지만, 이 짧은 시가 준 암시는 나에게 여러 가지 생각을 불러일으키고 마침내는 어셔가 지닌 견해까지 뚜렷이 알 수 있게 했다. 그 견해는 —— 신기하기 때문이기보다(그런 견해를 가진 사람이 그 외에도 또 있었다) 그가 거기에 너무도 집착

하고 있었기 때문에 언급하는 것이지만—— 모든 사물이 감각성을 가지고 있다는 것이었다.

그의 무질서한 공상 속에서 이 같은 생각은 일단 더 대담하게 되고 어떠한 조건 아래에서는 무기체에까지도 적용된다고 믿고 있었다. 나는 이제 그의 모든 신념과 열성을 표현할 수는 없으나, 그 신념—— 앞에서도 잠깐 암시했지만—— 은 선조로부터 대대로 내려온 이 집의 잿빛 돌담과 무슨 관계가 있는 듯싶었다.

그런 것이 감각성을 지닌 증거는 주춧돌이 배열된 양식에 있다고 그는 상상했다. 돌 또는 돌들을 덮고 있는 수많은 곰팡이며, 돌담 가까이 서 있는 썩은 나무들의 배열순서—— 특히 이 순서가 오랫동안 파괴되지 않고 그대로 있다는 것과 그 자태가 늪의 고요한 물 위에 되비치고 있다는 사실로써 알 수 있다는 것이었다.

그 증거로, 즉 감각성이 있다는 증거는 물과 벽 가까이 있는 대기가 저절로 서서히 그러나 확실히 굳어지는 것으로도 알 수 있다고 그는 말했다—— 이 말을 듣고 나는 깜짝 놀랐다. 여러 세기 동안 그 저택의 운명을 좌우하고, 또 자기를 이러한 인물로 만들어 버린 것은 그 어둡고 무서운 힘의 결과라고 그는 덧붙였다. 이러한 그의 견해는 그리 설명을 필요로 하지 않으므로 이에 대한 설명은 하지 않겠다.

책의 경우도—— 여러 해 동안 이 환자의 정신생활을 대부분 지배해 온 책—— 물론 이러한 환상적 생활에 꼭 알맞는 것들 뿐이었다. 그레세(프랑스 시인)의 《베르베르와 샤르틀즈(베르베르는 수도원 수녀와 앵무새 이야기, 샤르틀즈는 캘빈 파 교회 이야기를 쓴 시)》, 마키아벨리의 《벨프고르》, 스베덴보리(스웨덴의 신학자며 철학자)의 《천국과 지옥》, 홀베르그(덴마크 극작가)의 《니콜라스 클림의 지하여행》, 로버트 플러드(영국의 의사며 신학자), 장 댕다지네(16세기 독일의 신부), 드라 샹브르 등의 《손금법》, 티크(독일의 시인이며 극작가)의 《창공의 여행》, 캄파넬라의 《태양의 도시》를 우리들은 탐독했다.

도미니카 파 신부 에이메릭 드 지롱느(스페인의 종교 재판관)의 소형 8절판 《종교 재판법》도 우리가 즐겨 읽는 책 가운데 하나였으며, 폼포니우스 멜라(서기 43년 즈음의 로마 지리학자)의 작품 가운데 고대 그리스의 사튀로스(위는 사람이고 아래는 양의 다리를 가진 산신) 또는 이지판(빵을 주는 신, 그리스 어로 산양이라는 뜻)에 관한 부분은 어셔가 몇 시간이고 꿈꾸듯 취해 탐독하는 것들이었다.

그러나 그가 가장 심취해서 탐독한 책은 4절 고딕 서체판의 진귀한 책 《메인츠 교회 성가대에 의한 사자에게 드리는 밤샘 기도》라는 것이었다. 나는 이 책에 기록된 광포한 의식과 그것이 이 우울병자에게 끼친 영향을 생각하지 않을 수 없었다.

그러던 어느 날 밤 갑자기 그는 누이동생 메들라인이 죽었다는 것을 알리고——마지막으로 매장하기 전에——2주일 동안 시체를 안방 벽 뒤에 있는 지하실 속에 가매장할 작정이라고 말했다.

그런 별난 방법을 취하는 현실적인 이유는 내가 반대할 만한 성질의 것이 못되었다. 죽은이가 앓았던 병의 이상한 성질과 의사들이 어떤 사실을 주제넘게 꼬치꼬치 캐물을 일, 또 가족 묘지가 멀고 황폐한 것 등을 고려해서 이렇게 정한 것이라고 어서는 말했던 것이다. 그리고 나 역시 내가 이 집에 온 첫날, 층계에서 본 그녀의 불길한 생김새를 떠올려 볼 때, 조금도 해로울 것도 부자연스러울 것도 없는 조처라고 생각되는 이 방법에 반대하고 싶은 마음이 조금도 없었던 것이 사실이다.

어셔의 간청으로 나는 이 가매장 준비를 직접 도와주었다. 시체를 관에 넣은 다음 우리 둘은 관을 메고 가매장할 곳으로 갔다. 우리가 관을 내려놓은 지하실—— 너무도 오랫동안 닫혀 있었던 탓으로 손에 든 횃불의 연기와 숨이 막힐 듯한 공기에 반 질식되어 도무지 주위를 분간할 수 없는—— 은 좁고 축축하며 빛 한 줄기 들어올 틈조차 없는 곳으로, 내 침실 바로 밑의 꽤 깊은 곳에 있었다.

먼 옛날 봉건시대에는 지하 감옥으로 쓰였고, 그 뒤에는 화약 또는 그와 같은 불붙기 쉬운 물질의 저장소로 쓰인 듯 마루의 한쪽과 우리들이 들어온 아치 문 내부가 빈틈없이 동판으로 싸여 있었다. 큰 철문도 그러했다. 그 철문은 무척 큰 무서운 돌쩌귀 위에서 움직일 때마다 삐걱삐걱 소리를 냈다.

이 슬픈 짐을 무시무시한 방 안에 마련되어 있는 안치대 위에 올려놓고 우리들은 못박지 않은 관 뚜껑을 한쪽만 살짝 열고 죽은이의 얼굴을 들여다보았다. 나는 처음으로 이 두 남매의 얼굴이 너무도 꼭 닮은 데 주의가 끌렸다. 내 마음 속을 짐작했던지 어셔도 뭐라고 몇 마디 중얼거렸는데, 나는 그의 말에서 그들이 쌍둥이였으며, 그들 사이에는 뭐라고 설명할 수 없는 교감이 늘 존재했음을 알았다.

그러나 우리들은 오랫동안 이 시체를 내려다보지는 않았다. 무서워서 내려다볼 수가 없었다. 꽃 같은 청춘 시절에 그녀의 생명을 빼앗아 버린 병은, 강직 현상에서 으레 볼 수 있는 승세로써 가슴과 얼굴에 아직도 희미한 붉은 점을 남겨 놓았고, 입술 위에는 죽은 사람이라고 보기에는 너무도 무섭고 끔찍한 미소가 감돌고 있었다. 우리는 뚜껑을 맞추어 못을 박은 뒤 철문을 꼭 닫고, 겨우 토굴과 다름없는 음침한 그곳에서 위층 방으로 돌아왔다.

이럭저럭 슬픈 며칠이 지나가자 어셔의 신경병 증세에는 뚜렷한 변화가 나타났다. 그의 여느 때 태도는 어디로 갔는지 사라져 버리고, 여태까지 하던 일도 등한히 여기거나 잊어버리기 일쑤였다. 그는 걷

잠을 수 없이 바쁘게 비틀거리며 아무 할 일도 없이 괜히 이 방 저 방으로 돌아다녔다. 파리한 얼굴은 더 한층 무섭게 핼쑥해지고, 눈은 썩은 생선처럼 아무 윤기도 없었다. 그의 쉰 목소리는 이제 들을 수 없고 극도의 공포에서 나오는 듯한 떨리는 소리가 그 목소리의 특징이 되었다.

걷잡을 수 없이 흔들리는 그의 마음은 아마도 어떤 참을 수 없는 비밀과 맹렬히 싸우며 그것을 고백하기에 필요한 용기를 지금 찾고 있는 게 아닐까 하고 나는 가끔 생각했다. 또 어떤 때에는 환상에 쫓기는 미친 사람이라고밖에 생각할 수 없는 행동도 했다. 그는 아무 소리도 들리지 않는데도 무슨 소리가 들리는 것처럼 귀기울이고 허공을 멍하니 바라보았다. 이러한 어셔의 행동은 나에게 공포감을 주었고 마침내는 나에게까지 그 기분이 전염되었다. 나는 어셔 자신의 환상적이면서 인상 깊은 미신의 무서운 영향이 점점 그리고 확실히 나에게로 스며들어오는 것을 느꼈다.

내가 이런 느낌을 특히 강하게 받은 것은 메들라인을 지하실에 가매장한 뒤 7, 8일째 되던 날 밤늦게 잠자리에 들었을 때였다. 잠은 내 침상으로 찾아와 주지 않았다. 그리고 시간은 흐르고 또 흘러갔다. 나는 나를 지배하고 있는 신경과민증을 이성으로 이겨보려고 애썼다.

내가 느낀 것은, 전부는 아니지만 그 대부분이 방 안의 침울한 가구 —— 스며들어오는 바람을 받아 벽 위에서 건들거리며, 침대 장식 부근에서 바스락바스락 음침하게 흔들리는 컴컴하게 빛바랜 벽모전의 정체모를 영향에서 온 것이라고 구태여 믿어보려 했다. 그러나 헛수고였다. 어떻게 할 수 없는 전율이 온몸에 번져 마침내는 까닭모를 공포의 악마가 괴롭게도 내 심장을 꽉 눌렀다.

헐떡거리며 애써 이 공포를 박차 버리고 나는 겨우 베개 위에 몸을 일으켜 방 안 어둠 속을 뚫어지게 바라보며── 나의 본능이 이렇게 시켰다는 것밖에는 아무런 까닭도 없이── 폭풍우가 그친 뒤 한참 있다가 알 수 없는 곳에서 들려 오는 나지막하고 막연한 소리에 귀기울였다. 무언지 알 수 없지만 참을 수도 없는 격렬한 감정에 사로잡혀 나는 갑자기 옷을 걸치고── 잠이 올 것 같지 않았기 때문에── 방 안을 이리저리 서성이며 이 처참한 상태로부터 벗어나려고 애썼다.

이러한 모습으로 방 안을 두서너 번 오락가락했을 때 바로 문 밖 층계를 올라오는 듯한 가벼운 발소리가 문득 들려 왔다. 나는 곧 어셔의 발소리임을 깨달았다. 다음 순간 그는 가볍게 내 방문을 두드리더니 한 손에 램프를 들고 방 안으로 들어왔다. 얼굴빛은 여전히 시체같이 헬쑥했지만 두 눈에는 이글이글 타오르는 기쁨의 빛이 떠돌고, 온몸의 거동에는 확실히 히스테리 발작을 억지로 참고 있는 듯한 기색이 보였다.

나는 그의 태도에 놀랐지만 그때까지 참고 있었던 적막감에 질려 있었으므로 하늘이 돌보신 듯 그가 온 것을 기쁘게 맞아들였다.

잠시 그는 주위를 휘 둘러보더니 갑자기 말했다.

"자네는 그것을 못 보았나? 그것을 보지 못했어? 가만히 있게, 보여 줄 테니."

그리고 조심스럽게 램프를 가려놓은 다음 창문 쪽으로 달려가 창문을 하나 활짝 열어젖혔다. 갑자기 불어들어온 폭풍은 거의 우리 두 사람을 날려보낼 듯했다. 폭풍이 온하늘을 뒤흔들고 있었지만, 그날 밤은 엄숙하고도 아름다운 밤── 공포와 아름다움이 뒤섞인 이상한 밤이었다.

회오리바람은 확실히 이 집 언저리에 세력을 집중시키고 있었다. 바람은 시시각각 맹렬한 기세로 방향을 바꾸고 있었으며, 지붕 위의 작은 탑을 짓누를 듯 얕게 내리덮인 안개도 구름들이 사방에서 서로 맹렬한 속도로 달려들어 부딪치는 것을 보지 못하게 하지는 않았다. 구름들은 그러면서도 서로 멀리 달아나거나 흩어지지 않았다. 그렇다고 해서 달이나 별이 떠 있던 것도 아니고, 또 천둥이 치거나 번개가 번쩍인 것도 아니다. 그러나 우리들을 둘러싸고 있는 삼라만상은 물론 바람에 흔들리는 수증기의 커다란 덩어리 아래쪽까지도, 집을 둘러싸고 떠도는 희미한 가스체의 방사 광선을 받고 있었다. 창으로부터 조심스럽게 그러나 억지로 어셔를 끌어다 앉히며 나는 말했다.

"안 돼, 이런 것을 봐선 안 돼. 자네를 괴롭히는 이러한 경치는 어디서든지 흔히 볼 수 있는 전기 현상에 지나지 않네. 또는 늪의 썩은 독기가 발산되는 것일지도 몰라. 자, 창문을 닫게! 바람이 차가워서 자네 몸에 해로울 테니까. 여기 자네가 좋아하는 소설책이 있네. 자, 내가 읽어 줄 테니 듣고 있게. 그리고 이 무서운 밤을 같이 보내기로 하세."

내가 손에 든 한 권의 옛 서적은 랜슬럿 캐닝 경의 《어지러운 회합(지은이와 작품 모두 포 자신이 가공적으로 만들었음)》이었다.

그러나 나는 진심으로 그런 게 아니라, 오히려 농담으로 어셔가 즐겨 읽는 책이라고 한 것이다. 사실 이 책의 미숙하고도 비상식적인 이야기에는 그의 고상한 영혼의 이상에 감흥을 줄 만한 게 아무것도 없었기 때문이다. 하지만 그때 손 가까이 있던 책이 이것뿐이었으므로 혹시나 이 우울증 환자의 흥분이 내가 이제 읽으려는 싱거운 이야기에서라도 좀 가라앉지나 않을까 하는 막연한 기대가 머리에 떠올랐다── 이러한 좀 색다른 것도 어떤 때에는 정신이상자의 마음을 가라앉게 할 수 있으니까. 사실 내가 읽는 이야기에 그가 귀를 기울였고, 분명 긴장하여 하나하나 빼놓지 않고 귀담아듣는 듯한 태도로 미루어 내 계획은 일단은 성공한 듯싶었다.

나는 이 소설의 주인공 에들레드가 은자의 집에 들어가려고 공손히 그가 찾아온 뜻을 말했으나 받아 주지 않으므로 마침내 폭력으로 침입하려는 그 유명한 구절에 이르렀다.

"……천성이 용맹스러운 에들레드, 들이킨 술기운으로 고집스럽고도 짓궂은 자와 이 이상 더 담판해도 소용없음을 깨닫고, 마침 그때 빗방울이 뚝뚝 떨어져 폭풍우가 일어날 기세를 보인지라, 선뜻 쇠메를 들어 문 널빤지를 몇 번 후려갈기니 순식간에 수갑 찬 손이 들어갈 만한 구멍이 생기더라. 구멍에 손을 들어넣고 닥치는 대로 잡아채며 꺾고 분지르니, 바싹 마른 널빤지 깨지는 소리는 하늘을 진동하며 방방곡곡 미치더라……"

이 구절 끝까지 읽었을 때 나는 깜짝 놀라 숨을 멈췄다. 그때— 흥분된 공상이 나를 속인 것으로 추측은 했지만— 저택 안 먼 구석으로부터 랜슬럿 경이 그토록 자세하게 묘사한 그 찢어발기는 듯한 소리가 희미하게 들려 오는 것 같았기 때문이다.

물론 내가 그렇게 생각한 것은 우연의 일치에 지나지 않았다. 창문들이 덜커덕대는 소리며 아직까지도 계속해서 불어오는 요란한 폭풍 소리에는 확실히 내 주의를 끌어 마음을 산란케 할 만한 게 아무것도 없었기 때문이다.

나는 계속 읽어나갔다.

"……용사 에들레드가 문 안으로 들어가 보니, 흉악한 은자는 꼬리도 보이지 않으므로 버럭 화가 나고 한편 놀랐다. 있어야 할 그 자리에 은자는 없고, 비늘이 번쩍이고 불타는 듯한 혀를 가진 어마어마한 용 한 마리가 쭈그리고 앉아 은마루 깔린 황금 궁전 앞을 지키고 있더라. 벽에는 찬란한 놋쇠 방패가 걸려 있고, 그 속에 이런 명이 새겨졌다.

여기 들어온 자는 정복자니라.
용을 죽이는 자는 이 방패를 가져라.

그것을 본 에들레드, 쇠메를 용의 머리에 내리치니 용은 그 앞에 푹 쓰러져 독기를 내뿜으며 울부짖더라. 그 음침하고 무서운 소리는 귀를 꿰뚫을 듯, 장사 에들레드도 그 소리에는 그만 두 손으로 귀를 막더라. 참으로 이러한 소리는 전대 미문(前代未聞)이라 하겠으니……."

여기서 나는 갑자기 또다시 깜짝 놀라 입을 다물었다. 바로 그 순간 — 어디서 들려 왔는지는 알 수 없으나 — 확실히 먼 곳에서 낮게 들려 오는 날카롭고 길게 외치는 듯하면서도 애원하는 듯한 소리 — 이 소설의 지은이가 그린 용의 기괴한 울부짖음이란 이런 게 아닐까 — 내가 상상하던 것과 조금도 다름없는 소리를 확실히 들었기 때문이다.

나는 이 두 번째의 기괴한 우연의 일치에 몹시 놀라며 크나큰 공포를 느꼈지만, 어셔의 과민한 신경을 자극시켜서는 안 되겠다고 여겨 꾹 참으며 마음을 가라앉혔다. 나는 어셔가 이 이상한 소리를 들었는지는 확실히 알 수 없었다.

하지만 마지막 몇 분 동안 그의 태도에 이상한 변화가 나타난 것은 분명했다. 처음에는 나와 마주앉아 있던 그가 차츰 의자를 돌려 나중에는 방문 쪽으로 돌아앉게 되었고, 그 때문에 그가 뭐라고 중얼대는 것처럼 입술을 부들부들 떠는 게 보이긴 했지만 그의 모습 한부분밖에 볼 수가 없었다.

그는 머리를 가슴에 푹 틀어박고 있었으나 얼핏 옆모습을 보았을 때 눈을 크게 뜨고 있는 것으로 미루어 그가 자고 있는 게 아닌 것만은 알 수 있었다. 그는 조용히 쉴새없이 일정하게 몸을 양옆으로 흔들고 있었다. 이런 모습을 흘끗 바라본 다음 나는 그 책을 계속 읽었다. 이야기는 다음과 같았다.

"……이제 무서운 용의 격노를 벗어난 용사 에들레드, 그 놋쇠 방패를 생각하고 그 위에 씌어진 마력을 없애 버리려고 눈앞에 있는 용의 시체를 한쪽에 치워놓은 뒤 배에 힘을 주고 용감하게도 성의 은마룻바닥을 쿵쿵 울리며 방패 걸린 벽 쪽으로 달려드니, 그가 가까이 오기도 전에 놋쇠 방패는 쿵 하는 무서운 소리를 내며 장사의 발 언저리 마루 위에 떨어지더라……"

이러한 구절이 내 입술 사이로 흘러나오자마자 바로 그때 놋쇠 방패가 정말로 은마룻바닥에 무겁게 떨어진 것 같은 뚜렷하고도 무거운 금속성이 눌러덮치는 듯한 울림이 들려 왔다. 나는 깜짝 놀라 급히 일어났다.

그러나 어셔의 태도에는 조금도 변화가 없었다. 나는 그가 앉아 있는 의자로 달려갔다. 그의 두 눈은 뚫어지도록 앞을 바라보고 있고, 얼굴에는 돌 같은 엄숙한 빛이 떠돌았다.

내가 그의 어깨에 손을 얹자 그는 온몸을 부들부들 떨며 병적인 미소를 입가에 떠올렸다. 내가 있는 것도 모르는 듯 그는 들리지 않는 낮은 목소리로 뭐라고 급하게 중얼거렸다. 그에게 바싹 허리를 구부리고 나서야 겨우 그가 하는 말의 무서운 의미를 이해할 수 있었다.

"저 소리가 안 들리나? 아냐, 들리네. 아직까지도 들리는걸. 오랫동안, 오랫동안, 많은 시간, 많은 날—— 그 소리가 들렸어. 그러나 나는 감히 입밖에 내지 못했네—— 이 비참한 녀석을 가엾게 여겨 주게! 나는, 나는 감히 입밖에 내지 못한 거야! 나는 누이동생을 생매장해 버렸단 말일세! 내 감각이 날카로운 것은 자네도 잘 알겠지? 알겠나, 그 텅 빈 관 속에서 누이동생이 꿈틀거리는 희미한 소리가 들려 왔네. 며칠 전에 벌써 그 소리를 들었어. 그러면서도 나는, 나는 감히 말을 못한 거야! 그러나 이제, 오늘 밤—— 에들레드, 하! 하! 은자의 집 문이 터지는 소리, 용이 죽는 소리, 방패가 쿵 울리며 떨어지는 소리! 아니, 오히려 그것은 누이동생의 관이 터지는 소리, 지하실 철문의 돌쩌귀가 삐걱거리는 소리, 굴 속의 동판 깐 마룻바닥에서 그애가 기를 쓰는 소리라고 하는 게 옳을 것일세! 아! 어디로 달아나야 할까? 그애가 곧 이리로 오지나 않을까? 내 조급한 행위를 탓하러 달려오는 게 아닐까? 층계를 올라오는 그애의 발 소리가 들리지 않느냔 말일세! 그애 심장이 무겁고도 무섭게 뛰는 것을 모르겠나? 응, 이 미친 녀석아!"

여기까지 말하고 그는 갑자기 후닥닥 일어나 있는 힘을 다해 한마디 한마디 버럭 소리를 질렀다.

"이 미친 녀석아! 누이동생이 이제 바로 문 밖에 와 서 있어!"

어셔의 초인간적인 외침의 기세에 마치 마법이라도 걸린 것처럼, 그가 가리킨 커다란 오래 된 벽판이 갑자기 무거운 흑단 한모퉁이를 서서히 뒤로 열어젖뜨렸다. 확 불어들어온 폭풍 탓이겠지만.

그 문 밖에 수의를 몸에 감은 키크고 호리호리한 메들라인이 서 있었다. 흰 옷에 피가 묻었고 여인의 몸 군데군데에는 격렬한 몸부림의 자취가 역력히 보였다.

잠시 그녀는 문턱 위에서 몸을 부들부들 떨며 이리저리 비틀거리더니 나지막한 신음 소리와 함께 방 안에 있는 오빠에게로 쾅 쓰러졌다. 격렬한 단말마(斷末魔)의 고통으로 오빠를 마룻바닥에 내던지니, 그는 그만 시체가 되어 버렸다. 어셔는 그가 예기(豫期)하고 있던 바와 같이 공포의 희생이 되고 만 것이다.

나는 질겁하여 그 방으로부터 달아났다. 오래된 포석이 깔린 길을 건너고 있을 때 폭풍이 한층 더 심해져 사방을 온통 휩쓸었다. 갑자기 한 줄기의 이상한 빛이 길 위에 번쩍였다. 어디서 이런 빛이 갑자기 흘러나왔을까 하고 나는 뒤돌아보았다. 내 뒤에는 다만 황량한 한 채의 큰 저택과 그 그림자밖에 아무것도 없었기 때문이다. 그것은 막 가라앉고 있는, 피가 흐르듯 새빨갛고 둥그런 보름달 때문이었다. 달빛은 전에 내가 이야기한, 그전에는 보일까말까했던 벽의 갈라진 틈새로 밝게 비치고 있었다.

우두커니 서서 바라보고 있노라니, 이 갈라진 부분이 점점 넓어지더니 회오리바람이 한 번 휙 불고 지나가자 달 모양이 갑자기 내 눈앞에 둥그렇게 나타났다.

거대한 벽이 무너지며 산산조각 쏟아져내리는 것을 보았을 때 나는 머리가 아찔했다. 거센 파도 소리와도 같은 길고 요란한 고함소리가 들리더니, 내 발 밑의 깊고 어둠침침한 늪이 소리도 없이 음침하게 어셔 저택의 파편을 삼켜 버렸다.

절름발이 개구리

그 임금님처럼 농담을 좋아하는 사람도 드물었다. 그는 마치 농담을 하기 위해 사는 사람 같았다. 임금의 신임을 얻는 가장 확실하고도 빠른 길은 그럴싸한 농담으로 임금의 비위를 적당히 맞추기만 하면 되는 것이었다.

그러므로 그의 일곱 대신들은 모두가 재간에 있어서는 그 나라 안에서 내로라 하는 손꼽히는 익살꾼들뿐이었다. 그들은 농담에 있어서 첫째가는 인물들일 뿐 아니라, 투실투실 살찐 점에 있어서도 임금과 아주 닮은 점이 있었다.

농담만 하면 저절로 뚱뚱해지는지 아니면 뚱뚱해지기만 하면 저절로 농담을 좋아하게 되는지 그 점은 아직 알 수 없지만, 어쨌든 바싹 마른 농담꾼이 흔치 않은 것만은 확실하다.

임금은 품위, 즉 임금 자신의 말을 빌면 기지의 '정신'은 전혀 마음에도 두지 않았다. 그는 익살에 있어서도 내용이 풍부하고 짧은 것을 특히 즐겨했다. 하지만 내용만 풍부하다면 길다고 해서 그리 싫어하지는 않았다. 그러나 너무 미묘한 것에는 곧 싫증을 냈다. 볼테르의 《자디그》보다도 라블레의 《가르강튀아와 팡타그뤼엘》을 좋아하는 편이고, 대체로 농담보다는 장난이 그의 취미에 썩 어울렸다.

이 이야기의 시대에도 익살을 직업으로 삼고 있는 자들이 궁정에 아주 없지 않았다. 구라파 대륙의 열강 제국에선 아직까지도 '광대'들을 두었다. 얼룩얼룩한 옷을 입고, 모자를 쓰고, 방울을 단 이들 광대들은 임금의 식탁에서 굴러 떨어진 빵부스러기를 보고도 언제든지 날카로운 익살이 그 자리에서 입술로부터 술술 튀어나오게 하지 않으면 안 되었다.

이 임금도 물론 광대를 두었다. 임금은 무엇이든지 익살맞은—임금 자신의 것은 고사하고 그의 일곱 대신인 칠현인(七賢人)의 둔중한 지혜가 알맞은—것을 찾았다. 그러나 임금이 둔 광대, 직업적인 익살꾼은 어디서나 흔히 볼 수 있는 그런 광대는 아니었다. 그가 난쟁이이며 절름발이라는 사실로 말미암아 임금 눈에는 몇 배의 가치가 있었다.

그 즈음 궁성에는 광대가 있으면 으레 난쟁이도 있게 마련이었다. 그리고 수많은 임금들은 같이 웃어댈 광대와 웃기는 난쟁이가 없으면 어떻게 해서 하루하루를 보내야 할지—궁정에는 다른 데보다 해가 길다—두통거리였을 것이다. 그러나 앞에서도 말한 바와 같이 익살꾼이라는 자자들은 거의 뚱뚱히고 육중하고 뻔뻔스러운 위인들이나. 그러므로 그 가운데 하나인 '절름발이 개구리'—이것이 이 광대의 이름이었다—는 이 세 가지 보물을 한꺼번에 갖추고 있어 임금에게 적지 않은 만족을 주었다.

'절름발이 개구리'라는 이름은 이 난쟁이가 세례받을 때 대부(代父)에게서 받은 게 아니라, 그가 다른 사람들과 같이 걷지 못하는 탓으로 일곱 대신의 의견을 모아 그 결과 그에게 붙여진 이름이었다.

사실 절름발이 개구리의 걷는 모양이란 뛰는지 뒹구는지 알 수 없는, 머뭇머뭇거리다가 겨우 한 걸음 떼어놓는 일종의 움직임에 지나지 않았다. 그리고 이 움직이는 꼴이 무한한 흥취를 돋구었으므로 물론 임금에게도 위안을 준 것은 사실이다. 임금 자신은 배가 툭 불거져 나왔고 날 때부터 골통 장군이었지만, 임금은 조정의 모든 신하들로부터 훌륭한 몸집이라고 늘 칭찬받고 있었다.

두 다리가 뒤틀린 절름발이 개구리가 길이나 마룻바닥을 걸을 때에는 아주 고생스럽게 겨우 아기작아기작 걸을 수 있을 정도였지만, 조물주는 그 결점 대신 비상한 능력을 그에게 주었는지, 나무타기며 줄타기며 그 밖의 올라가는 것에 있어서는 무엇이든 놀라운 재주를 가지고 있었다. 이러한 운동들을 할 때, 그는 개구리라기보다 오히려 다람쥐나 조그마한 원숭이처럼 보였다.

이 절름발이 개구리가 본디 어느 나라에서 왔는지는 알 수 없지만, 왕궁으로부터 멀리 떨어진, 아무도 그 이름을 들어 보지 못한 어느 외진 마을에서 온 것은 확실했다.

절름발이 개구리에 못지않게 키가 작은 젊은 처녀── 몸매가 날씬한 뛰어난 무용가였는데── 는 임금 밑에 있던 상승장군 하나가 이웃 나라에 살고 있는 그녀를 고향으로부터 강제로 끌고 와 임금에게 바친 진상품이었다.

서로 비슷한 사정을 가진 처지이므로 이 두 난쟁이 사이에 서로 친밀한 애정이 생겼다 해도 그것은 그리 이상한 일이 아니었다. 사실 그들은 곧 장래를 약속한 사이가 되어 버렸다. 절름발이 개구리는 많은 재주를 부렸지만 결코 인기 있는 편이 아니었으므로 츄리페타에게 그리 도움이 되지는 않았다. 그러나 그녀는── 비록 난쟁이지만── 우아하고 뛰어나게 아름다웠으므로 모든 사람들의 존경과 사랑을 한 몸에 받았다. 그리하여 그녀는 상당한 영향력을 가지고 있었는데, 기회가 있는 대로 절름발이 개구리를 위해 그 영향력을 발휘하는 것을 잊지 않았다.

어느 큰 파티 때—— 무슨 파티인지 그 이름은 잊어버렸지만—— 임금은 가장 무도회를 열 계획을 세웠다. 가장 무도회 또는 그런 종류의 파티가 궁중에서 열릴 때에는 언제든지 절름발이 개구리와 츄리페타에게 많은 기대가 모아졌다. 특히 절름발이 개구리는 야외극을 조직하거나 재미난 배역을 생각해 내거나 의상준비를 하는 데 뛰어난 재주가 있었으므로, 그의 도움 없이는 아무것도 제대로 진행되지 않았다.

드디어 파티 날로 정해 놓은 밤이 되었다. 츄리페타의 지휘 아래 홀은 가장 무도회에 어울리는 갖가지 장식들을 갖춰 화려하게 꾸며졌다. 궁정 안은 온통 무도회에 대한 기대로 들끓고 있었다. 의상과 배역에 관해서는 벌써부터 저마다 나름대로 결정들을 하고 있었다. 사람들은 모두가 어떤 가장을 할 것인지를 1주일—— 아니, 한 달 전부터 정해 놓고 있었다. 그러나 임금과 일곱 대신만은 그러지 않았다.

왜 그들만이 꾸물거리고 있는지—— 그것 역시 익살의 배짱에서 나온 것인지, 아니면 다른 무슨 까닭이 있는 것인지 알 수는 없었다. 어쩌면 너무도 뚱뚱해서 어떻게 가장을 해야 좋을지 징하지 못하고 있는 것인지도 몰랐다. 아무튼 시간은 빨리도 흘러갔다. 그래서 그들은 마지막 수단으로 절름발이 개구리와 츄리페타를 불러들였다.

이 조그마한 두 친구가 임금의 부름을 받고 가까이 왔을 때 임금은 일곱 대신들과 같이 술상을 받고 있었다. 어딘지 좀 기분이 언짢은 듯했다. 그러나 임금은 절름발이 개구리가 술을 싫어하는 것을 알고 있었다. 술은 이 절름발이 개구리를 흥분시켜 마치 미친 사람처럼 만들기 때문이다. 그리고 그러한 꼴이 되는 것은 이 절름발이 개구리 자신에겐 그리 유쾌한 일이 못되었다. 그러나 임금은 장난을 하고 싶었고, 임금 자신의 표현을 빌자면 절름발이 개구리에게 억지로 술을 먹여 그를 '쾌활하게 만들고' 싶었다.

절름발이 개구리와 츄리페타가 방 안으로 들어갔을 때 임금은 말했다.

"가까이 오너라, 절름발이 개구리야. 자, 이 술 한 잔을 고향에 있는 네 친구들의 건강을 위해 마셔라."

이 말을 듣고 절름발이 개구리는 한숨을 내쉬었다.

"그리고 네게는 새로운 의견이 있을 테니, 그걸 좀 듣기로 하자. 우리들도 배역이 필요하거든, 배역이. 좀 신기한 것으로, 여태까지 하던 것과는 색다른 것으로. 이제 종전의 것에는 아주 싫증이 났어. 자, 들어라. 한 잔 들면 좋은 생각이 나올 테니까."

절름발이 개구리는 전과 다름없이 임금의 말에 익살로 대답하려고 애를 썼다. 그러나 그 노력은 헛수고였다. 그 날은 우연히도 이 가엾은 난쟁이의 생일이었던 것이다. 더욱이 '고향의 친구'를 위하여 한잔 하라는 임금의 명령은 그의 두 눈에서 눈물이 흐르게 했다. 이 폭군의 손으로부터 술잔을 공손히 받았을 때, 구슬같이 커다란, 쓰라린 눈물이 그 속으로 뚝뚝 떨어졌다.

난쟁이가 억지로 술잔을 기울이는 것을 보고 임금은 껄껄 웃었다.

"핫핫하, 술이란 참 좋은 거야! 자, 봐라, 네 눈이 벌써 번쩍이는구나."

불쌍하게도 그의 큰 두 눈은 번쩍인다기보다는 오히려 흐려지고 있었다. 술은 그의 흥분하기 쉬운 뇌를 콕 찔렀을 뿐 아니라 취기를 빨리 돌게 했던 것이다. 그는 술잔을 상 위에 내던지다시피하고 거의 미친 듯한 눈으로 거기 모인 사람들을 둘러보았다. 그들은 모두 임금의 장난이 성공한 것을 보고 몹시 흥겨운 모양이었다.

뚱보인 수상이 말을 꺼냈다.

"자, 그러면 해 볼까요."

"그렇지. 자, 절름발이 개구리야, 좀 도와다오. 무슨 배역을 해야 좋겠느냐, 응? 우리들은 배역이 필요해, 우리들 모두. 핫핫하!"

이 말은 임금이 익살로 하는 말인지라 일곱 대신도 그 뒤를 따라 껄껄댔다. 절름발이 개구리도 따라 웃어야만 했다. 어딘가 힘이 없고 좀 공허감을 느끼게 하는 씁쓸한 웃음이었지만…….

임금은 갑갑하다는 듯이 재촉했다.

"자, 무슨 좋은 생각이 없느냐?"

술로 정신이 오락가락하는 난쟁이는 좀 건방지게 대답했다.

"신기한 것을 생각해 내려고 지금 궁리 중올시다."

"궁리 중이라? 그건 대체 무슨 뜻이냐? 아, 알았다. 네가 퉁명을 부리고 있는 게로구나. 이런 못된 놈 같으니. 술을 좀더 마셔야 되겠단 말이지. 자, 그렇다면 한 잔 더 마셔라. 자, 받아라."

폭군은 버럭 소리지르며 또 한 잔 술을 가득 따라 절름발이 개구리에게 내밀었다. 그러나 그는 다만 숨을 헐떡거리며 술잔을 빤히 바라보고 있을 뿐이었다.

"마시라니까, 마시지 않겠다면……"

난쟁이는 머뭇거렸다. 임금은 발끈하여 얼굴빛이 파래졌다. 일곱 대신들은 얼굴에 웃음을 띠며 빙그레 웃고들 있었다. 츄리페타가 죽은 사람처럼 파랗게 질려, 왕좌 앞으로 걸어나와 그 앞에 엎드리면서 동료의 용서를 구했다. 폭군은 츄리페타의 당돌한 행동에 어처구니없는 듯이 잠시 그녀를 내려다보았다. 어찌해야 좋을까, 뭐라고 해야 좋을까 — 무슨 방법으로 자기의 격노를 적당히 표시해야 좋을까 — 당황하고 있는 듯싶었다. 마침내 말 한 마디 없이 임금은 그녀를 홱 떠밀더니 가득 부어진 술잔을 들어 그녀 얼굴에다 술을 뿌렸다.

가엾은 처녀는 겨우 일어나 한숨 한 번 내쉬지 못하고 상 끝에 있는 제자리로 돌아왔다. 잠시 동안 쥐죽은 듯이 고요한 침묵이 흘렀다. 한 닢의 나뭇잎, 한 개의 깃털이 떨어지는 소리라도 모두 들렸을 만큼 고요하였다. 그때 이 고요한 침묵은 방 끝으로부터 들려 오는 듯 낮고 귀에 거슬리는 길게 이를 가는 소리로 인해 깨졌다.

"뭐야? 이놈아, 그 소리가 뭐냐!"

임금은 무섭게 난쟁이 쪽을 향해 덤벼들었다. 난쟁이는 술이 어느 정도 깬 낯으로 폭군의 얼굴을 빤히 쳐다보며 말했다.

"제가요? 천만에 말씀입니다."

대신 하나가 대답했다.

"그 소리는 밖에서부터 들려 온 것 같습니다. 아마 창가에 있는 앵무새가 주둥이를 새장에 비벼대는 소리인가 봅니다."

이 대답으로 마음이 좀 풀어졌다는 듯이 임금이 대답했다.

"암, 그렇겠지. 난 꼭 이 고얀 놈의 짓인 줄로 알았군."

이 말을 듣고 난쟁이는 웃었다── 임금은 다른 사람을 웃지 못하게 할 만큼 그런 도량없는 익살꾼은 아니었다. 난쟁이는 곧 대문짝만한 튼튼하고 새까만 이를 드러내고 껄껄대며 마시라는 대로 얼마든지 술을 마시겠노라고 말했다. 임금의 분노는 씻은 듯이 사라졌다.

아무 탈 없이 또 한 잔의 술을 쭉 들이킨 후에 절름발이 개구리는 곧 가벼운 마음으로 가장 무도회 준비를 시작했다. 그는 태연자약하게 술이라곤 태어나서 처음 마셔 본다는 듯이 말했다.

"왜 이런 생각이 갑자기 머리에 떠올랐는지는 모르겠습니다만, 폐하께서 츄리페타를 때리시고 그녀 얼굴에 술을 뿌리신 바로 그 순간,

그리고 앵무새가 창 밖에서 그 이상한 소리를 낸 그 순간, 갑자기 제 머리에 굉장한 생각이 하나 선뜻 떠올랐습니다. 소인의 고향에서 하는 놀이입니다만, 우리 고장에서는 가장 무도회 때 흔히들 하는 것이지요. 하지만 이곳에선 아주 신기할 겁니다. 그러나 사람 수가 꼭 여덟 명 필요하다는 것이 좀 까다롭다고 할까요. 그리고……."

"됐다. 됐어!"

임금은 지레 떠들며 좋아했다. 자기가 재빠르게 그 인원수를 찾아낸 것을 기뻐하며 외치는 것 같았다.

"꼭 여덟 명이로구나, 나하고 대신들 일곱하고. 자, 그런데 그 놀이란 어떤 것이냐?"

"우리들은 그것을 '쇠사슬로 맨 여덟 마리의 성성이'라고 부릅니다. 잘만 하면 참 재미있습니다."

임금이 앞으로 한 걸음 다가앉으며 눈을 가늘게 뜨고 좋아했다.

"그것을 하기로 하자! 재미있겠는걸!"

임금과 일곱 대신들은 입을 모아 외쳤다.

"소인이 폐하와 각하들을 성성(猩猩)이로 가장해 드리겠습니다. 모든 일을 소인에게 맡기십시오. 가장 무도회에 오신 손님들이 폐하와 각하들을 정말 성성이가 온 줄로만 알게 감쪽같이 가장해 드리겠습니다. 이렇게 되면 물론 손님들은 놀라 질겁할 겁니다."

"오, 그거 참, 훌륭한걸! 절름발이 개구리야, 네게 좋은 자리를 내주마."

"쇠사슬은 쩔그렁쩔그렁하는 소리로 혼잡을 한층 더 야기시키기 위해 필요합니다. 폐하와 각하들께서는 다같이 방금 우리에서 도망쳐 나온 것처럼 보여야 됩니다. 쇠사슬로 묶인 성성이 떼가 일으킨 소동은 폐하도 좀 상상하시기 어려우실걸요. 모든 손님들에겐 정말 성성이처럼 보일 것이고, 그것들이 무서운 고함소리를 고래고래 지르며, 나들이 옷을 곱게 차려입고 온 남녀 손님들 틈으로 돌진해 갑니다. 그 대조적인 광경이야말로 말로는 표현할 수 없습니다."

"그도 그렇겠군!"

임금은 기뻐했다.

곧바로 그들은 회의를 집어치우고 —— 밤도 꽤 깊었기 때문에—— 절름발이 개구리의 계획을 실천에 옮길 준비를 하기 시작했다. 절름발이 개구리가 그들에게 성성이 가장을 시키는 방법은 아주 간단했지만, 그의 목적을 위해선 충분히 효과적인 것이었다.

문제의 동물은 이 시대의 문명국에서는 그리 흔하게는 볼 수 없었다. 난쟁이가 만들어낸 가장은 그들을 진짜 성성이처럼 보이게 하는 데 충분했고, 그 모습이 더할 나위 없이 무서웠으므로 이것으로 그들의 가장은 대성공이었다.

우선 임금과 대신들은 몸에 꼭 달라붙는 면 셔츠와 바지를 입고 그 위에 콜타르를 새까맣게 발랐다. 대신 중에 한 사람이 깃털을 쓰면 어떻겠느냐고 제의했지만 난쟁이는 반대했다. 그는 성성이 같은 짐승의 털을 흉내내기에는 깃털보다도 삼이 더 적당하다는 것을 눈앞에 실제로 보여 주며 납득시켰다. 그래서 콜타르를 온몸에 바른 다음, 그 위에 삼을 두툼히 붙였다.

그런 다음 쇠사슬을 구해 우선 임금의 허리에 감고 동여맸다. 이런 순서로 남은 일곱 사람도 똑같이 동여맸다. 이 일이 끝났을 때 그들이 될 수 있는 대로 간격을 두고 서니 하나의 원이 되었다. 그리고 모든 것을 자연스럽게 보이기 위해, 절름발이 개구리는 나머지 쇠사슬을 그 원 안에 십자형으로 둘러쳤다. 오늘날 보르네오에서 침팬지나 그 밖에 큰 원숭이들을 잡는 사람들이 쓰고 있는 방법을 흉내낸 것이었다.

　가장 무도회가 열릴 대무도관은 천장이 아주 높은 둥근 방이었고, 천장에 달린 하나밖에 없는 창으로부터 햇빛이 흘러들어왔다. 밤에는 —— 무도회 때문에 그 날 밤 이 방은 특별히 꾸며졌지만—— 주로 천장에 달린 큰 나뭇가지 모양의 등잔이 켜졌다. 이 등잔은 창 한가운데로부터 쇠사슬로 연결되어 있고, 이럴 때 늘 쓰이는 평형추를 이용해서 위아래로 오르락내리락할 수 있는 장치가 되어 있었다.
　방 안의 준비는 츄리페타의 지휘에 맡겨져 있었다. 그러나 몇 가지 점에 있어 그녀는 친구인 절름발이 개구리의 더욱 냉정한 판단을 따르는 듯했다.
　이번에 그 나뭇가지 모양의 등잔을 떼게 한 것도 절름발이 개구리의 제안이었다. 초가 뚝뚝 녹아 떨어져——날씨가 무척 더웠으므로 초가 흘러내리는 것을 미리 막을 수는 없었다—— 귀빈들의 훌륭한 옷을 더럽힐 것이 확실했기 때문이다. 무도장이 사람들로 혼잡을 이루었을 때에는 무도장 가운데로, 즉 그 등잔 밑으로 밀려가지 않으리라는 보장이 없었다.
　여분의 벽 촛대가 방 이곳저곳에 사람들에게 방해가 되지 않도록 설치되었다. 그리고 벽을 등지고 서 있는 성모상—— 그런 것이 모두 5, 60개쯤 있었다—— 오른손에 향기를 뿌리는 횃불이 놓여졌다.
　여덟 마리의 성성이들은 절름발이 개구리의 충고에 따라 밤중까지—— 그때 방 안은 가장한 여러 사람들로 가득 찼다—— 나타나지 못하고 꾹 참으며 시간이 되기를 기다리고 있었다. 그러나 시계의 땡땡 소리가 채 그치기도 전에 그들은 모두 와! 밀려나왔다. 아니, 굴러들어왔다. 들어올 때 쇠사슬에 걸려서 대개 넘어지거나 넘어지지 않은 사람은 비틀거렸기 때문이었다. 방 안 사람들의 놀라움은 굉장했다.

임금의 가슴은 기쁨으로 흡족했다. 예상했던 대로 손님들 가운데 이 무서운 짐승들을 성성이로 금방 알아차리지 못했어도 진짜 짐승으로 여긴 사람들이 적지 않았다. 많은 부인들이 놀라 기절했다. 그리고 만일 임금이 미리 명령하여 무도장 안의 모든 무기를 압수시키지 않았더라면 임금과 신하들은 그들의 장난 때문에 피로 물들여졌을지도 모른다.

사람들은 문 쪽으로 와! 밀려갔다. 그러나 임금은 그가 방 안으로 들어오자마자 곧 방문을 잠가 버리도록 이미 명령해 두었고, 그 열쇠는 난쟁이의 제의에 따라 그에게 맡겨 두었다. 방 안은 더할 나위 없이 혼잡을 이루고 모든 사람들은 저마다 자신의 안전만 찾았다—사실 흥분된 군중들이 서로 떠밀고 있었으므로 실제로 많은 위험도 있었다.

그때 여느 때에는 나뭇가지 모양 등잔이 달려 있고 그렇지 않을 때에는 말려 있던 쇠사슬이 서서히 내려오는 게 보였다. 그 쇠사슬의 갈고랑이 끝이 마루 위 3피트까지 내려왔다. 그 뒤 얼마 안 되어 방 안을 이리저리 비틀거리며 돌아다니던 임금과 그의 일곱 대신들은 마침내 방 한가운데로, 그 쇠사슬 끝이 그들 몸에 닿는 곳까지 오게 되었다.

그들이 이렇듯 방 한가운데로 오게 되었을 때, 그때까지 그들 뒤를 소리없이 바싹 쫓아다니며 소동을 선동하고 있던 난쟁이가 십자형으로 가로잡아맨 그 쇠사슬 한복판을 붙잡고는 눈 깜짝할 사이에 나뭇가지 모양 등잔을 걸어 두는 갈고랑쇠를 그 속으로 집어넣었다. 그러자 삽시간에 어떤 눈에 보이지 않는 힘에 끌려 손이 닿지 않을 만한 높이까지 등잔의 쇠사슬이 끌어올려졌다. 그 결과 필연적으로 성성이들은 얼굴을 서로 맞댄 채 한덩어리가 되어 끌려 올라갔다.

가장자들의 놀라움은 이때서야 좀 가라앉는 듯했다. 그리고 모든 것이 다 잘 계획되어진 장난으로 여겨졌으므로 이 곤궁에 빠진 성성이들의 꼴을 보고 그들 사이에 한바탕 큰 웃음이 터졌다.

이때 절름발이 개구리가 외쳤다.

"그 녀석들을 내게 맡겨 두시오!"

그의 날카로운 목소리는 이 모든 소란을 가운데에서도 무척 뚜렷이 들렸다.

"그 녀석들은 내게 맡겨 두시오. 나라면 그 녀석들을 알 것 같습니다. 잘 들여다보면 그 녀석들이 누구인지 알 수 있겠지요."

난쟁이는 군중들 머리 위를 엉금엉금 기어 벽으로 와서 성모상 하나로부터 횃불을 집어들고는 다시 방 한가운데로 되돌아와 순식간에 원숭이처럼 날쌔게 임금 머리 위로 뛰어오르더니, 다시 거기서부터 쇠사슬 위로 3, 4피트 기어올라갔다. 그리고 횃불을 높이 쳐들고 성성이들을 조사하더니 더욱 날카로운 소리로 외쳤다.

"나라면 곧 이 녀석들이 누군지 압니다!"

이 말을 듣고 방 안에 가득 찬 사람들은 —— 성성이들도 포함하여 —— 배를 움켜잡고 한바탕 웃어댔다. 그때 난쟁이의 휘파람 소리가 날카롭게 온 방 안에 울렸다. 그 순간 쇠사슬이 30피트쯤 위로 갑자기 맹렬한 기세로 끌어올려지고 그와 동시에 놀라 기를 쓰는 성성이들도 위로 끌려 올라가 창과 마루 사이 한복판에 대롱대롱 매달려 있게 되었다.

절름발이 개구리는 쇠사슬이 올라갈 때 몸을 쇠사슬에 밀착한 채 성성이들에 대해 아까와 같은 자세를 유지하고 있었다. 그리고 여전히 —— 마치 아무 일도 없었던 것처럼 —— 그들이 누군지 알아내려는 진지한 태도로 횃불을 그쪽으로 쑥 내밀었다.

모여 섰던 사람들은 이 성성이들의 매달린 꼴에 깜짝 놀라 잠시 동안 죽은 듯한 침묵으로 방 안을 메웠다. 이 침묵은 전날 임금이 츄리페타의 얼굴에 술잔을 내던졌을 때, 임금과 일곱 대신들의 주의를 끌었던 이를 가는 듯한 귀에 거슬리는 소리로 깨뜨려졌다. 그러나 이번에는 그 출처를 의심할 여지가 없었다. 그것은 난쟁이의 어금니 사이에서 나온 소리이고, 그는 입에 거품을 뿜으며 이를 뿌드득뿌드득 갈고 있었다. 그리고 악마와 같이 격노에 타오르는 얼굴로 임금과 일곱 대신들의 얼굴을 흘겨보고 있다.

"야, 이젠 이 녀석들이 누군지 알겠군!"

노여움의 화신이 된 난쟁이는 이렇게 외치며 임금을 더 자세히 보려는 듯이 횃불을 쳐들더니 임금의 몸을 싸고 있는 삼베 옷에 갖다대었다. 온 몸이 삽시간에 불덩어리가 되어 타올랐다. 30초도 안 되어 여덟 마리 성성이들은 무서워 부들부들 떨며 갈팡질팡하면서 아래에서 군중들이 멍하니 위만 쳐다보고 있는 가운데 온통 불덩어리가 되어 맹렬한 기세로 타고 있었다.

갑자기 불길이 활활 타올랐으므로 난쟁이는 불길이 닿지 않는 위쪽으로 쇠사슬을 기어올라갔다.

그 동안 방 안에는 다시 침묵이 흘렀다. 절름발이 개구리는 그 기회를 놓치지 않고 말을 이었다.

"이들이 누군지 나는 이제야 확실히 알았다. 이 녀석들은 임금과 일곱 대신이다. 약한 여자를 때리고도 전혀 양심의 가책을 느끼지 않는 임금과, 그 임금을 부채질한 일곱 대신 녀석들이다. 자, 그러면 나는 누구인가. 다른 사람 아닌, 익살꾼 절름발이 개구리다! 그리고 이것이 나의 마지막 익살이란 말이다!"

콜타르와 그것에 착 달라붙은 삼은 불이 붙기 아주 쉬웠으므로, 절름발이 개구리의 짧은 연설이 채 끝나기도 전에 이 복수는 마무리되었다. 이 여덟 구의 시체는 고약한 냄새를 내며 시꺼멓고 무시무시한 알아볼 수 없는 숯덩어리가 되어 쇠사슬 끝에 매달린 채 흔들리고 있었다. 절름발이 개구리는 횃불을 그쪽으로 던지고 유유히 천장으로 기어올라가 창밖으로 사라져 버렸다.

츄리페타가 무도장*지붕 위에서 이 화장(火葬)을 도왔음은 틀림없었다. 그리고 그들은 둘 다 그들의 나라로 달아나 버렸는지 그 뒤 이 나라 안에서는 두 번 다시 그들의 모습을 볼 수 없었다.

아몬틸라도 술통

 포츄나토의 지독한 독설에도 대꾸 한 마디 없이 꾹 참고만 있던 나였지만, 그가 감히 드러내놓고 모욕을 주었을 때에는 드디어 마음 속으로 복수를 맹세하지 않을 수 없었다. 물론 내 성격을 알고 있는 사람들은 내가 입을 열어 그를 위협하리라고는 전혀 생각지 않을 것이다. 결국은 톡톡히 원수를 갚아야겠다—이것이 내 결심의 요점이었다.
 그러나 일단 결심을 했지만 위험은 피해야겠다는 생각이 들었다. 그에게 복수를 하되 나에게 해가 돌아오게 해서는 안 되기 때문이었다. 악을 다스린 이에게 도리어 벌의 보답이 있게 된다면 이것은 악을 다스린 게 되지 못한다. 마찬가지로 또한 악을 저지른 자에게 '이크, 천벌이구나!' 하는 후회와 공포를 갖게끔 하지 못한다면 그 역시 악을 다스린 게 되지 못하는 것이다.
 따라서 말과 행동에 있어서 나는 포츄나토에게 나의 선의를 의심받을 만한 계기를 전혀 주지 않았다는 걸 밝혀 두어야겠다. 나는 그전과 다름없이 여전히 그의 앞에서 싱글벙글했으므로, 그는 내가 다른 속셈이 있어서 그러는 줄은 꿈에도 몰랐을 것이다.

그는 —— 포츄나토는 —— 여러 점에 있어 훌륭하고 사람들이 두려워하기까지 하는 인물이었지만, 한 가지 약점이 있었다. 그는 어떤 술이든지 맛만 보면 대번에 알아맞힐 수 있다고 으스대는 버릇이 있었다. 이탈리아 사람치고 정말 감정인(鑑定人)의 기질을 가진 이는 드물다. 그들의 열성은 대부분 시간과 기회에 맞춰 영국인과 오스트리아의 부자들을 속이는 데 쓰였을 뿐이다.

포츄나토도 역시 그림이라든가 보석 방면에 있어서는 다른 이탈리아인들과 같이 엉터리였지만, 묵은 술을 감정하는 실력은 정말로 뛰어났다. 그러나 이 점에 있어서는 나도 그에게 지지 않았다. 나는 이탈리아산 포도주를 감별하는 데 자신이 있었으므로 기회만 있으면 포도주를 잔뜩 사들이곤 했다.

사육제 철의 흥분이 극도에 이르렀던 어느 날 저녁, 나는 포츄나토를 만났다. 술기운이 오른 후였으므로 그는 몹시 쾌활한 말투로 나에게 말을 걸었다. 그는 광대처럼 몸에 꼭 맞는 얼룩덜룩한 옷을 입고 머리에 방울이 달린 끝이 뾰족한 모자를 쓰고 있었다. 나는 그를 만난 것이 어찌나 반가웠던지 그의 손을 꼭 붙잡은 채 놓을 줄 몰랐다.

내가 먼저 말을 꺼냈다.

"포츄나토 씨, 잘 만났습니다. 굉장하시군요. 그런데 나는 오늘 아몬틸라도 술을 큰 통으로 하나 샀는데 그것이 어쩐지 의심스럽습니다."

"뭐라고? 아몬틸라도 술을 큰 통으로? 정말인가? 이제 사육제가 한창인데!"

"그러기에 의심스럽단 말이지요. 당신한테 물어 보지도 않고 술값을 치러 버렸으니, 큰 실수를 했나 봅니다. 당신도 안 계시고 또 싼 물건을 놓칠까 두려워 샀습니다만."

"아몬틸라도 술이라고!"

"네, 그런데 의심스럽단 말입니다."

"아몬틸라도 술이라고!"

"충분히 감정해야겠어요."

"아몬틸라도 술이라고!"

"당신은 바쁘실 테니, 루케시를 찾아갈 작정입니다. 감정할 수 있는 사람은 당신 말고는 루케시밖에 없을 테니까요. 그 사람이야 가르쳐 주겠지요."

"루케시는 셰리 술과 아몬틸라도 술도 제대로 구별 못하는 위인인 걸."

"그러나 누가 그러던데 당신에게 지지 않는 명감정가라고 하던데요."

"자! 그럼, 가세."

"어디로 말입니까?"

"자네 집 지하실로."

"아닙니다. 그렇게 폐를 끼쳐서야 되겠습니까. 아마 바쁜 일이 있으신 모양인데……루케시는……."

"아니, 아무 일도 없어, 가세."

"아닙니다. 일이 없는 게 문제가 아니라 무척 추우실 것 같아서요. 지하실 안은 아주 축축하고 초석(硝石)이 온통 덮여 있거든요."

"상관 있나, 가세. 추위가 다 뭐야. 그까짓 것이. 아몬틸라도 술이라고 그랬겠다! 자네 속았네, 속았어. 그리고 루케시 녀석이야 셰리 술과 아몬틸라도 술의 구별도 못하는 위인이지."

포츄나토는 내 팔을 붙잡았다. 검정 실크 마스크를 쓰고 망토로 몸을 둘러싼 나는 그가 이끄는 대로 걸음을 서둘렀다.

집에는 하인이 하나도 없었다. 때가 때이니만큼 그들은 거리로 나간 것이다. 내일 아침까지는 돌아오지 않을 테니 집에서 한 걸음도 나가면 안 된다고 단단히 일렀는데도 모두 나가 버렸다. 이렇게 한 마디만 해 두면 내 모습이 사라지자마자 그들도 모두 곧 외출할 것을 나는 잘 알고 있었기 때문이다.

촛대에서 횃불을 두 개 집어들어 하나를 포츄나토에게 주고, 여러 방을 지나 지하실로 통하는 아치 길로 공손히 그를 안내했다. 내 뒤를 따라오는 그에게 조심하라고 주의를 주며 나는 꼬불꼬불한 긴 층계를 내려갔다.

가까스로 지하실 바닥에까지 내려온 우리는 몬트레쇼 집안 지하 묘지의 축축한 땅 위에 나란히 섰다. 포츄나토는 걸음걸이가 건들건들하며, 걸을 때마다 모자의 방울이 달랑달랑 흔들렸다.

그가 물었다.

"술통은?"

"좀더 가야 됩니다. 그런데 보십시오. 벽에 번쩍이는 흰 거미줄 같은 게 안 보입니까?"

그는 나를 돌아다보며 술에 취해 눈물이 고여 있는 두 눈으로 내 눈을 들여다보았다.

그는 겨우 이렇게 물었다.

"초석인가?"

"초석입니다. 그런데 언제부터 그렇게 기침을 하시게 되셨습니까?"

"쿨룩……쿨룩……쿨룩…….'

포츄나토는 불쌍하게도 한동안 말을 못하더니 겨우 대답했다.

"상관없어."

나는 넌지시 말해 보았다.

"그만 돌아가시지요. 당신의 건강이 중요하니까요. 당신은 부자고,

사람들에게 존경과 사랑을 받고 있습니다. 그리고 내가 옛날에 그랬던 것처럼 이제 당신은 행복하신 분이니까요. 만일 무슨 사고가 있으면 당신은 남들이 슬퍼할 사람이지요. 나야 아무래도 좋지만, 돌아가시지요. 병이 나시면 난 책임질 수 없으니까요. 게다가 루케시가……."

"듣기 싫어, 그까짓 기침이 다 뭐란 말야. 설마 죽을라고. 기침으로 죽지는 않아."

나는 땅 위에 길게 늘어서 있는 병 가운데에서 하나를 집어들고 병마개를 뜯었다. 그리고 그에게 내밀었다. 그는 눈을 가늘게 뜨며 입술에 갖다 댄 다음, 나에게 다정히 머리를 끄덕였다.

"여기서 편안히 쉬고 있는 사람들의 영혼을 위해."

그는 이렇게 말하며 그 술을 단숨에 들이켰다.

"그리고 당신의 장수(長壽)를 위해."

하고 내가 말했다.

그는 다시 내 팔을 잡고 우리들은 앞으로 걸어갔다.

"지하실이 꽤 넓은데."

"그럼요, 몬트레쇼라면 굉장한 집안이었으니까요."

"자네 집 문장(紋章)이 무엇이었더라?"

"하늘빛 바탕에 거대한 금빛 사람 다리가 있고, 그 다리가 일어서려는 뱀을 밟아 누르고 있으며, 또 그 뱀이 발뒤꿈치를 물고 있는 그림입니다."

"그리고 좌우명은?"

"'나를 해치는 자에게 보답 있으리라'는 겁니다."

"좋은 격언이군."

술기운으로 그의 두 눈이 번들거리고, 방울이 달랑달랑 흔들렸다. 그 메독 술로 내 마음까지도 후끈해진 것 같았다.

우리들은 군데군데 큰 술통이 섞여 있고 사람뼈가 담벼락처럼 수북하게 쌓여 있는 사이를, 아몬틸라도 술통을 찾아 앞으로 앞으로 걸어갔다. 나는 또 한 번 발을 멈추고 이번에는 대담하게 선뜻 포츄나토의 팔꿈치를 잡아당겼다.

"초석입니다. 보십시오. 어휴, 무척 많기도 하군. 밑바닥까지 와서 그런지, 해골들이 온통 습기가 차 번드레하군요. 자 늦기 전에 돌아갑시다. 당신의 기침은……"

"상관없어. 자, 더 들어가세. 우선 메독 술을 한 잔 더 마시고."

나는 드 그라브 술의 병마개를 뽑아 그에게 내밀었다. 그는 그것을 단숨에 쭉 들이켰다. 갑자기 그의 두 눈에 날카로운 빛이 감돌더니, 웃는 낯으로 나로서는 까닭모를 몸짓을 하며 병을 위로 휙 팽개쳤다. 나는 깜짝 놀라 그를 쳐다보았다. 그는 그 이상한 몸짓을 또 한 번 되풀이했다.

"모르겠나?"

"모르겠는데요."

"그럼, 자넨 조합원이 아닌가 보네그려?"

"어째서요?"

"자넨 공제 조합원이 아닌가 보군."

"아니오, 조합원입니다."

"자네가? 무슨 말인가, 조합원이라니!"

"조합원인데요."

"조합원이라는 표적은?"

"이겁니다."

나는 망토 자락 아래에서 흙손을 꺼내 보였다.

그는 몇 걸음 뒤로 물러서며 외쳤다.

"쓸데없는 소리. 하나 그런 건 상관없어. 어서 아몬틸라도 술이 있는 데로 가세."

"그럽시다."

나는 흙손을 망토 속에 집어넣은 다음 한 팔을 그에게 내밀며 대답했다. 그는 내 팔에 무겁게 매달렸다. 우리들은 아몬틸라도 술통을 찾아 한참 오르락내리락하며 아치 길을 몇 개나 지나 마침내 토굴에 이르렀다. 그 안의 공기가 축축했으므로 우리들이 들고 있는 횃불은 환하게 비추지 못하고 껌벅거렸다.

이 토굴 맨 끝에 더 좁은 토굴이 하나 보였다. 파리의 대지하묘지처럼 담벼락에는 해골이 천장까지 잔뜩 쌓여 있었다. 토굴 안의 세 벽은 모두 이 모양으로 해골로 장식되어 있었으며, 나머지 담벼락은 무너져 내린 해골들이 난잡하게 흩어진 채 수북하게 모여 작은 산을 이루고 있었다.

그 담벼락 안에 깊이 4피트, 너비 3피트, 높이 6,7피트쯤 되는 또 하나의 구덩이가 나타났다. 이 구덩이는 특별히 사용할 목적으로 만들어 둔 게 아니라 토굴의 지붕을 받쳐 놓은 두 개의 큰 기둥 사이에서 저절로 생긴 틈으로 뒤쪽은 굳은 화강암 벽으로 둘러싸여 있었다.

포츄나토가 빛이 희미한 횃불을 쳐들어 그 토굴 속 구석을 들여다보려고 했지만 좀처럼 보이지 않았다. 희미한 빛은 그 끝까지 밝혀 주지 못했던 것이다.

"들어가 보십시오. 바로 거기에 아몬틸라도 술이 있습니다. 루케시라면……."

"아, 그 녀석은 아무것도 모른대도."

내 말을 가로막으며 포츄나토는 비틀비틀 안으로 들어갔다. 나도 곧 뒤를 따랐다. 그는 곧 구덩이 끝에 이르렀지만, 앞에 바위가 우뚝

가로막혀 있는 걸 보고 멈춰섰다. 그 순간 나는 벼락같이 달려들어 그를 바위에 잡아매어 버렸다. 바위에는 옆으로 2피트 간격을 두고 U자형 철못이 두 개 박혀 있고 그 한쪽에는 짧은 쇠사슬, 다른 한쪽에는 맹꽁이 자물쇠가 달려 있었다. 포츄나토의 허리에 쇠사슬을 감고 그것을 바싹 졸라매는 데는 몇 초 걸리지 않았다. 그는 어처구니가 없는지 저항도 못했다. 열쇠를 뺀 다음 나는 재빠르게 그 구덩이에서 밖으로 휙 나와 버렸다.

"손으로 벽을 훑어 보십시오. 초석이 손에 잡힐 테니. 정말 몹시 축축합니다. 또 한 번 돌아가자고 재촉해 볼까요. 싫으시다고요? 그렇다면 할 수 없군요. 당신을 여기 떼어놓고 나 혼자 돌아갈 수밖에요. 그러나 나는 떠나기 전에 될 수 있는 대로 당신에게 낱낱이 주의를 해 둬야겠습니다."

그는 아직 놀란 마음이 가라앉지 않은 채 버럭 소리를 질렀다.

"아몬틸라도 술!"

"네, 그렇습니다. 아몬틸라도 술이지요."

나는 앞에서 이야기한 그 해골 사이를 이리저리 걸어다니며 뼈들을 헤치고 건축용 석재와 석회를 골라내었다. 이러한 재료들을 가지고 나는 흙손으로 바삐 토굴 입구를 들어막기 시작했다.

맨 밑줄의 석축이 대강 되었을 때 포츄나토가 어느 정도 술이 깬 것을 알 수 있었다. 토굴 저쪽 끝에서 가느다란 신음 소리가 들려 오고 있었는데 그 목소리는 이미 취한 사람의 목소리가 아니었다. 그 뒤 길고 누르는 듯한 답답한 침묵이 흘렀다.

나는 제2열, 제3열, 제4열── 이런 순서로 돌을 쌓아올라 갔다. 그때 쇠사슬을 몹시 흔드는 소리가 쩔렁쩔렁 들려 왔다. 이 소란한 소리는 몇 분 동안 계속되었는데, 그 동안 나는 그 소리를 흡족할 만큼 들고 싶어서 일을 쉬고 해골 위에 걸터앉았다.

　드디어 쩔렁쩔렁 쇠사슬 흔드는 소리가 뚝 그치고 주위가 고요해졌을 때, 나는 또다시 흙손을 들고 제5열, 제6열, 제7열의 순서로 돌을 쌓아 올렸다. 담은 이제 거의 내 가슴 높이에까지 이르렀다.

　또 한 번 나는 일손을 멈추고 횃불을 돌담 위로 쳐들어 구덩이 쪽으로 희미한 빛을 보내 보았다. 묶여 있는 사람의 목에서 갑자기 계속되는 날카로운 고함소리가 터져 나왔다. 그 소리는 나를 뒤로 세게 떼밀어 버리는 것만 같았다. 잠시 동안 내 몸은 소스라치며 부들부들 떨려 왔다.

　나는 긴 칼을 뽑아 구덩이 속을 이리저리 쿡쿡 찔러 보았다. 갑자기 이만하면 됐구나 하는 생각이 머리에 떠올랐다. 튼튼히 쌓아올린 석축을 손으로 흔들어 보았지만, 꿈쩍도 하지 않았다. 나는 마음이 든든해져 담벼락 쪽으로 바싹 다가가 죽겠다고 떠들어대는 그의 비명에 보조를 맞춰 주었다. 나는 그에게 질세라 크고 힘있는 목소리로 호령을 하여 그를 압도했다. 내가 고래고래 퍼붓자 그의 소리는 잠잠해졌다.

　한밤중에 이르러 내 작업도 대강 끝나게 되었다. 제8열, 제9열, 제10열의 석축을 끝내고 마지막 11째 줄의 것도 절반쯤 끝냈다. 그 다음에는 돌 하나만 올려 놓고 석회를 바르면 그만이었다. 마지막으로 무거운 돌을 힘들여 겨우 제자리에 올려 놓았다.

　바로 그때 토굴 안에서 내 머리털을 곤두서게 하는 희미한 웃음 소리가 들려 왔다. 그 뒤를 따라 곧 슬픈 목소리가 들려 왔는데, 그 소리는 정말 그 고상한 포츄나토의 소리라고 하기에는 믿어지지 않는 목소리였다.

　"하하하……헤헤……참 훌륭한 농담이다……멋있는 농담이야. 집에 돌아가서 실컷 웃을 수 있고……헤헤헤……술을 마시며……헤헤헤."
내가 외쳤다.
"아몬틸라도 술이지!"
"헤헤헤……헤헤헤……그럼, 아몬틸라도 술이고말고, 그러나 너무 늦지 않았나. 집안 식구들이 우리들을 기다리고 있을 거야, 아내며 다른 사람들이. 자, 그만 돌아가세."
"네, 돌아갑시다."
"제발 비네, 몬트레쇼."
"네, 제발 빌고말고요."
대꾸하며 나는 또 그의 대답을 기다리고 있었으나 아무 소리도 들리지 않았다. 나는 참다 못해 큰 소리로 그를 불러 보았다.
"포츄나토!"
그러나 아무 대답도 없었으므로 다시 한 번 불러보았다.
"포츄나토!"
여전히 또 대답이 없었다. 나는 남은 돌담 틈으로 횃불을 들이밀어 안을 비춰 보았다. 방울이 달랑달랑 흔들렸을 뿐 아무 소리도 들려 오지 않았다. 지하 묘지의 습기로 인해 갑자기 가슴이 갑갑해져 왔다.
나는 빨리 일을 끝내고 마지막 남은 틈을 돌로 틀어막고는 그 위를 석회로 싹 발라 버렸다. 내가 쌓아올린 이 새 석축 곁에 나는 꽤 오래된 해골로 산을 쌓아올렸다. 반 세기 동안 이곳에 손을 댄 사람은 아무도 없었다.
그가 길이길이 편히 잠들기를!

일러바치기 심장

네—— 신경질이라고요! 정말이지 나는 심한 신경질쟁이이며 지금도 그렇지만 그렇다고 해서 왜 나를 미치광이로 여기고 싶어하는지 모르겠군요. 병으로 내 감각이 날카로워지긴 했지만 못 쓰게 된 것도 둔해진 것도 아니랍니다. 그 중에서도 청각이 가장 예민해져 하늘의 일, 땅의 일 무엇이든 들을 수 있답니다. 지옥의 일도 물론 듬뿍 듣습니다.

나의 어디가 어떻게 미쳐 있다는 건지 몰라도 먼저 내 이야기를 잘 들어 주십시오. 내가 얼마나 제대로, 얼마나 차분히 모든 이야기를 하는지, 그리고 그런 다음에 판단해 주시기를.

그 생각이 처음에 어떤 식으로 내 머리에 파고들었는지 그 점에 대해서는 분명한 것을 말씀드리기 어렵습니다만, 그러나 한 번 내 생각이 되고나서부터는 글쎄 밤낮없이 내 머리 속을 떠나지 않는 겁니다. 목적이 있었던 것도 아니오, 정열이 있었던 것도 아닙니다.

나는 그 노인이 좋았습니다. 그 노인이 나에게 악랄한 짓을 한 일은 없습니다. 나를 모욕한 일도 물론 없습니다. 노인의 돈이 탐나서도 아니었습니다. 생각건대 바로 그 눈의 생김새 때문이었던 거지요. 생김새가 좋지 않았던 건 정말 어쩔 수 없는 일이었습니다.

　노인은 독수리 같은 눈을 하고 있었습니다. 연푸른 빛깔의 눈, 거기에 꺼풀이 씌워져 있었습니다. 그의 시선이 내게로 보내지면 나는 피가 얼어붙는 듯했습니다. 그래서 서서히, 참으로 서서히 나는 마음을 정했던 것입니다. 그 노인의 목숨을 빼앗고 그 눈에서 영원히 벗어나자고.

　그럼, 여기가 중요한 대목입니다만—— 당신들은 나를 미치광이라고 여기며 미치광이는 아무것도 모른다고 하지만, 그때의 나를 보여 드리고 싶습니다. 얼마나 현명하게, 얼마나 빈틈없이, 얼마나 시치미를 떼고 일을 처리해 나갔는지 보여 드리고 싶습니다.

　그를 죽이기 전 1주일 동안쯤, 이 노인에게 친절을 베풀어 준 일은 없었습니다. 밤마다 한밤중에 나는 노인의 방문 걸쇠를 풀고 문을 열었습니다. 네, 참으로 살며시 열었지요. 그리하여 머리가 가까스로 들어갈만큼 문을 열면 어두운 각등—— 불빛이 결코 새지 않도록 몇 겹으로 싼 것입니다만—— 그놈을 집어넣고, 그리고는 머리를 들이밀었습니다. 그 들이미는 방법이 참으로 교묘하고 세심하여 만일 누군가가 보고 있었다면 배를 잡고 웃었을 겁니다. 나는 천천히, 참으로 느릿느릿 머리를 들이밀었습니다. 아무튼 노인의 잠을 깨워서는 안 되었으니까요.

　문틈으로 머리가 깊숙이 들어가 노인이 침대에 누워 있는 게 보이게 되기까지 한 시간은 걸렸습니다. 어떻습니까? 미치광이가 이렇듯 약삭빠르게 일을 해 나갈 수 있을까요?

　머리가 모두 방 안으로 들어가면 나는 각등 덮개를 조심스럽게 벗기고—— 네, 참으로 조심스럽게—— 그렇습죠—— 아무튼 돌쩌귀가 소리를 냈으니까요—— 조심에 조심을 거듭하여 한 가닥의 약하디약한 불빛이 저 독수리 눈에 바로 드리워지도록 만들었습니다. 이러한 일을 일곱 밤 동안에, 더욱이 한밤중에 되풀이했습니다. 그러나 노인의 눈은 언제나 감겨져 있을 뿐, 이러면 일이 되지 않는 셈입니다. 나를 괴롭히고 있었던 것은 노인 자체가 아니니까요. 그건 그 '악마의 눈'이었으니 말입니다.

그리고 날이 새면 아침마다 나는 대담하기 이를 데 없는 행동으로 노인의 방을 찾아가 용기를 북돋아가며 말을 건네고, 다정스러운 말투로 노인의 방을 찾아가 용기를 북돋아가며 말을 건네고, 다정스러운 말투로 노인의 이름을 불렀으며, 어젯밤 잘 주무셨느냐는 등 안부를 묻곤 했던 것입니다.

이런 형편이었으므로 만일 이 노인이 밤마다—— 한밤중에—— 잠자는 동안 내가 찾아가는 일을 눈치채고 있었다고 한다면, 그것은 굉장한 배짱을 가진 노인이라는 게 된다는 말씀이지요.

여드레째 밤에는 여느 때보다 한층 조심하여 문을 열었습니다. 시계바늘이 내 손 움직임보다 더 빠를 정도로, 그날 밤만큼 나는 나의 유능함—— 즉 총명함—— 을 똑똑히 깨달았었던 적은 없었습니다. 승리감에 가슴이 두근거려 거의 참기 어려울 정도였습니다.

아무튼 내가 문을 조금씩 열며 방에 침입하려 하건만 노인은 꿈에도 나의 비밀스러운 행위나 의도를 몰랐으니까요. 그렇게 생각되자 웃음조차 왈칵 치밀어올랐습니다. 그 웃음 소리가 들렸는지, 노인은 놀란 듯 꿈틀대더니 침대 속에서 몸을 움직였습니다.

내가 방 밖으로 얼른 몸을 뺐으리라고 생각하실 테지만, 그렇지 않습니다. 아무튼 방 안은 캄캄절벽—— 도둑을 막기 위해 덧문이 꼭꼭 닫혀 있었지요—— 이었기 때문에 노인에게 방문이 열려 있는 게 보일 까닭이 없다는 것을 아는지라 나는 여전히 살금살금 문을 밀어 열고 있었지요.

머리가 모두 들어가고 각등 덮개를 벗기려고 양철 걸쇠에 엄지손가락을 댔을 때, 손가락이 미끄러져 소리를 냈는지 느닷없이 노인이 침대에서 벌떡 일어나 앉으며 누구냐고 소리를 질렀습니다.

나는 꼼짝하지 않고 있었습니다. 목소리도 내지 않았습니다. 거의 한 시간 동안 나는 힘줄 하나 움직이지 않았습니다만 그 동안 노인 쪽에서도 드러눕는 기척이 없었습니다. 노인은 침대에서 몸을 일으킨 채 귀를 기울이고 있었던 겁니다. 마치 내가 밤마다 벽 속의 '죽음을 망보는 벌레'의 울음 소리에 귀기울이고 있듯이.

그러더니 희미한 신음 소리가 들려 왔습니다. 나는 압니다만, 이것이 바로 죽음을 두려워하는 신음 소리지요. 고통의 신음도, 슬픔의 신음도 아닙니다. 결코 그런 게 아니지요. 그것은 나직이 음산하게 기어 들어가는 듯한 소리로, 공포로 억눌림을 당했을 때 영혼의 깊은 심연 속에서 쥐어짜는 듯한 바로 그 소리입니다.

나는 그 소리에 익숙해 있었습니다. 며칠 밤인지 모르게 초목도 잠드는 한밤중에 그것이 내 가슴 속에서 솟아올라 참으로 으스스한 메아리와 더불어 무서움이 끝없이 치밀어 미칠 것같이 된 적이 한두 번이 아니었지요.

그러므로 노인이 어떤 심정일지는 짐작이 갔으므로 마음 속으로 코웃음치고 있었지만 동정도 하고 있었던 셈입니다. 희미한 소리로 돌아눕고 나서도 노인이 잠깨어 있었던 일—— 그것을 알고 있었습니다. 그로부터 그의 무서움이 매초마다 부풀어 갔던 일—— 그것도 알고 있었습니다.

그는 아무것도 아니라고 생각하려 하는 듯했습니다. 그런데 그것이 잘 되지 않았지요. "벽난로에서 바람 소리가 났을 뿐인 거야, 바닥을 쥐가 가로질렀을 뿐이지"라든가 "귀뚜라미가 한 차례 울었을 뿐"이라고 자신에게 들려주려 하고 있었습니다.

다시 말해 그는 이것저것 가정하여 마음의 안심을 얻으려 하고 있었습니다만, 그것이 모두 소용없었던 셈입니다. '죽음'이 그 검은 그림자를 앞에 드리우며 노인에게 다가오고, 이미 그 그림자로 '제물'을 둘러싸고 있었으므로.

물론 그것이 그에게 보일 리도 들릴 리도 없지요. 하지만 눈에는 보이지 않는 음산한 그림자의 영향 덕분으로 노인은 느끼고 있었던 것입니다. 내 머리가 이 방 안에 침입하고 있는 일을 분명 '느끼고 있었던' 것입니다.

오랫동안 참으로 참을성 있게 기다렸지만 노인이 다시 드러눕는 소리는 들려 오지 않았습니다. 그래서 각등 덮개를 아주 조금, 아주 정말 조금만 열어 주리라고 마음먹었습니다. 그래서 열었지요. 얼마나 천천히 얼마나 느릿느릿했는지 사람들은 도저히 상상도 못하겠지만, 어쨌든 거미줄 같은 한 가닥의 엷은 불빛이 틈새를 뻗어나가 그것이 독수리 눈 위에 드리워졌습니다.

눈이 크게 부릅뜨여져, 매우 크게 부릅뜨여져 있었습니다. 그것을 보고 있는 동안 나는 피가 왈카 거꾸로 솟구치는 것 같았습니다. 나는 그것을 똑똑히 보았습니다. 전체적으로 흐리터분한 파란 빛깔, 게다가 저 징글맞은 꺼풀까지 덮여 있어 뼛속까지 얼어붙는 느낌이었지요. 그러나 노인의 얼굴이 보였던 것도 몸이 보였던 것도 아닙니다. 즉 나는 빛을, 이를테면 본능적으로 저 저주스러운 오직 한 곳에만 똑바로 비춰 주고 있었던 것입니다.

아까도 말씀드렸다고 생각합니다만, 당신네들이 광기라고 믿고 계신 일은 한낱 감각의 과민상태에 지나지 않는 것입니다. 그래서 다시 말씀드립니다만, 그때 나직하니 둔하게 빠르고도 잦은 소리가 들려왔는데, 그것은 마치 시계를 솜으로 쌌을 때와 같은 소리였지요. 그 소리도 귀에 익었습니다. 노인의 심장이 뛰는 소리였지요. 북소리가 병사들의 기운을 북돋아 주듯 그것이 내 노여움을 부채질했습니다.

그러나 여기가 참아야 될 곳—— 나는 꼼짝 않고 있었습니다. 숨도 쉬지 않을 정도였지요. 각등이 움직여지지 않도록 들고 있었습니다. 얼마쯤 지그시 기다리며 불빛을 눈이 견뎌낼 수 있을 것인지 시험해 보고 있었던 셈입니다.

그러는 동안에도 그 빌어먹을 심장 뛰는 소리는 높아질 뿐, 매 초마다 그것은 빨라지며 커졌습니다. 노인은 공포의 절정에 있었을 게 틀림없었지요. 되풀이합니다만 그것은 일초 일초 점점 커져 갔습니다. 알겠습니까, 아까도 말씀드렸듯 나는 신경질적인 사나이여서 그것에 조금도 거짓말은 없는 셈입니다.

그런 내가 한밤중에, 더욱이 낡은 저택의 으스스한 정적 속에서 이 같은 기묘한 소리를 귀로 듣고 있었으니만큼 어쩔 수 없는 무서움에 사로잡히는 것도 당연하지요. 그런데도 아직 몇 분 동안 꾹 참으며 꼼짝 않고 있었습니다.

그러나 심장 뛰는 소리는 더욱더 커지기만 하여 심장이 터져 버린 게 틀림없다고 생각했습니다. 새로운 걱정이 밀려왔습니다. 소리가 옆 사람에게 들리지나 않을까 하는 걱정. 마침내 노인의 운명도 끝이 났던 셈입니다.

나는 큰 소리를 지르며 각등 덮개를 열어젖히고 방 안으로 돌진했습니다. 노인은 외마디 소리를 질렀습니다. 단 한 마디. 곧이어 나는 침대에서 노인을 방바닥에 끌어내리고 그 위에 무거운 침구를 씌웠습니다.

나는 회심의 웃음을 지었습니다. 여기까지 잘도 했구나 하고. 아직도 꽤 시간을 두고 심장은 둔중한 소리를 내며 뚝딱거리고 있었습니다. 하지만 그런 것에는 신경쓰지 않았습니다. 벽 너머로 들릴 까닭은 없을 테니까요.

이윽고 그 소리가 그쳤습니다. 노인이 숨진 것입니다. 나는 침대를 치우고 시체를 살펴보았습니다. 확실히 죽어 있었습니다. 돌멩이처럼. 나는 노인의 심장 위에 손을 대고 오랫동안 그대로 있었습니다. '역시 고동이 멈췄다, 돌멩이처럼 죽어 있다, 이제는 그 눈에 시달리는 일이 없을 것이다'라고 위로하면서.

아직도 나를 미치광이라고 여기고 있을지 모르지만 내가 시체를 숨기기 위해 얼마나 약삭빠르고 빈틈없는 계획을 세웠는지 말씀드린다면 그러한 생각은 사라지실 테지요. 밤도 꽤 이슥했으므로 나는 재빨리 일을 진행시켰습니다만, 소리는 내지 않았습니다. 먼저 시체를 토막냈습니다. 머리, 팔, 다리를 자른 셈이지요.

방바닥의 널을 석 장 뜯어내고 각목과 각목 사이에 그것들을 모두 쑤셔넣었습니다. 그리고 널빤지를 본디대로 맞추었는데 그 능숙한 솜씨와 그 교묘함은 너무도 뛰어나서 어떤 인간의 눈에도—— 저 노인의 눈에라도—— 조금도 수상쩍은 점은 찾아내지 못했을 겁니다. 씻어내야만 될 것, 얼룩점이라든가 핏자국이라든가 그런 것이 거의 없는—— 그런 일에 실수는 없습니다. 술통이 모두 받아 주었다, 이 말씀입니다. 하하하······.

모든 일이 끝났을 때, 4시—— 아직 한밤중으로 여전히 어두웠습니다. 종소리가 그 시각을 알렸을 때, 현관문 두드리는 소리가 났습니다. 나는 마음 거든하게 문을 열어 주러 아래층으로 내려갔습니다. 이미 겁낼 건 아무것도 없었으니까요.

세 사나이가 들어와 정중하기 이를 데 없는 태도로 스스로를 경관이라고 소개했습니다. 이웃 사람이 밤중에 비명 소리를 듣고 살인이나 또는 그 비슷한 무엇이 아닐까 싶어 경찰에 알렸으므로 이 사나이들 — 경관들 — 이 가택 수색을 나왔다는 것이었지요.

나는 미소지었습니다. 두려워해야 할 건 아무것도 없었으니까요. 부디 어서 들어오라고 나는 말했습니다. 외침 소리는 내가 지른 것으로 꿈에 가위에 눌렸던 거라고 나는 말했습니다. 노인은 시골에 가고 안 계신다고 설명했습니다.

나는 방문자들을 집 안으로 안내했습니다.

"조사해 보십시오. 잘 조사해 주십시오."

하고 부탁드렸지요. 마지막으로 그들을 노인의 방으로 안내했습니다. 그의 재산이 안전하고 그대로 있는 것을 보여 드렸습니다.

그런데 자신만만한 나는 얼마쯤 의기양양해서 이 방으로 의자를 가져와 고단하실 테니 여기서 담배 한 대, 어쩌고 하며 그들에게 의자를 권했고 자신은 자신대로 완전히 승리감에 취하여 대담해졌던 까닭에 그만 하필이면 노인의 시체가 숨겨져 있는 곳 바로 위에 의자를 놓고 말았던 겁니다.

경관들은 만족해했습니다. 나의 태도가 그들을 납득시켰던 것입니다. 나는 기묘할 만큼 침착해 있었습니다. 그들은 의자에 앉고 이쪽이 명랑하게 상대를 해 주면, 저쪽은 이런저런 이야기를 하는 식이었지요.

그러나 잠시 있으려니까 나는 얼굴에 핏기를 가시는 느낌이 들었고 그들이 빨리 돌아가 주었으면 하는 심정이 짙어갔습니다. 머리가 아프고 귀울림이 생겼건만 나리들은 앉은 채 여전히 잡담을 늘어놓고 있었습니다.

귀울림은 더욱더 뚜렷해지고 윙윙 소리가 멎지를 않았습니다. 이 느낌을 얼버무리려고 나는 더 한층 속사포(速射砲)처럼 지껄여댔습니다. 그런데도 소리는 그치지 않고 한층 명료해지는 것이었습니다. 그리하여 마침내 알았던 것입니다만, 그 소리는 내 귀 안에서 울리고 있는 게 아니었습니다.

나는 얼굴이 핼쑥해졌습니다── 그런데 지껄이는 나는 더욱더 유창하고 목소리가 높아졌습니다. 그리고 그 울리는 소리는 더욱더 크게 들렸습니다. 대체 어떻게 하면 좋을는지. 그것은 나직하고 둔중하고 빠르고 잦은 소리── 시계를 솜으로 쌌을 때 나는 소리와 아주 비슷한 것이었습니다.

나는 헐떡거렸습니다. 그런데 경관들에게는 들리지 않았습니다. 나는 한결 잰 말투로 한층 설쳐대며 지껄였습니다. 하지만 소리는 착실하게 커져갈 뿐……. 나는 일어서서 날카로운 목소리를 내고, 몸짓도 격렬해지고, 시시한 것들을 입에 올리곤 했습니다만, 소리는 착실히 커져갈 뿐……. 어째서 이들은 나가지를 않는 걸까 생각했습니다.

나는 발을 쿵쿵 굴러가며 마룻바닥 위를 여기저기 돌아다녔습니다. 경관들에게 감시되고 있다는 사실이 마침내 신경질이 나기 시작한 것처럼. 그래도 소리는 착실히 커져 갈 뿐…….

아, 대체 어떻게 하면 좋을는지.

나는 입에서 거품을 내뿜고── 고함치고── 욕설을 퍼부었습니다. 그때까지 앉아 있었던 의자를 잡아 흔들고 마룻바닥을 비벼대듯이 해보았습니다만, 그 소리는 어느 것보다도 높았고 가라앉을 기색이 조금도 없었습니다. 그것은 한결 뚜렷하게, 점점 커져갔습니다. 그렇건만 경관들은 즐겁다는 듯이 지껄이고 싱글벙글하고 있을 뿐이었습니다.

전능하신 신이여! 이런 일이 있을 수 있습니까? 놈들에게도 들리는 거다, 놈들은 나를 의심하고 있는 거다, 놈들은 알고 있는 거다, 놈들은 나의 공포를 노리개로 삼고 있는 거다—— 그렇게 생각했고, 지금도 그렇게 생각하고 있습니다.

그러나 어떠한 것도 이런 고통보다는 낫다, 무엇이건 이런 비웃음보다는 견디기 쉬울 거라는 생각에 나는 이미 그들의 위선적인 미소를 참을 수 없게 되었던 것입니다. 소리를 질러대든가 차라리 죽어 버리는 것이 낫다는 느낌이 들었던 거지요.

그러자 그때 또 소리가 크게, 크게, 크게…….

나는 외쳤습니다.

"악당놈들 같으니! 시치미를 떼는 것도 웬만큼 해 둬! 죽인 건 나다! 마룻바닥을 뜯어 봐라! 여기, 여기다! 소리는 놈의 징글맞은 심장의 고동인 거야!" World Best

《포우 단편선 Short Stories by Poe》 바로 읽기

포(Poe)의 성장과정과 생애

19세기 초 미국은 개척정신과 청교도정신을 국민적 이념으로 국가적 발전을 이룩하고 있었다. 따라서 미국적인 경험과 정신은 미국 문학에서 그 어느 때보다도 강조되어, 미국 특유의 문학성을 찾는 것이 하나의 유행처럼 전개되던 시기였다. 그러나 포(Poe)만은 다른 작가들과는 달리 미국이라는 제한된 틀을 벗어나 괴기, 전율, 공포 등을 통해 인간성의 여러 면을 탐구하는 단편소설을 만들었다. 특히 그는 기성도덕의 테두리에서 벗어나지 못하던 당시의 작가들과는 달리, 윤리의식보다는 미(美)와 진(眞)을 우위에 놓은 현대적인 의미의 작가이기도 하였다.

포는 성장과정을 통해 많은 역경을 거쳐야만 했는데, 천재적인 상상력과 열정을 지니고 있던 그는 그러한 경험들 속에서 일반적인 인간의 삶을 통찰하고 그것을 예술로 승화시켰다. 복잡한 내면을 지니고 있던 그는 예술적 표현에 있어서는 어떤 하나의 영역에만 머물지 못하고 시, 비평, 단편소설 등 다양한 부분에서 천재성을 발휘하였다. 포는 파란만장한 불행한 생애를 보내면서도, 정력과 지성으로 작품 속에 고통을 승화시켰던 것이다. 따라서 그의 작품은 질병, 광증, 죽음, 살인, 비명 등 악몽 같은 사건들로 표출되고, 그가 생애에 겪었던 사건들이 배경을 이루는 경향이 많으며, 작품에 등장하는 인물 역시 자신의 모습을 토대로 한 것이 많다.

포는 아일랜드에서 온 이민의 후예이다. 부친 데이비드는 '포 장군(General Poe)'이라는 별명을 가진 명문의 아들로, 법률 공부를 하다가 연극에 열중하게 되어 여배우 엘리자베스 홉킨스와 1806년 결혼하였다. 에드거 앨런 포는 이 둘 사이의 차남으로 1809년에 태어났다.

부친 데이비드 포는 연극에 열정을 갖고 있었지만 소질은 없었던 듯, 당시 비평가들로부터 혹평을 받기 일쑤였고, 마침내는 술 때문에 무대에 서지도 못하게 되어 처자를 버리고 행방불명이 되었다. 설상가상으로, 남편의 행방불명과 고된 무대생활로 인한 생활고로 1811년 12월 리치먼드에서 모친이 사망하자, 에드거를 비롯한 포 가의 3남매는 고아가 되고 말았다.

형인 헨리는 볼티모어에 있는 조부가 양육하고, 누이 동생 로잘리는 머켄지 부인에게 맡겨졌으며, 당시 3세이던 포는 프란세스 앨런 부인의 양육을 받게 되어, 이때부터 그는 에드거 앨런 포(Edgar Allan Poe)라 불리게 되었다. 양모인 프란세스 부인은 결혼 후 오랫동안 아이를 갖지 못하여 포를 무척 사랑하였으나 양부인 존 앨런은 아주 냉정하게 대했으며 끝까지 법적으로 입양을 하지 않았다.

연초무역에 종사하는 앨런 가는 1815년 사업관계로 영국으로 가게 되어 런던에 정착하였고, 포는 1817년 런던 근교의 매너하우스 학교에 2년간 다니면서 프랑스 어, 음악, 미술을 공부하여 보람있는 생활을 하였다. 이때 이 학교에는 존 브랜스비라는 교장이 있었는데, 후일 이 학교에서의 생활을 회상하며 쓴 〈윌리엄 윌슨〉에서 포는 이 교장을 브랜스비 박사로 그리기도 하였다.

1820년 앨런 가는 불경기와 부채 때문에 귀국하여 리치먼드에서 거주하게 되었다. 11세가 된 포는 영국에서 많은 것을 배웠으므로 영리하고 쾌활한 소년이었으나, 다른 한편으로는 고집이 세고 감수성이 예민하여 무서운 생각에 사로잡히는 우울한 소년이기도 하였다.

포는 리치먼드의 명문인 영어 고전학교에 입학하여 외국어와 시에서 재능을 발휘하고 두각을 나타냈다. 그 대부분은 사랑을 노래하는 서정시였으며, 사춘기에 접어들면서 여자에 대한 관심도 많아졌다. 그는 문학에서 타고난 우수성을 보였으며 명랑한 생활도 하였지만, 귀족적인 분위기를 좋아하는 리치먼드 지방 사람들은 가난한 여배우에게서 태어난 포를 꺼려했기 때문에 그는 애정에 굶주려 있었고 침울한 성격을 가지게 되었다.

1823년, 포가 15세 때인 어느 날, 포는 친구의 집에서 아름답고 우아하며 친절한 그 친구의 어머니 제인 스태너트를 만나 충격을 받았다. 스태너트 부인은 포의 시를 이해해 주었기에, 사춘기였던 포는 이 부인에게서 모성애와 이성애를 동시에 느끼게 되어 가슴 벅찬 나날이 이어지게 되었다. 이렇게 명랑한 생활과 열정적인 시작활동을 되찾은 포는, 그 다음 해 스태너트 부인이 병으로 사망하자 말할 수 없는 괴로움에 못이겨 밤이면 밤마다 그녀의 묘소를 찾곤 하였다.

이 첫사랑의 상처가 가실 무렵, 스태너트 부인이 병석에 있을 때 알게 된 사라 로이스터라는 귀여운 소녀와 포는 서로 비밀 약혼을 할 정도로 깊이 사랑하였다. 그러나 부모의 반대로 이 또한 이루어지지 못해, 이후로 포는 술을 가까이하여 성격적인 분열 역시 심각해졌다.

1826년 포는 버지니아 대학에 입학하였다. 1825년 토머스 제퍼슨이 설립 개교한 이 대학에는 부유한 상인이나 농장 경영자의 자녀들이 모였고, 학생들은 거칠고, 술과 도박과 싸움으로 풍기가 문란하였다. 하지만 포는 열심히 공부하여 라틴 어, 프랑스 어의 성적이 매우 좋았다. 그러나 양부와 학비 문제로 의견이 대립되고, 술·도박도 하게 되어 결국 2천5백 불의 빚을 졌으며, 이로 인해 양부와의 의는 더욱 나빠졌다.

1827년 양부에 의해 대학을 중퇴당한 포는 양부의 사무실에서 억지로 일을 보다가, 끝내 싸운 후 가출하였다. 양부에게 편지를 보내 보스턴으로 갈 비용을 청했으나 거절당하고, 대신 양모가 준 돈으로 보스턴에 가서는 《태멀레인, 그 밖의 시》이라는 약 40페이지 가량의 작은 시집을 발간하였다.

보스턴에서 7주간 힘든 생활을 겪은 포는 '에드거 A. 페리'라는 가명으로 5년 기한으로 육군에 입대하였는데, 나이도 18세를 22세로 속였다. 윌리엄 드라이튼이라는 대령은, 사병이지만 예의바르고 교양 있는 포를 좋아해서 시(市)의 명사들에게 소개해 주었고, 포는 설리번 섬에 사는 박물학자 에드먼드 라브넬 박사도 알게 되어 과학에 대한 관심을 불러일으키기도 하였다. 한편 드라이튼 대령이 포에게 근대문학을 권하자 그는 바이런, 워즈워스, 콜리지를 읽었다.

군대 생활이 창작에 지장을 준다고 판단한 포는 양부에게 보호자로서 제대 요청을 하도록 부탁하였다. 양부 앨런은 처음에는 주저하다가, 부인의 병세가 악화되기도 하였고, 포가 웨스트포인트 육사에 가겠다고 말하기도 해서 제대를 동의하였다.

1829년 제대한 포는 볼티모어에 가서, 39세의 미망인 고모 마리아 포 클렘의 집에 머물렀다. 이때 포는 앞으로 자기의 부인이 될 버지니아를 처음 만났다.

한편, 이 해에 포를 지극히 사랑했던 양모 앨런 부인이 위독하다는 소식을 접하고는 포는 즉시 리치먼드의 집으로 달려갔지만, 이미 양모는 사망하여 땅에 묻힌 뒤였다. 포가 사랑했던 여인들이 하나 둘 세상을 떠날 때, 포는 홀로 있다는 외로움과 인생의 무상함을 동시에 느끼게 되었다.

1831년 포는 군무 태만을 이유로 육사에서 퇴교당하고, 뉴욕으로 가서 《포 시집》을 출판하였다. 곧 생활이 곤란해진 그는 다시 볼티모어로 가서 고모집에 머물렀다. 포는 경제적으로 극심한 고통에 시달렸고, 고모 클렘 부인도 폐병으로 아들 헨리를 잃어 매우 힘든 상태였다. 그런 가운데 포는 9살짜리 소녀인 버지니아와 가까운 사이가 되었다.

늘 애정에 굶주렸던 포였기 때문에 주위의 여성에게서 사랑을 찾으려 했지만 언제나 돌아오는 것은 허무한 외로움의 확인일 뿐이었다. 그래서 그는 늘 우울하고 실의감에 빠진 생활을 할 뿐이었고, 술과 아편에 빠져 정신적 육체적으로 쇠약해져 갔다. 양부 앨런은 1834년 사망하면서도 유서에는 포에게 아무런 재산도 상속되지 않도록 하였다.

이 무렵 포는 리치먼드의 「남부 문학통신원」이라는 잡지에 단편소설을 기고하고 있었는데, 1835년에는 그 잡지의 편집위원이 되어 비로소 본격적인 문학의 길을 걷게 되었다.

사촌 누이동생 버지니아에게서 그 동안 결핍되었던 애정을 충족시켜 줄 무엇인가를 발견한 포는, 마침내 성 바오로 교회에서 그녀와 비밀결혼을 하였다. 그때 그의 나이는 27세였고, 그녀의 나이는 14세였다.

1837년 「남부 문학통신원」지를 사임한 포는 문학의 중심지인 필라델피아로 거처를 옮겨 생활하였다. 그곳에서 포는 이상과 현실의 차이에 불만을 느끼면서도 창작에 열중하였다. 그런 가운데 그는

1838년에 유일한 장편 《아서 고든 핌의 이야기 *The Narrative of Arthur Gordon Pym, of Nantucket*》를 출판하였다. 이 이야기는 남반구(南半球) 해양 및 또 다른 지역에서 매우 기이한 사건들을 체험한 모험담으로 구성됐다. 1839년에는 「젠틀맨즈 매거진」의 편집인이 되었는데, 〈윌리엄 윌슨〉, 〈어셔 집안의 몰락 *The Fall of the House of Usher*〉 등이 그 잡지를 통해 발표되었다.

1841년에는 「그레이엄즈 매거진」의 편집인이 되어, 1년쯤 지나서 그 발행 부수를 10배로 늘렸고, 일급 편집자로서 명성을 떨치기 시작하여 당대의 문호인 어빙, 쿠퍼, 로웰, 롱펠로 등과 편지를 주고받기도 하였다. 이 해에 포는 단편 〈모르그 거리의 살인 *The Murders in the Rue Morgue*〉, 〈소용돌이 속에서 *A. Descent into the Maelströn*〉, 〈요정의 섬〉을 발표하여, 새로운 형식의 소설로 미국 문학계에 큰 충격을 주었으며 대중의 인기도 얻었다.

1842년 1월에는 사랑하는 부인 버지니아가 폐병을 앓기 시작하여, 포는 심리적으로 극도의 불안을 느꼈고, 술을 마시거나 행방을 감추기도 하였다. 그러나 단편소설과 평론 등 그의 집필활동은 멈추지 않았다.

1843년에는 단편 〈황금풍뎅이 *The Gold Bug*〉가 필라델피아 신문에 당선되었고, 이에 용기를 얻은 포는 계속해서 〈검은 고양이 *The Black Cat*〉 등의 독특한 소설들을 발표하였다. 그러나 여전히 생활고는 포의 주위를 떠나지 않았고 병이 악화되어가는 부인 버지니아와 힘든 고초를 겪었다. 꾸준히 잡지 편집에 관여하면서도 간간이 시들을 발표하였고, 그의 시의 감상적 취향과 우울한 분위기는 의외로 커다란 인기를 몰고 오기도 하였다.

차츰 포의 생활고는 호전되었고 가족들과 함께 그리니치 마을로 이

사하여 비교적 안정된 생활을 누릴 수 있었다. 명성과 생활에 여유를 갖게 되자 포는 죽어가는 부인을 생각하면서도 때때로 다른 여성에게서 위안을 얻으려고 하였다. 그는 어느 화가의 부인인 여류 시인 프란세스 오스굿과 친하게 되었다. 포는 「브로드웨이 저널」에서 그녀의 시를 칭찬하고, 그녀에게 바치는 시를 썼으며, 둘 사이에 서신 왕래가 잦아지자 그들 관계가 구설수에 오르게 되었다. 포는 또 다른 여류 시인을 사모하기도 하였고, 그러는 동안 부인의 병세 뿐만 아니라 그의 건강도 쇠약해지고 있었다. 그는 늘 자신이 운영하는 독자적인 잡지를 구상하고 있었지만, 부채와 저하되는 체력 등 여건은 그에게 불리하게 전개되었다.

1846년 포는 부인 버지니아의 최후의 정양(靜養)과 자신의 심리안정을 위해 뉴욕 교외 포드햄의 오두막으로 이사하였다. 그러나 생활은 여전히 어렵고, 버지니아의 병세는 계속 악화되어 갈 뿐이었다.

1847년 곤궁에 빠진 포 일가의 이야기가 뉴욕 문학계에 알려지자, 몇몇 잡지에서도 포에 관한 동정적인 기사를 실었고 지원금을 보낼 것을 호소하기도 하였다.

그 해 1월 30일 포의 요청으로 슈 부인이 포드햄에 오자, 버지니아는 포의 초상화와 그의 모친의 유물인 보물함을 부인에게 전하면서, 앞으로 남편의 벗이 되어 줄 것을 부탁한 후 24세의 젊은 나이로 세상을 등지고 말았다.

포는 자신의 시에 대해 좋은 견해를 가지고 있던 7세 연상의 부유한 미망인 여류 시인 휘트먼과 사랑에 빠져 구혼을 청하였으나, 그의 음주벽과 건강의 이유로 부인 쪽에서 거절하고 말았다. 또 휘트먼 부인을 만나기 직전에, 매사추세츠의 로웰에서 자신의 평론 〈시적 원리〉를 강연할 때 만난 28세의 아름다운 애니 리치먼드 부인에게서도 사랑을 느낀 포는 그녀가 유부녀임에도 불구하고 청혼까지 할 정도로 열정적이었다. 이 역시 이루어지지 못 했으나, 휘트먼 부인에 대한 사랑은 시 〈헬렌에게〉를 낳게 하였고 리치먼드 부인에게 품었던 사랑의 정열은 시 〈애니를 위하여〉에서 표현되었다.

포는 안정된 가정의 행복과 문학적 야심을 성취하기 위해 여성을 필요로 하였다. 버지니아의 사후 그가 만나서 사랑을 느꼈던 여성들은 모두 기혼 여성이었으나, 포는 소년시절부터 키워 온 애정결핍의 공허함과 우울함을 충족시켜 줄 대상으로 여겼던 듯싶다. 그러나 현실 속에서 그 여성들은 포의 동반자가 될 수 없었고, 그는 또다시 실의에 빠져 들었다.

1849년, 포는 자신의 일생의 숙원이던 자기 잡지를 출판할 수 있도록 재정지원을 하겠다는 패터슨의 편지를 받고 리치먼드로 향했다.

그곳에서 포는 소년 시절의 애인이었던 사라 엘미라 로이스터(그때에는 엘미라 로이스터 쉘튼 부인이었고, 이미 미망인이었다)를 만났다. 포는 그녀와의 추억에 사로잡혀 다시 사랑을 고백하고 청혼하였다. 쉘튼 부인 역시 그에게서 식었던 사랑의 감정을 되찾았고 그의 청혼을 받아들여 약혼을 하고 1849년 10월 17일 결혼식을 하기로 하였다.

9월 26일 포는 쉘튼 부인을 만나고는 볼티모어로 떠났다. 그 후 포가 볼티모어에서의 수일 동안 무엇을 하였는지는 아직도 수수께끼로 남아 있다. 이때 마침 그곳에서는 주 의원과 국회의원의 선거가 있었는데, 그곳 투표소로 사용된 술집 앞에서 술에 취해 쓰러져 있는 포가 발견된 것은 바로 선거일인 10월 3일이었다. 병원으로 옮겨진 그는 끝내 의식을 회복하지 못하고 10월 7일 파란 많은 40년의 생애를 마감하였다.

포 소설의 특징

포는 그의 생애가 복잡다난하고 열정적이었던 만큼, 문학적 표현 양식 역시 어느 한 장르에 국한되지 않았다. 이렇게 포는 시인, 소설가, 비평가를 겸한 복합적인 작가이지만, 오늘날에는 소설가로서 널리 알려져 있다. 포는 단편소설의 이론을 개척하고, 또 그 이론에 맞는 단편소설을 창작하였던 것이다.

부라넬리(Vincent Buranelli) 같은 이는 포의 문학적 위치에 대해 이렇게 말하고 있다.

포의 예술적 창조력의 대부분은 그의 단편소설에 집중되었다. 그것들은 그의 가장 뛰어난 업적을 이룬다. 그것들은 다른 어떤 것보다도 —— 그의 시나 평론보다도 —— 그의 문학적 위치를 부여해 준다.

일반적으로 단편소설은 분량의 제약, 주제의 명확, 효과의 적절, 인상의 선명, 통일성의 엄밀, 문체의 간결을 기본적 조건으로 하는데, 이와 같은 이론도 포로부터 유래하는 바가 많다. 포 자신이 "짧은 시가 긴 시보다 더 한층 강력하고 집중된 인상을 줄 수 있는 것과 마찬가지로 단편이 장편보다 더 집중되고 강력한 인상을 준다."고 말한 것이 이를 입증한다. 그는 이어서 "단편은 장편의 한 부분이어서는 안 된다. 어떤 긴 이야기에서 떼어 온 한 사건이어서도 안 된다. 그것이 제아무리 짧은 이야기일지라도 그 사건 자체가 똑떨어진 것이어야 하며 또 더 쓰면 쓸수록 효과가 적어지는 그런 이야기라야만 한다. 그렇기 때문에 단편작가로서 성공하려고 하면 남이 생각하지 못하는 새로운 것을 발견할 줄 아는 재간과 그것을 가장 효과적으로 줄일 줄 아는 재주가 있어야 한다."고 주장하여 단편소설의 장르적 특성을 실제 작가의 입장에서 해명하고자 하였다.

포의 단편 소설의 특색에 대해서 마티에슨(F.O. Matthiessen)은

'……그의 소설의 특징적인 면은, 그것이 단지 하나의 이야기를 말해 줄 뿐만 아니라 아이디어를 개발시켜 주기도 한다는 것이다.'
라고 지적하는데, 포의 단편소설은 이야기의 전개에 따라 극적인 흥미를 주는 동시에 독자로 하여금 생각하게 하는 매력을 지니고 있다는 것을 말하는 것이다.

포는 소설의 목적이 독자에게 즐거움을 주는 것이라고 생각하는데, 모든 창작활동에는 일반적으로 예술성뿐만 아니라 오락성도 요구되는 것이 사실이다. 예술의 보급과 문학의 대중화가 중요한 관심사가 되는 현재의 입장에서 볼 때, 포가 소설의 전달적 기능을 중시했다는 것은 주목할 만하다. 포가 말하는 오락성은 독창성과 결부된 사건의 발전 과정에서 독자가 느낄 수 있는 흥미에 초점을 두고 있다. 포는, 단편소설은 인상의 통일성을 통해서 독자에게 흥미를 주어야 하며, 그러기 위해서는 단일한 효과를 나타낼 수 있는 단일한 사건을 담고, 나아가서 그 속에 단일한 주제를 담아야 한다고 주장하는 것이다.

포 소설은 그 주제와 형식과 분위기를 토대로 하여 분류해 보면, 그 특징을 이해하는 데 도움을 줄 것이다.

포는 《그로테스크한 이야기와 아라베스크한 이야기 *Tales of the Grotesque and Arabesque*》(1840)에서 자신의 단편 소설을 '그로테스크'한 것과 '아라베스크'한 것으로 양분하고는, 〈윌리엄 윌슨 *William Wilson*〉, 〈페스트 왕〉, 〈숨결의 상실〉 등을 전자에, 〈어셔 집안의 몰락〉, 〈리지어 *Ligeia*〉 등을 후자에 포함시킨다.

호프만의 설명에 의하면, 그로테스크한 것과 아라베스크한 것을 명확하게 구별하기는 매우 어려우나, 전자는 일종의 풍자소설로, 후자는

시적인 산문 소설로 볼 수 있다. 첨언(添言)하자면, '그로테스크'는 실재하는 인간을 회화적으로 기형화시켜 풍자하는 것이며, '아라베스크'는 일정하게 정해진 시간의 흐름이 없는 상상적인 장소에서 사건이 벌어지는 것이라고 할 수 있겠다. 그러면 포 자신의 분류에 따라, 그의 소설을 양분하여 그 특색을 보다 상세히 살펴보도록 하겠다.

그로테스크(Grotesque) 소설

케테러 같은 이는 그로테스크의 성격을 남의 눌변(訥辯)이나 계략에 대한 풍자, 속임수에 관한 이야기, 현실의 기만적인 면을 다룬 이야기, 정신이상 상태에서 보는 귀신의 이야기 등에서 찾고 있다. 이것을 포의 소설에 적용시키자면, 기이한 모습을 하고 있으며, 심리적으로 비정상적인 주인공이 괴기스러운 세계에서 사건에 연류되는 소설, 그래서 그 주인공의 미묘한 심리 변화를 예리한 필치로 박진감 있게 묘사한 소설들을 포함시킬 수 있을 것이다. 포의 그로테스크 소설은 현실 속에서 합리적인 이성으로 설명이 불가능한 기괴한 현상, 그리고 그것과 관련되는 인간의 이상심리의 근원을 탐구하는 데 그 특징이 있다고 하겠다.

그로테스크 소설에는 포의 대표작 중 하나인 〈검은 고양이〉(1843)가 이에 속한다. 이 소설은 강박관념에서 살인을 범하는 이야기를 다루고 있다.

좋아하는 고양이를 죽이고, 그것 대신으로 키우는 고양이를 또 죽이고, 자기 부인도 죽여, 그것을 벽 속에 묻어 둔 것을 경관 앞에서 벽을 부셔 사건이 발각되게 하는 한 남자의 이야기를 담은 이 소설은 그 심리적 표현이 탁월한 것으로 평가받는다. 이 소설은 이상심리와 양심의 문제를 주제로 삼고 있는데, 여기서 포는 프로이트보다도 먼저 인간의 잠재의식을 통찰하여 병적 심리의 원인을 그곳에서 발견하고 인간행동이 그 정신의 지배를 받는다는 것을 확신하였다.

이상심리에서 아끼던 고양이를 죽인 남자가 제2의 고양이 때문에 부인을 죽이게 되고, 그 시체를 교묘하게 감추었으나, 그 고양이의 비명으로 발각되고 만다는 이야기를 담은 이 소설은, 포가 의도한 주인공의 심리나 범행 동기와 그 경위 및 결과를 고백 형식으로 짜임새 있게 서술하고 있어 독자로 하여금 흥미진진하게 읽도록 한다.

화자인 주인공은 서두에서 사형을 눈앞에 두고 고백한다. 자기는 특히 동물을 애호한다는 자기 소개를 하면서, 자신의 크고 아름답고 영리한 검은 고양이 '플루토'를 친구처럼 좋아했다고 한다. 그러나 폭음으로 기질과 성격이 급속도로 악화되어, '플루토'까지도 학대한다. 그리고 '플루토'에게 손을 물리자 몹시 화를 내며 나이프로 그 고양이의 한쪽 눈을 도려낸다. 그는 어느 날 눈물을 흘리며 양심의 가책을 느끼면서 '플루토'를 나뭇가지에 목을 매달아 죽인다. 그는 고양이를 죽이는 것이 죄를 범하는 일이라는 것을 알았기 때문에 '플루토'를 죽였다고 고백하면서 이상심리를 드러낸다. 포는 이러한 심리를 '사악함'이라고 칭하면서, 정신도착증세가 인간 심리의 원초적 충동의 하나라고 규정한다.

한편, 주인공은 가슴에 흰 반점이 있는 제2의 검은 고양이를 구해서 기르다가, 그 고양이가 자기를 좋아하는 것이 오히려 마음을 괴롭혔고, 심한 증오까지 느끼게 하였다고 말하는데, 이것은 이상심리를 스스로 인정하는 것이라 하겠다. 그 증오의 근본적인 이유가 그 고양이 역시 '플루토'처럼 한쪽 눈이 없다는 데서 비롯한 것은, 양심의 가책이 증오로 표현되는 역설적인 인간의 심리의 일단을 뛰어나게 보여주고 있다. 그 고양이 가슴의 흰 반점도 주인공 자신이 처형당한 교수대의 모양으로 보여져, 반점이 양심의 상징으로 부각된다.

주인공은 격분하여 도끼로 고양이를 치려고 한다가 실수로 이를 제지하는 부인의 머리를 내리쳐서 죽게 하고는, 지하실 벽 속에 시체를 넣고 감춘다. 이때 죽이지 못한 고양이를 실수로 같이 묻었는데, 결국 그 고양이의 비명으로 시체까지 발각되고 만다. 주인공은 끝 대목에서 고양이가 자신을 살인에로 유인하였고 고발까지 하여 교수형을 당하게 되었다고 고양이를 원망하며 극단적인 심리상태에 이르게 된다.

포는 이 소설을 통해, 죽여서는 안 된다는 생각이 강박관념이 되어 오히려 죽이고 마는 이상심리를 다루고, 자신이 범한 죄에 대한 양심의 가책에서 오는 고민과 공포를 검은 고양이로 상징함으로써, 정신도착증세를 다루면서도 인간 스스로의 악에 대한 집중적인 검토와 윤리를 부인하려는 인간의 심리에 대한 예리한 탐구를 하고 있다.

아라베스크(Arabesque) 소설

포는 자신의 평론에서 공포의 요소를 가지는 '그로테스크'한 것과 경이의 요소를 가지는 '아라베스크'한 것을 구분하였다. 그러나 역시 명확한 구별은 하지 않았으며, 다만 그의 소설에서 대체로 환상적인 음산한 분위기 속에 기이한 인간이 등장하여 살인, 묘지, 유령과 얽혀 심리적인 변화를 보이는 소설들을 '아라베스크'한 것에 포함시켰을 뿐이다.

포의 아라베스크 소설은 그의 시가 논리적으로 발전한 것으로 볼 수 있으며, 어떤 소설에는 시가 삽입되어 있기도 하다.

그의 대표작의 하나인 《어셔 집안의 몰락》(1839)은 사랑과 죽음을 다룬 괴이한 이야기를 담고 있는데, 현실과 환상이 섞인 침울한 분위기 속에서 정신적, 물질적으로 몰락해 가는 한 집안의 이야기를 펼쳐

가면서 시종 침울감과 공포감과 비애감을 느끼게 하는 '아라베스크' 소설의 하나라고 하겠다.

포는 설화체적인 기술로 음산한 분위기와 공포스러움을 긴박감 있게 이끌어 가며, 〈유령의 성 The Haunted Palace〉이라는 시까지 삽입하여 효과를 높이고 있다.

우울증이 있는 로드릭 어셔는 이성을 잃은 혼란스런 정신상태에서 쌍둥이 누이 동생인 메들라인을 사랑하는데, 메들라인은 전신이 경직되는 발작을 일으키는 중병으로 죽어 가고, 로드릭은 메들라인이 죽은 후 2주일 동안 매장하지 않고 그냥 둔다. 마침내 피묻은 수의를 입은 메들라인이 나타나서 로드릭을 죽이고는 이어서 죽는 장면은 공포와 전율을 느끼게 한다. 어셔의 집이 이상한 소리와 함께 붕괴하는 최후는 대단히 상징적이다.

찰스 피델슨 같은 이는 〈어셔 집안의 몰락〉이 단지 어셔 집안의 몰락—— 그 자체가 이성의 질서의 몰락을 상징하는—— 뿐만 아니라 화자의 가정들에 충격을 주는 이야기까지 다룬 작품이라고 한다.

추리소설

포 자신이 분류한 위의 두 가지 류의 소설 외에도 사건, 인간, 환경을 검토함으로써 범죄와 범인을 발견하는 과정을 묘사한 소설들을 추리소설류에 포괄할 수 있을 것이다. 추리소설은 괴이하고 이상한 사건을 제시해 놓고, 그것을 합리적인 방법으로 착실하게 해결해 가는 이야기라고 하겠다.

포의 추리소설은 분별과 민감성과 이성과 상상력을 지닌 주인공이 훌륭한 추리로 범죄와 수수께끼를 해결해 가는 매력을 지니고 있어, 독자는 어떤 정서적인 것보다는 합리적인 추리에 더욱 흥미를 느끼게 된다.

〈모르그 거리의 살인〉(1841)은 정통적인 추리소설의 선구작이라고 할 수 있다. 파리의 모르그 거리에서 발생한 살인 사건에 명탐정 뒤팽이 등장하여 현장 상황을 분석 추리함으로써, 결국 진범은 사람이 아닌 고릴라 족의 오랑우탄이라는 것이 판명된다. 한편 이 뒤팽 탐정은 그 이후에 발표된 〈마리 로제 수수께끼〉와 〈도둑맞은 편지〉에도 등장한다.

추리, 탐정소설의 재미는 수수께끼 자체보다는 분석으로써 해명하기 어려운 문제를 차차 풀어가는 데 있다. 포가 이 소설에서 '밀실 범죄'의 트릭을 창안하고, '동물 살인'이라는 기발한 착상을 한 것은 주목할 일이다.

〈도둑맞은 편지〉(1844)는 포의 가장 유명한 탐정소설 중 하나이며, 그가 스스로 '추리 이야기'라고 부른 일련의 추리소설의 최후 작품이다. 프랑스의 왕궁에서 중요한 편지가 도난당하고, 사건 해결이 미궁에 빠지자 파리의 경찰총감 G는 명탐정 뒤팽을 방문하여 협력을 구하는데, 뒤팽은 그의 비상한 추리력을 발휘하여 그 문서를 찾아 주고, 그 경위를 설명해 준다. 가장 교묘하게 감추는 방법은 감추지 않고 그냥 노출시켜 두는 것이라는, 인간 심리의 맹점을 이용한 수법을 간파한 뒤팽은 이 역리적 심리의 추리로 사건을 해결한다. 범인은 시인이며 수학자인 D장관인데, 뒤팽도 시인이며 수학자로서 대결하여 승리를 얻게 된다.

뒤팽 탐정은 비상한 추리력으로 수사 당국의 분석 추리의 정곡을 찌르는 기지를 발휘하여 문제를 해결하는데, 그 기지의 단서는 누구나가 경험하는 평범한 일, 즉 편지꽂이에 편지를 꽂아 두는 일이다. 이 단서를 이용하여 인간 심리의 맹점을 찌르는 것이 바로 이 작품의 흥미의 초점이라고 하겠다.

한편, 정작 편지의 내용 자체는 드러나 있지 않으며 여왕과 D장관과 뒤팽이 모두 같은 방식으로 편지 숨기기의 논리를 파악하고 있다는 점에 착안하여, 라캉 같은 정신분석학자는 〈도둑맞은 편지〉로 인간의 기호 활동을 설명하고자 하였다.

포는 실제 생활을 바라다보고 그것을 리얼하게 그린 작가는 아니었다. 포는 그것을 세속의 세계라 조소하면서 혹은 그것에 저촉할 것을 두려워하고는 공상의 세계에 침잠하였다. 포에 의해 단편소설 장르의 확립, 탐정 추리소설의 창시는 미국으로 하여금 국제 문단에 커다란 위치를 차지하게 하였다.

포는 불행 속에 태어나서 불행 속에서 살다가 불행하게 죽은 그야말로 비극의 주인공이다. 가난에 허덕이며, 참을 수 없는 비애를 견디며, 절망 속에 빠지면서도 죽을 때까지 다양한 창작활동을 한 의욕적인 독보적 작가이다. 물질문명과 합리주의의 시대에 살면서 현실적인 생활고 속에서도 꿈과 이상을 지니고 창작한 포는, 독자의 지성과 감성에 날카로운 충격을 주는 독특한 그의 작품과 함께 세계문학 속에 영원히 남을 것이다.

포 연보

1809년 1월 19일 매사추세츠 주 보스턴에서 출생. 부친 데이비드와 모친 엘리자베스는 극단 배우였음.
1810년 부친이 리치먼드에서 실종됨.
1811년(2세) 모친 엘리자베스는 마지막 무대에 섰던 리치먼드에서 병을 얻어 사망. 부친 데이비드는 이때 이미 가족으로부터 자취를 감추어 행방불명됨. 언제 어디서 사망하였는지는 불명. 형인 윌리엄 헨리는 이미 볼티모어의 조부에게 가 있었음. 누이동생 로잘리는 리치먼드의 윌리엄 머켄지 집에 맡겨짐. 포는 그곳 연초 수출업자 존 앨런의 양자가 됨. 정식으로 입적되지는 못함.
1815년(6세) 7월, 양부모를 따라 영국에 건너가서 이후 5년간 체재(滯在)하며 기숙학교에서 공부함.
1817년(8세) 귀국할 때까지 런던 근교의 사립학교 매너하우스 학교에 다님(프랑스 어, 미술, 음악을 공부). 이 학교의 일은 단편 〈윌리엄 윌슨〉에 자세히 그려져 있음.
1820년(11세) 7월 양부모와 함께 미국으로 돌아옴. 이후 리치먼드에서 한두 학교를 다님.

1823년(14세) 친구의 모친 제인 스태니트 부인을 연모.(후일 1831년에 그녀에 대한 추모시 〈헬렌에게〉를 씀).

1826년(17세) 2월, 버지니아 대학에 입학함. 도박과 음주로 빚짐. 양부의 반대로 인해 연애 중이던 로이스터와의 약혼에 실패함.

1827년(18세) 3월, 양부와의 불화로 리치먼드를 떠나, 4월 초 보스턴에 도착. 5월, 에드거 A. 페리라는 가명으로 육군에 입대. 초여름에 처녀시집 《태멀레인, 그 밖의 시》를 간행. 11월 사우스캐롤라이나의 설리번 섬의 요새로 옮김. 이 섬은 〈황금풍뎅이〉의 배경을 제공함.

1829년(20세) 1월, 특무상사로 승진함. 2월, 양모 프란세스 앨런 사망. 5월 초 육군사관학교를 들어가려고 워싱턴으로 가 숙모 마리 클렘의 신세를 짐.

1830년(21세) 7월, 웨스트포인트 육군사관학교에 입학함.

1831년(22세) 2월, 군무태만과 명령 위반을 이유로 퇴교처분 받음. 또다시 숙모 클렘 부인에게 신세를 짐. 4월경 《포 시집》을 뉴욕에서 간행함.

1832년(23세) 거처가 불분명한 시기. 단편 〈메첸거스타인〉을 발표함.

1833년(24세) 10월, 단편소설 〈병 속에서 발견된 수기〉로 볼티모어 새터디클레어 현상 모집에 당선됨.

1835년(26세) 리치먼드의 「남부 문학통신원」 지에 3월 이후 〈베레니스〉, 〈모렐러〉, 〈한스 파알의 미증유의 모험〉 등 3편의 단편소설이 발표됨. 여름에 리치먼드로 가서 잡지 편집에 참여함. 10월 초 숙모 마리와 그 딸 버지니아가 리치먼드의 포에게 의탁함.

1836년(27세) 5월, 조카 버지니아와 결혼함(그녀는 당시 14세였음).

1837년(28세) 「남부 문학통신원」 편집직을 그만두고, 2월 뉴욕으로 가

가족과 함께 전전하며 일을 구함. 9월경, 단편 〈리지어〉를 발표함.

1838년(29세) 7월, 장편소설 《아서 고든 빔의 이야기》를 뉴욕에서 출판. 여름에 필라델피아로 거처를 옮김.

1839년(30세) 7월 이래 「젠틀맨즈 매거진」지의 편집에 참여함. 〈어셔 집안의 몰락〉은 9월에, 〈윌리엄 윌슨〉은 10월에 이 잡지에 실림.

1840년(31세) 《그로테스크한 이야기와 아라베스크한 이야기》를 필라델피아에서 출판함.

1841년(32세) 4월, 전해의 「젠틀맨즈 매거진」과 또 하나의 잡지를 합병해서 필라델피아에서 창간한 잡지 「그레이엄즈 매거진」의 편집을 맡음. 이 잡지를 통해 〈모르그 거리의 살인〉, 〈큰 소용돌이〉를 발표함.

1842년(33세) 1월, 아내 버지니아 폐병을 앓기 시작. 5월 「그레이엄즈 매거진」을 떠남. 11월부터 이듬 해 2월에 걸쳐 〈마리 로제 수수께끼〉를 발표함

1843년(34세) 6월, 〈황금풍뎅이〉를 신문에 투고하여 1백 달러의 상금을 받음. 8월, 〈검은 고양이〉 외 여러 편을 발표함. 《에드거 앨런 포 산문소설집》을 팜플릿 형식으로 필라델피아에서 간행.

1845년(36세) 1월, 자신이 편집에 관계하던 뉴욕의 「이브닝 미러」지에 시 〈큰 까마귀〉를 발표해 문명(文名)을 얻음.

1846년(37세) 11월, 〈아몬틸라도 술통〉을 「고디즈 테이디스 북」지에 발표함.

1847년(38세) 1월 30일 포덤의 집에서 궁핍하게 생활하던 포의 아내 버지니아 사망함.

1848년(39세) 2월, 장편 산문시 〈유리카〉를 공개 낭독하고 이어 6월에 뉴욕에서 간행. 여류 시인 휘트먼 부인에게 구혼을 했으나 그의 음주벽과 건강을 이유로 거절당함.

1849년(40세) 7월, 리치먼드로 가서 소년 시절의 애인이며 현재 미망인인 로이스터(엘미라 로이스터 쉘튼 부인)와의 결혼을 추진함. 시 〈엘도라도〉, 〈애너벨 리〉, 〈애니를 위하여〉, 〈종〉 등과 단편 〈절름발이 개구리〉를 발표. 리치먼드에서 〈시의 원리〉를 강연. 10월 3일 볼티모어의 투표소로 사용된 술집 앞에서 인사불성이 되어 쓰러진 것을 발견, 병원에 옮겨졌으나 끝내 의식을 회복하지 못하고 10월 7일 짧은 생애를 마감함.

▲ 후세의 문학에 큰 영향을 준 천재적 작가 에드거 앨런 포

▲ 가난에 허덕이며, 파란 많은 생애를 보낸 포의 집

▲ 사촌 누이동생이었던 포의 처 버지니아

▲ 포를 무척 사랑했던 양모 존 앨런 부인

▲ 매우 냉정했던 양부 존 앨런